예수재림의 실현

김진석 지음

도서출판 신세림

예수재림의 실현

김진석 지음

도서출판 **신 세 림**

드디어 예수께서 재림하셨다.

즉, 다시 말하자면 예수재림이 실현되었다는 것이다. 예수재림이란 예수께서 다시 이 땅에 오신다는 말인데 예수재림 실현이란 실제로 예수께서 다시 이 땅에 내려 오셨다는 의미이다.

예수는 세계 삼대 성인 중의 한 분으로 이스라엘 국가의 종교 지도자였으며 기독교를 창시한 분이다. 그는 생전에 그의 제자들을 통하여 그의 부활과 재림을 약속하였는데, 드디어 이천 년이란 세월이 지나 그 약속이 실현된 것이다. 실로 위대한 하나님의 약속 실현이라고 하겠다. 이 엄청나고 두렵고 무서운 약속의 실현을 어떻게 받아들여야 할까? 그저 놀랍고 두렵기만 할뿐이다.

그러나, 엄밀히 판단해보면 여기에는 다음과 같은 의문과 문제가 따르게 된다.

재림이란 다시 이 땅에 오신다는 의미이고 이는 이천 년 전에 처형을 받고 죽었던 사람인 예수께서 다시 살아서 이 땅에 돌아왔다는 의미인데 어떻게 이런 사실을 일반인이 믿을 수 있는가?

설혹, 위의 내용이 사실이라고 해도 예수라는 신분을 누가 확인하고 식별할 수 있는가? 하는 문제이다. 그의 증명사진이 남아 있는 것도 아니고 현실적으로 이분을 알아본다는 것은 거의 불가능한 일이다.

그렇다면 예수재림 사실을 확인하고 이를 알린다는 것은 현실적으로 도저히 있을 수 없는 일임을 알 수가 있다.

예를 들어 이런 글이 있다. 길을 가다 어떤 사람이 말을 하는데 자기가 재림예수라는 것이다. 그렇다면 이를 믿을 것인가 말 것인가? 라는 질문과 함께 정답이 나와 있는데 이는 믿을 수 없다 이며 그 이유는 성경의 기록에 따라 재림예수인지 여부를 알 수 있다는 것이다.

그 기록된 내용을 보면 예수께서 구름을 타고 능력과 큰 영광으로 오는데 세상 모든 사람들이 그를 볼 수 있다고 했고 죽은 자가 부활하고 산 자는 휴거되어 공중에서 예수를 보리라는 기록도 있다.

또 다른 기록에 보면 예수께서 불꽃 중에 나타나실 때 하나님을 모르는 사람과 예수복음을 믿지 않는 사람들을 처벌하리라는 내용도 있다.

그래서 결국 이 사람은 재림예수가 아니라는 것이다.

예수를 하나님이라고 믿고 따르는 기독교 신자들은 주장하기를 예수가 다시 오면 세상심판이 있는데 이의 결과에 따라 교인들은 구원을 받아 천국에 가 행복한 삶을 누리게 되고 불신자들은 환난과 고통 속에서 어려움을 겪게 될 것이라고도 한다.

성경에 있는 요한계시록에 보면 예수께서 올 때 일어날 여러 일들이 기록되어 있는데 이에 따르면 백보좌 심판이 있고 이때 누구든지 생명 책에 기록되지 못한 자는 불못에 던져지리라는 내용도 있다.

새 하늘과 새 땅이 열리리라는 기록도 있는데 이때 죄인들을 불과 유황이 타는 못에 넣어 벌하리라는 내용도 있다.

그렇다면 본서에서는 무슨 근거로 예수재림의 실현을 주장하고 예수 본인임을 확인할 수 있었단 말인가?

이를 주장하는 사람은 광신자이거나 또는 정신이상자가 아닌가? 하고 의심을 할 수도 있다. 왜냐하면 그 동안 이를 두고 많은 사이비 교주들이 출현하여 이의 실현예정을 알리며 사회적으로 많은 물의를 일으킴 적이 있었기 때문이다.

특히 종말론 교회 같은 곳에서 이를 주장하였는데 이를 믿고 따르던 많은 신자들이 피해를 입기도 하였다. 예수께서 재림하면 세상 마지막 때가 실현된다며 이를 준비하던 어떤 신자는 직장을 자퇴하고 가사를 포기한 경우도 있었기 때문이다.

그렇다면 이렇게도 생각해 볼 수가 있다. 무지한 사람이 진실을 모르고 함부로 황당한 말을 하는 것이 아닌가? 하고, 왜냐하면 세상에는 많은 사람이 있고 그 중에는 다양한 부류의 사람이 있기 때문이다.

자신이 재림예수라고 생각하는 사람이 있을 수 있으며 심지어 어느 사람은 자신이 하나님이라고 생각할 수도 있기 때문이다.

그러면 본서에서는 어떻게 예수재림 실현을 주장할 수 있을까? 이는 성경에 나타나 있는 예수님 말씀에 따라 판단한 것이다. 예수께서는 그의 재림시 재림사실을 그가 보내는 사람을 통해 세상에 알리리라고 하였는데 성경 내용을 자세히 살펴보면 누구나 쉽게 이를 확인할 수 있다.

이 사람은 예수께서 세상에 보내는데 그가 와서 예수재림을 포함한 장래 실현될 일을 알리리라 하였고 예수를 증거 할 것이며 모든 것을 가르치고 생각나게 하리라고 예수께서 약속하신 사람이다.

즉 이 사람이 와서 재림사실을 알리고 또 다른 예언을 성취시킨다는 뜻이다. 이를 다시 말하자면 예수께서 재림을 하는데 예수께서 직접 나서서 내가 누구다 하며 자신을 나타내는 것이 아니라 그가 시킨 사람을 통해 그를 증거하고 재림사실을 알린다는 것이다.

이 사람은 보혜사라는 인물인데 보혜사란 의사, 약사, 변호사와 마찬가지로 어떤 기능 또는 직분을 가진 사람을 의미한다.

　그러나 기독교 신자들은 보혜사가 사람이 아니고 성령이라고 생각한다. 성령이란 영의 일종인데 이에는 악령도 있고 심령도 있으며 거만령도 있다. 이 성령은 예수가 부활하고 승천한 후 오순절날 강림하여 교회를 조직하고 신도들을 이끌고 있는데 이 성령이 바로 예수라고 주장하는 사람도 있다.

　즉 예수께서 영으로 세상에 내려와 교회와 신도들을 인도하고 있다고 주장하는 것이다. 또한 성령은 하나님이라고 말하기도 한다. 이는 삼위일체라는 학설에 근거하여 주장된 이론으로 하나님과 예수 그리고 성령이 동일하다는 의미이다. 그래서 성령은 예수도 되고 하나님도 된다는 것이다.

　예수께서 보낸다고 약속했던 보혜사는 해야 될 일이 많은 사람이다. 위에 열거된 일 이외에도 세상을 책망하고 사람들을 진리로 인도해야하며 또한 예수를 영광되게 하는 일을 해야한다.

　그러나 기독신자들이 주장하는 보혜사 성령은 강림한지 이천 년이 지난 오늘까지 교회를 조직하고 신도들을 이끌어 왔는지 모르지만 정작 그의 주요 사역인 예수재림의 실현, 세상책망, 세상심판, 진리인도 등의 본래 임무는 아무 것도 한 것이 없다.

　예를 들어 기독교인에게 성경에서 말하는 진리가 무엇이냐고 물으면 예수가 곧 진리라고 말하기도 하고 하나님 또는 예수님 말씀이 진리라고 답하기도 한다.

　그러나 본서에서는 모든 사물에 주어진 역할이 있듯이 사람에게도 창조주로부터 부여된 역할이 있는데 이를 찾아 실천하는 것이 진리를 알고 진리를 실천하는 것이라고 주장한다. 또한 이렇게 함으로서 이상적인 삶과 영생을 얻을 수 있다고 말한다.

이러한 주장은 함부로 하는 것이 아니라 체험을 통해 이론을 정립하였고 실제 이를 실천하며 내용의 진위를 검증하였으며 이를 다시 증거하기 위해 성경에 기록된 예수님의 가르침과 대조해 가며 확인을 하여 알게 된 사실인 것이다.

또한 예수재림 사실도 성경에 기록된 예수님 말씀에 따라 판단한 것으로 이의 명확한 근거를 제시하였다.

결국 예수재림 실현이란 사실은 예수 자신이 스스로 밝힌 것으로 이는 성경에 기록된 그의 말씀을 잘 파악해 보면 알 수가 있다.

또한 본서에서는 보혜사가 하리라고 기록된 모든 일을 사람들에게 알리고자 이의 내용을 제시하였는데 이는 스스로 판단한 것이 아니라 모두 예수님 말씀에 따라 인지된 것으로 그 말씀 근거를 명확히 제시하였다.

예수재림 사실을 알게된 경위를 간단히 요약해보면 이렇다.

어려서 나는 예수의 방문을 받고 그의 말씀을 들었는데 무슨 뜻인지도 모르고 그저 신기하다고만 생각했었다.

그리고 수년 후 고생을 하던 중 어려운 현실을 극복하기 위해 나는 존재원리라는 생활법칙을 만들어 실천해 왔는데 이의 주요 내용은 주변 모든 사물에 주어진 역할이 있듯이 나에게도 무언지 모르지만 부여된 역할이 있고 이를 찾아 실천한다면 나는 어떤 상황에서도 생존해 나갈 수 있다는 것이었다.

그리고 마침내 나의 할 일을 알게 되었는데 그것은 성경에 기록되어 있는 예수께서 보낸다고 약속했던 또 다른 보혜사란 사람의 일이었다.

이는 먼저 예수께서 나에게 하신 말씀의 뜻을 알기 위해 노력하다 알게된 것인데 나는 이일을 하려고 2001년 1월 다니던 직장을 자퇴하고 나와 그해 12월 '낙원의 그림자' 라는 책을 출간하였다. 이에는 예수께서 세상에 전하는 말씀이 기록되어 있으며 말씀의 전달 경위가 상세히 묘사되어 있다.

이때 나는 기독교인이 아니었으며 예수와 하나님에 대해 무뢰한이었다. 그러나, 책을 읽은 사람들의 권유에 의해 신학원에 입학하여 신학을 공부하였고 이를 졸업하였는데 학업 도중에 예수재림 사실을 알게되었다.

2006년 5월 기존의 도서표지에 예수재림 사실을 표기하여 재림사실을 주위에 알렸으며 내용은 기존의 책과 동일하다.

그러나, 나는 책을 쓰고 예수의 재림사실은 알았어도 이분께서 하신 말씀이 무슨 뜻인지 모르고 있었는데 이를 문제삼지 않은 것이 나는 나에게 주어진 일만 하면 되는 것이지 사람들이 이를 읽고 이해를 하건 말건 그것은 나와 무관한 일이라고 생각했기 때문이었다. 그리고 나는 모르더라도 세상 사람들은 예수님 말씀을 이해하고 충분히 해석하리라고 예상을 했었다.

그러나 나는 근래 우연히 말씀의 의미를 알게되었는데 그것은 하나님이 세상을 멸망시키겠다는 것이었다. 너무도 엄청난 말씀의 뜻을 알고 나는 깜짝 놀랐다. 왜냐하면 이는 인류를 진멸 시킨다는 의미인데 이것은 세상의 모든 사람을 무차별하게 학살시키겠다는 뜻이기 때문이다. 또한 무차별이란 남녀노소 빈부귀천을 막론하고 선인이든 악인이던 구분을 안하겠다는 의미인데 이는 세계인류를 대상으로 대량 학살을 할 때 어떤 차별도 두지 않고 모두 정리하시겠다는 뜻이다.

나는 너무도 무서운 내용에 놀라 기존의 소극적인 방법으로는 안되고 새로운 방법으로 관련내용을 상세하게 세상에 알려야 되겠다고 판단하였다.

왜냐하면 기존의 도서로서 이러한 내용을 이해하려면 많은 시간과 주의가 필요하기 때문이다. 구체적으로 이를 어떻게 할까 생각하다 우선 주위에 이러한 사실을 적극 알리기로 했는데 이를 알리기 위해서는 어떻게 이 사실을 알게되었고 그 근거는 무엇인지 육하원칙에 따라 사실 정리가 되어야만 했다.

예수께서 재림을 하고 본인은 이를 세상에 알렸는데 사람들이 이에 대한 관심을 표명하던 말든 그것은 문제가 안된다. 왜냐하면 재림사실을 알던 모르던 시간은 흘러갈 것이고 사람들은 평소와 다름없이 일상생활을 하며 살아가는데 별 문제가 없기 때문이다.

그러나, 세상이 멸망된다면 그것은 문제가 다르다. 나도 세상 사람의 일원으로서 당연히 이를 예방하고자 노력해야하기 때문이다..

다행히 본인의 판단으로 이를 피할 수 있는 최선의 방법을 알아냈는데 그것은 예수께서 말씀하신 진리를 알고 실천하는 것으로 이는 모든 사물에 부여된 역할이 있듯이 세상 모든 사람에게도 하나님으로부터 주어진 역할이 있음을 알고 이를 찾아 실천하는 것이다.

지금까지의 내용을 정리하여 예수재림 사실과 보혜사가 하리라고 예언된 모든 일을 다음과 같이 요약한다.

첫째, 예수재림 사실을 증거하며 이를 세상에 알리는데, 성경 기록에

는 예수께서 재림하되 이 사실을 예수께서 보낸 보혜사라는
사람이 이를 증거하고 사람들에게 알리리라고 기록되어있다.

  둘째, 예수께서 재림하여 세상을 책망하신 말씀을 세상 사
람들에게 전하는데 이는 '세상은 너무도 험악하여 구할 수 없
으니 쓰러지기 전에 알라' 이다.

  셋째, 예수께서 보낸다고 약속했던 또 다른 보혜사가 온 사
실을 확인하며 성경에 기록된 보혜사가 하리라고 예정된 모
든 일을 본서를 통해 실행을 하는데, 이에는 세상책망, 세상
심판, 예수재림, 진리인도, 예수재림증거 등이 포함된다.

  끝으로 본인이 이러한 일을 하는 것은 나에게 부여된 사명
이기 때문이다. 또한 예수께서 죽임을 당하고 부활을 하고 다
시 재림한 것은 그의 역할이기 때문이다. 중요한 것은 모든
각 개인에게 부여된 역할이다. 사람 개인에게 중요한 것은 자
기 자신이지 예수가 아니다. 예수는 단지 자신의 역할을 통하
여 세상 사람 모두가 각자에게 주어진 역할을 알고 이를 찾
아 실천하는 것을 인도할 뿐이다.
  다음은 이 책의 구성을 나타냈는데 이는 위의 사실을 증거
하기 위한 경험과 관련 자료들을 정리하여 나열한 것이다.

       I. 애수재림 사실을 알게된 경위에서는 본인이 위의
          사실을 알고 깨닫게 되기까지의 과정을 정리하였

으며

II. 예수재림 사실확인 근거에서는 보혜사의 사역을 나타낸 문
장과 예수께서 하신 세상책망의 말씀을 판단근거로 제시
하고 이를 해석하여 그 의미를 파악하고 재림판단의 진위
여부를 파악할 수 있게 하였다.

III. 예수재림의 실현에서는 재림에 대한 예언과 보혜사의 역할
을 연계하고 본인의 경험을 가미하여 재림사실을 확인하였
으며 재림의 의미를 파악하였다.

IV. 진리란 무엇인가? 에서는 보혜사가 인도하리라는 진리가 무
엇인지 사례를 들어가며 기술하였고,

V. 성경에 나타난 심판의 사례에서는 성경에 기록된 세상심판
의 사례를 통하여 세상에 전해진 하나님의 말씀이 얼마나
두려운 현실인지 알 수 있도록 했다.

VI. 선지자에서는 하나님의 말씀이 세상에 선지자를 통하여 전
달되는데 보다 더 이들을 이해함으로 하나님이 인간에게 전
하고자 하는 메시지를 더욱 깊게 알 수 있도록 했고,

VII. 진리의 실천에서는 어떻게 하면 모든 사람이 자신에게 부
여된 역할을 알고 이를 찾아 실천할 수 있는가 하는 문제
에 대한 방안을 제시하였다.

VIII. 본서와 기독교 주장과의 비교에서는 성경에 기록된 보혜사
의 사역 문구를 중심으로 개요와 주요용어 그리고 문장을
해석하여 나열하였는데 기독교와 본서의 주장을 서로 제시
하여 이를 비교함으로 일반인이 관련 내용을 쉽게 알고 또
그 차이를 식별할 수 있어 보혜사의 사역을 이해하는데 어

려움이 없도록 하였다.

Ⅸ. 결론에서는 본서에서 주장하는 주요 내용을 다시 한번 정리요약하였으며

Ⅹ. 편집후기에서는 본서의 내용을 간략히 요약하고 본서의 주장에 따른 제반 문제점과 그 해답에 대해 문답형식으로 기술하였다.

ⅩⅠ. 본서에서 주장하는 예수재림 사실이란 어느 날 갑자기 확인된 내용이 아니다. 수십 년에 걸쳐 이의 확인작업이 이루어졌는데 이를 연도별로 알기 쉽게 정리 요약하였고

ⅩⅡ. 참고문헌에서는 본서를 작성하는데 참조한 자료를 정리하였다.

예수재림의 실현이란 인류사에 기록될만한 상상을 초월하는 큰 사건이다. 이는 예수의 탄생보다 더 큰 의미가 있다고 볼 수 있는데 그 이유는 이천 년이란 시공을 초월하여 그의 약속대로 출현을 하였기 때문이다. 그러나 모든 사람에게 더욱 시급한 것은 장래 닥칠 위험이다. 본인은 어떻게 하든 이를 예방하고 피해보려는 간절한 마음으로 본서를 작성한다.

2007. 1 저자

차 례

이 글을 쓰게된 동기 ·· 4

Ⅰ. 예수재림 사실을 알게된 경위 ···················· 21
  1. 예수의 방문 ··································· 27
  2. 존재원리 ······································ 34
  3. 낙원의 그림자 ································ 65
  4. 신학연구원 ···································· 74
  5. 예수재림 ······································ 89

Ⅱ. 예수재림 사실확인 근거 ·························· 103
  1. 해석이란 무엇인가? ····················· 103
  2. 예수재림의 성경근거 ····················· 107
    1) 예수 본인의 발언기록 ················· 108
    2) 본인발언 이외의 기록 ················· 109
  3. 재림확인 근거문장현황 ··················· 113
  4. 주요용어해설 ······························· 116
    1) 보혜사 ································· 116
    2) 진리의 영 ····························· 117
    3) 성령 ··································· 121
    4) 책망 ··································· 124
  5. 근거문장의 해석 ·························· 126

Ⅲ. 예수재림의 실현 ·················· 149
 1. 예수재림에 대한 예언 ············· 149
 2. 예수재림에 대한 보혜사의 기록 ········· 151
 3. 예수재림 확인 ················ 154
 4. 예수재림의 의미 ··············· 155

Ⅳ. 진리란 무엇인가? ················ 159
 1. 모세와 예수의 행적 ·············· 160
  1) 출생과 신분 ··············· 161
  2) 직업과 생애 ··············· 162
  3) 사명을 받은 경위 ············· 163
 2. 모세와 예수의 업적 ·············· 166
  1) 모세의 업적 ··············· 166
  2) 예수의 업적 ··············· 167
  3) 모세와 예수의 업적 비교 ·········· 177
 3. 예수교훈과 존재원리의 비교 ··········· 178
  1) 교훈과 원리의 비교 ············ 180
  2) 교훈과 원리의 차이점 ··········· 184
 4. 기독교리와 성경진리와의 비교 ·········· 186

Ⅴ. 성경에 나타난 심판의 사례 ············ 195
 1. 노아의 홍수 ················· 195
 2. 소돔과 고모라 ················ 197
 3. 니느웨 성읍 ················· 199
 4. 심판사례 비교 ················ 200

차 례

Ⅵ. 선지자 ···················· 205
  1. 행적 ···················· 206
  2. 특징과 공통점 ···················· 207
  3. 책망과 인도 ···················· 210
    1) 책망 ···················· 211
    2) 인도 ···················· 213

Ⅶ. 진리의 실천 ···················· 219
  1. 존재원리의 적용 ···················· 220
  2. 존재원리와 예수교훈의 비교 ···················· 225
    1) 너희가 알지 못하는 양식 ···················· 225
    2) 너희는 먼저 그의 나라와 그의 의를 구하라
       ···················· 226
    3) 자기 십자가 ···················· 227
    4) 내가 곧 길이요 진리요 생명이니 ···················· 227
    5) 그의 명령이 영생인줄 아노라 ···················· 229
    6) 하나님의 나라 ···················· 229

Ⅷ. 본서와 기독교 주장과의 비교 ···················· 235
  1. 관련 문장의 개요 ···················· 239
    1) 기독교의 견해 ···················· 240
    2) 회교의 견해 ···················· 241

    3) 본서의 견해 ·· 241

2. 주요 용어의 해설 ·· 243

    1) 보혜사 ··· 243

    2) 진리의 영, 성령, 진리의 성령 ·················· 248

    3) 예수재림 ·· 250

    4) 세상심판 ·· 252

    5) 세상책망 ·· 252

    6) 진리인도 ·· 253

3. 관련 문장의 해석 ·· 253

    1) 요한복음 14장16절 : 보혜사 약속 ············· 254

    2) 요한복음 14장26절 : 보혜사 가르침 ··········· 255

    3) 요한복음 15장26-27절 : 예수 증거 ············ 256

    4) 요한복음 16장7-14절 : 책망과 인도 ·········· 258

IX. 결론 ··· 273

X. 편집후기 ·· 279

XI. 사건경위요약 ·· 297

XII. 참고문헌 ·· 303

Ⅰ. 예수재림 사실을 알게 된 경위

I.

예수재림 사실을 알게된 경위

여호와의 사자가 떨기나무 불꽃 가운데서 모세에게 나타나시니라 그가 보니 떨기나무에 불이 붙었으나 사라지지 아니하는지라 이에 가로되

"내가 돌이켜 가서 이 큰 광경을 보리라 떨기나무가 어찌하여 타지 아니하는고?"

하는 동시에 여호와께서 그가 보려고 돌이켜 오는 것을 보신지라 하나님이 떨기나무 가운데서 그를 불러 가라사대

"모세야 모세야"

하시매 그가 가로되

"내가 여기 있나이다."

하나님이 가라사대

"이리로 가까이 하지 말라 너의 선 곳은 거룩한 땅이니 네 발에서 신을 벗으라."

또 이르시되

"나는 네 조상의 하나님이니 아브라함의 하나님, 이삭의 하나님, 야곱의 하나님이니라."

모세가 하나님 뵈옵기를 두려워하여 얼굴을 가리우매 여호와께서 가라사대

"내가 애굽에 있는 내 백성의 고통을 정녕히 보고 그들이 그 간역자로 인하여 부르짖음을 듣고 그 우고를 알고 내가 내려와서 그들을 애굽인의 손에서 건져내고 그들을 그 땅에서 인도하여 아름답고 광대한 땅, 젖과 꿀이 흐르는 땅 곧 가나안 족속, 헷 족속, 아모리 족속, 브리스 족속, 히위 족속, 여부스 족속의 지방에 이르려 하노라. 이제 이스라엘 자손의 부르짖음이 내게 달하고 애굽사람이 그들을 괴롭게 하는 학대도 내가 보았으니 이제 내가 너를 바로에게 보내어 너로 내 백성 이스라엘 자손을 애굽에서 인도하여 내게하리라."

모세가 하나님께 고하되

"내가 누구관대 바로에게 가며 이스라엘 자손을 애굽에서 인도하여 내리이까?"

하나님이 가라사대

"내가 정녕 너와 함께 있으리라. 네가 백성을 애굽에서 인도하여 낸 후에 너희가 이산에서 하나님을 섬기리니 이것이 내가 너를 보낸 증거니라." (출3:2-12)

이상은 성경 출애굽기에 나오는 내용으로 이스라엘 민족지도자 모세가 하나님을 만나는 장면을 묘사하고 있다. 하나님께서는 자신을 누구라고 소개하며 또한 무엇을 어떻게 하라고 상세히 지시하고 있으며 이에 대해 모세는 여러 질문을 하고 있다. 드디어 모세는 기적과 이사를 행하는 지팡이를 들고 애굽으로 들어가 그의 민족을 가나안 땅으로 무사히 인도하게 된다.

성경에 따르면 하나님은 그의 사람들을 시켜 여러 일을 하시는데 지시를 하실 때 어떻게 하라고 상세하게 말씀을 하신다.

그러나, 나의 경우는 이와 달랐는데 나는 어려서 예수님의 방문을 받고 이분의 말씀을 들었지만 이분께서 하신 말씀이 무슨 뜻인지 전혀 몰랐다.

이는 '세상은 너무도 험악하여 구할 수 없으니 쓰러지기 전에 알라'인데 나는 너무도 황당해서 누구에게 말도 못하고 수년이 지나 말씀의 뜻을 해석하다 나의 할 일을 알게되었고 나의 일을 하던 중 마침내 말씀의 뜻을 우연히 알게 되었는데, 특히 근래에 이분께서 나에게 하신 말씀을 해석하던 중 그 엄청난 뜻에 직면하여 너무도 깜짝 놀랬다.

그것은 「쓰러지다」라는 말의 의미였는데 그 동안 알고 있던 뜻과 너무도 엄청난 차이가 있는 것이었다. 사전적 의미로서의 그 뜻은 '넘어지다' 로서 서있던 것이 넘어져 바닥에 엎드러지는 것을 의미한다. 그러나 그 사용 예를 보면 그 뜻이 여러 형태임을 알 수가 있다. 처음 예는 '지평선은 말이 없다' 라는 노래의 이 절 가사로서 '차가운 외국 땅에 쓰러져간 오빠를' 이라는 구절에서 사람이 죽는 것을 의미하였다. 'IMF이후 많은 기업들이 쓰러졌다.' 라는 문구에서는 여러 기업들의 도산을 의미하고 있다. 그리고 보통 이 정도 내용은 쉽게 알 수가 있다.

그러나 성경에서 사용된 경우는 보다 심각하다.

'여호와께서 사람의 죄악이 세상에 관영함과 그 마음의 생각의 모든 계획이 항상 악할 뿐임을 보시고 땅위에 사람 지으셨음을 한탄하사 마음에 근심하시고 가라사대

"나의 창조한 사람을 내가 지면에서 쓸어버리되 사람으로부터 육축과 기는 것과 공중의 새까지 그리하리니 이는 내가 그것을 지었음을 한탄

함이니라." (창6:5~7)

이 글은 성경 창세기에 나오는 내용인데 하나님께서 온 세상을 물로 덮어 모든 생명을 멸절하신다는 의미로 하신 말이다. 그런데 여기서 사용된 '쓸어버리다' 라는 말은 쓸다와 버리다의 합성어인데 창조주께서 땅위의 모든 사람을 쓸어버리겠다 라는 뜻이다.

여기서 나는 다음과 같은 중요한 사실을 알게 되었는데 그것은 능동과 피동에 관한 것으로 창조주께서는 '모든 사람을 쓸다' 라고 표현하지만 모든 사람이 주체가 되는 경우 '모든 사람은 창조주에 의해서 쓰러지다' 라고 나타내는 법이다.

그렇다면 '세상은 쓰러지기 전에' 라는 문구를 피동에서 능동문으로 바꾸면 '내가 세상을 쓸기 전에' 또는 '내가 세상을 쓸어버리기 전에' 라고 나타낼 수 있다. 그런데 성경에서 사용된 '사람을 쓸어버린다' 라는 말은 '인간을 멸한다' 라는 의미로 사용이 되었다. 쓸어버린다 또는 멸한다는 의미는 세상의 모든 사람 즉 인류를 멸망시키겠다는 의미로 이는 남녀노소 불문하고 죄가 있던 없던 가리지 않고 모두 멸절 시키겠다는 뜻이다.

'하나님이 노아에게 이르시되 모든 혈육 있는 자의 강포가 땅에 가득하므로 그 끝날이 내 앞에 이르렀으니 내가 그들을 땅과 함께 멸하리라. 너는 잣나무로 너를 위하여 방주를 짓되 그 안에 간들을 막고 역청으로 그 안팎에 칠하라.' (창6:13-14)

이 글은 하나님이 노아에게 하신 말로 세상사람을 멸하리라고 하신 말이다. 그리고 홍수가 나게 하여 40일간 세상을 물로 가득 차게 하였는데 노아를 포함한 가족 몇 명을 제외하고 모두 사망한 것으로 기록되고 있다. 또한 성경에 보면 소돔과 고모라 도시를 멸하는 경우가 있는데 이때는 불로서 성읍을 멸망시켰다. 그 주요 내용을 보면 이렇다.

'여호와께서 하늘 곧 여호와에게로서 유황과 불을 비같이 소돔과 고모라에 내리사 그 성들과 온 들과 성에 거하는 모든 백성과 땅에 난 것을 다 엎어 멸하셨더라' (창19:24-25)

그렇다면 '세상은 쓰러진다' 라는 말의 의미는 엄청 무섭고 두려운 것임을 알 수가 있다.

가끔 신문지상에 보면 비행기가 연착되었는데 이는 그 안에 폭발물을 장치하였다는 제보를 누가 하였고 당국에서 이를 확인하고 수색하기 위한 과정에서 많은 시간이 소요되었기 때문이다 라는 내용의 기사를 볼 수가 있다. 또한 이와 유사한 사례는 세계적으로 많이 볼 수 있다. 그리고 실제로 대형사고가 발생하기도 하는데 뉴욕에서 일어난 9.11테러사건은 너무도 끔찍한 그런 경우이다. D항공여객기가 폭파되어 많은 인명이 살해되고 세계무역빌딩이 무너져 엄청난 인명과 재산이 손괴되었을 때 이를 보는 사람들의 느낌은 그야말로 믿을 수 없는 일이었다. 말도 안되는 있을 수 없는 일이 비행기와 대형건물에 일어나도 엄청난 충격인데, 세계 전체적으로 이런 일이 발생된다면 우리는 어떻게 해야할까?

역사적으로 보면 많은 나라들이 새로 생겼다가 망하고 사라졌지만 다시 새로운 국가가 출현되어 인류역사는 멈추지 않고 되풀이되어 왔다. 그러나 세상이 멸망한다면 인류의 후손도 없고 더 이상의 미래도 없다.

보통 사람들은 세계멸망을 이야기할 때 세계3차대전이라던가 지구와 또 다른 행성간의 충돌 또는 알 수 없는 질병에 의한 감염 등을 말할 수 있는데, 이러한 전쟁, 행성충돌, 질병 등은 국가 또는 세계적인 차원에서 담당자들이 있어 이에 대한 사전 예방노력을 하고 있다.

전쟁을 수행하는 것은 군인들이 하겠지만 이전에 수많은 정치, 외교관들이 상대국과의 무력충돌을 피하기 위한 교섭을 하며 또한 '딥 임팩트' 라는 영화에서 보듯이 행성충돌이 예상되면 세계의 유명과학자라던가, 관련분야의 세계적인 권위자, 전문가들이 모여 이를 피하기 위한 모든 시도를 하게 된다. 질병은 더 말할 것도 없다. 전세계적으로 수많은 의학연구기관과 제약회사, 의료기관 등에서 이를 퇴치하고 예방하고자 애쓸 것이며, 필요하다면 정부나 세계 모든 기관이 이들을 지원할 것이다.

그러니 이들 요인에 의한 멸망 가능성은 그렇게 크지가 않다. 과거 세계대전을 경험한 사람들은 이러한 경력을 살려 사전에 전쟁확산 예방노력을 하던가 UN이나 다른 중개국을 통해 국가간 갈등을 무력이 아닌 대화로서 풀게끔 중재하기 때문이다. 행성충돌에 의한 경우도 과거부터 계속 반복되었던 문제이다. 그러나 사람이 살고 있는 지구는 수억 년을 지내왔지만 아직까지 어디에도 대형운석의 흔적은 찾아보기 힘들다. 질병의 문제도 과거 흑사병이나 천연두 같이 많은 사람이 사망한 경우가 있으나 그래도 인류는 이를 극복하였으며 새로운 질병은 또 계속 발생되고 있다. 이러한 전쟁, 행성충돌, 질병 등의 문제는 과거에도 그랬고 미래에도 계속되겠지만 인류역사는 멈추지 않고 인류는 생존을 유지해 왔다.

그러나, 인간을 창조한 창조주로부터 인류를 멸망시킨다는 연락을 받고 과거 이와 같은 사례가 기록으로 있다면 어떻게 해야 할까? 당연히 모든 수단을 동원해 이를 예방하고자 할 것이다. 우선 이러한 메시지가 어떻게 전달되고 그 내용과 의미를 파악했는지 정리되어야 하겠고 기록에 나타난 유사사례 등을 판단해 검토해야겠지만 나는 성경을 중심으로 한 사례를 파악해 정리하고자 한다. 이는 예수께서 성경에 나타난 주요 인물이기 때문이다.

우선 본인이 예수재림 사실을 확인하고 앞으로 닥칠 재앙을 알게 되기까지의 경위를 소상히 기술한다.

1. 예수의 방문

1973년 10월 22일 오후 2시경 나는 집에서 잠을 자고 있었는데 누가 나를 흔들어 깨웠다. 이때 나는 서울에서 S공고 기계과를 졸업하고 H병유리 공장에 취직이 되어 근무를 하고 있었는데 작업조건이 삼 교대 근무였다. 이날은 심야근무로 밤 10시에 교대하여 다음날 아침 7시에 퇴근을 하는데 낮에 충분히 잠을 자야 저녁에 들어가 일을 할 수가 있었다.

내가 잠을 깨고 일어나 보니 웬 할아버지가 있었는데 한복차림에 머리와 눈썹이 다 희고 머리형은 짧은 머리였다. 나는 놀래서 크게 소리쳤다.

"누구세요"

그러나 그는 누구라고 대답을 안하고 다른 말을 했다.

"예수님께서 널 찾아 오셨으니 밖에 나가 보아라."

누군지 모르지만 누가 날 찾아왔으니 나가 보아야 한다는 생각에 나는 나도 모르게 밖으로 나가기 위해 몸을 움직였다. 방문을 열고 마당으로 나가기 위해 문턱에 앉아 신발을 신었는데 이때 가만히 생각하니 무언가 이상했다.

'아니! 예수라면 이천 년 전에 죽은 이스라엘 국가의 종교지도자 아닌가? 죽은 사람이 어떻게 나를 찾아오지? 무언가 잘못되었구나.'

이상하지만 그래도 일단 나가보자며 나는 문 앞마당으로 나가 주위를 휘 둘러보았는데 아무도 없었다.

'그러면 그렇지! 그럴 리가 있나. 예수님이 어떻게 날 찾아오나? 에이! 들어가자.'

다시 들어가 자던 잠이나 마저 자야겠다며 나는 내방으로 들어가려고 몸을 돌려 문으로 걸어갔는데 이때 갑자기 무언가 이상함을 느꼈다. 주위가 너무도 조용했던 것이다. 사람 사는 동네이다보니 여러 소리가 들리기 마련이다. 멀리 자동차 소리하며 애들 뛰노는 소리, 사람 지나가는 소리, 개 짖는 소리, 하다 못해 바람소리라도 있게 마련이다. 그러나 이상하게 아무소리도 없었고 너무도 고요했다. 본능적으로 이상함을 느끼며 나는 나도 모르게 뒤를 돌아보았는데 깜짝 놀랐다. 이상하게 우리 집 담이 안보이는 것이었다. 그리고 우리 집 대추나무도 안보였다.

'아니! 담이 왜 안보이지? 담이 넘어갔나?'

나는 주위를 두리번거렸는데 가만히 보니 우리 집 담만 없는 것이 아니고 앞집 담도 없고 또 그 윗집, 아랫집 담도 없고 담뿐만이 아니었다. 앞집도 없는 것이었다. 아니 앞집 건물뿐 아니라 동네 모든 건물이 안보였다. 다만 평편한 평지가 멀리 보이는 산까지 연결되어 있었고 사람이고 건물이고 나무고 아무 것도 없었다.

'아니! 이럴 수가……. 어떻게 이런 일이?'

앞에 전개된 엄청난 광경에 나는 어쩔 줄을 몰랐다. 잠시 정신을 가다듬고 주위를 가만히 살펴보았는데 하늘은 구름에 덮여있어 해는 안보이고 멀리 집 앞에 있는 산은 보였다. 그리고 우리 집 마당이 평탄한 평지로 앞에 있는 산과 연결되어 있었으며 그 사이에는 건물도 사람도 나무도 아무 것도 없었다. 좌우를 둘러보았는데 역시 평지였다. 우리동네는 산동네라 분명 지형의 굴곡이 있어야 되는데 높낮이가 없어지고 모두 평편한 평지였다. 그리고 이상하게 주위가 너무도 조용했다. 아무소리도 들리지 않고 너무도 적막했다.

너무도 엄청난 일을 당해 나는 그냥 놀라기만 할 뿐 어떻게 받아들이고 이해해야 할 줄을 몰랐다. 나를 중심으로 해서 좌우 앞으로 전부 평탄한 평지이며 멀리 앞으로는 검은색으로 산만 보였다. 이런 경우를 뭐라고 설명해야 할까? 나는 하도 신기해서 계속 두리번거리며 둘러보았는데 무심코 보니 산 중앙부위에 무언가 하얀 것이 보였다. 자세히 보니 위에서 아래로 길죽한 흰 색 전봇대처럼 생겼는데 윗부분은 폭이 넓고 아랫부분은 좁았는데 중간부위에서 밝은 빛이 나고 있었다. 그 모습은 마치 흰색 전신주를 거꾸로 세워 공중에 세워 놓은 형상이었으며 그 기둥 맨 아래에 흰색 옷을 입은 사람이 있었다. 그것은 빛 기둥이었다.

그리고, 기둥이 점차 내게 가까이 다가오는 것으로 흰 옷 입은 사람이 내 쪽으로 걸어오고 있음을 알 수 있었다. 빛 기둥은 이 사람의 머리 부에서 시작되어 위로 올라가다가 기둥의 중간 부에서 서로 엇갈리며 백색광선을 내고 다시 광도가 떨어지며 폭이 넓어졌는데 전체적으로는 백색 콘크리트 전봇대를 거꾸로 세워놓은 형상이었다. 나는 직감적으로 판단했다.

'저분이 예수님이구나.'

나는 모든 것이 신기했다. 눈앞에 전개된 웅장한 광경과 빛 기둥이며 나를 향해 걸어오는 사람이. 그러다 나는 잠시 생각을 했다.

'혹시 내가 꿈을 꾸고 있는 것이 아닌가?'

나는 손등이며 허벅지를 꼬집어보았는데 분명 꿈은 아니었다.

'그런데 저분이 왜 나를 찾아 오셨지?

그러나, 내가 마음속으로 자문을 하자마자 갑자기 이분의 음성이 들렸다.

"세상은 너무도 험악하여 구할 수 없으니 쓰러지기 전에 알라."

예수님은 분명 저 멀리서 나를 향해 걸어오고 있었는데 잠시 내가 그분에게서 시선을 집중 못했는데 어떻게 된 일인지 잠깐 사이에 그분은 내 앞에 와 있었고 손을 내밀면 닿을 수 있는 위치에 있었다. 옷은 흰색이고 통으로 된 옷으로 신발이나 손은 보이지 않았다. 그러나 나는 이런 것에 신경 쓸 겨를이 없었는데 그것은 이분의 음성 자체가 너무도 맑고 신비했기 때문이었다. 너무도 맑은 소리에 감격되어 다른 것은 생각을 못했다. 이분의 목소리는 맑고 깨끗했으며 우렁차지는 않았으나 부드럽고 큰소리였다. 악센트는 없었으며 음의 높낮이가 없는 평탄한 발음이었다. 음성 중에 파도가 치는 듯한 미세한 진동이 느껴졌으며 주위에 꽉 차는 소리로 내 앞에서 얘기했지만 음성의 진원방향을 알 수 없을 정도로 귀에 가까이 들렸다. 소리 자체가 너무도 신비로웠다.

'어떻게 목소리가 이렇게 맑고 깨끗할 수 있을까? 그런데 지금 한 말이 무슨 뜻이지?'

나는 방금 들은 말을 몇 번 되풀이하여 의미를 되새겨보았지만 아무리 해도 무슨 말인지 뜻을 알 수가 없었다. 몇 번 더해보다 안되자 나는 포기를 하고 이번 기회에 이분 얼굴이나 한번 보자는 생각이 났다. 이전에 나는 세계사 책을 통해 세계 삼대 성인인 석가, 공자, 예수의 머리부분이 서로 다른 것을 보고 이상하게 생각한 적이 있었는데 석가는 머리에 구슬같이 동그란 원형물질이 많이 있었고 공자는 갓이란 모자를 쓰고 있었고 예수는 철망가시를 두르고 있었다.

'말의 뜻이야 나중에 알아도 되고 지금은 이분 얼굴이나 보아두자. 그

래도 이분이 세계 삼대 성인 중의 한 분이 아닌가! 사람은 기회를 잘 활용할 줄 알아야 돼.'

나는 갑자기 눈을 크게 뜨고 고개를 번쩍 들었다 이분의 얼굴을 보려고. 그러자 공중에 번쩍하며 하얀 광선이 보였고 그 광도가 너무 높아서 나도 모르게 순간적으로 눈이 저절로 감겨져버렸다. 다시 눈을 뜨려고 손가락을 대고 눈을 부벼보았지만, 이상하게 눈을 뜰 수가 없었다. 몇 번 해보다 안되자 나는 당황했고 어떻게 해야될 줄을 몰랐다.

'이상하다. 왜? 눈이 안떠지지, 이거 이러다 실명되는 것 아닌가? 큰일인데 오늘 회사에 야간작업 들어가야 되는데.'

나는 덜컥 겁이 났다. 이렇게 양쪽 눈이 다 갑자기 안보이는 경우는 처음이고 누구라도 당황하기 마련이다. 그러다 보니 다른 생각은 못하고 어떻게 하면 눈을 뜰 수 있을까? 생각하다 우선 방에 들어가 쉬기로 했다. 왜냐하면 지금 어떻게 할 수 있는 방법은 없고 들어가 쉬다 보면 나아지겠지 하는 생각이 들었기 때문이었다.

'지금 다른 방법은 없고 일단 들어가 쉬어 보자.'

집 담벼락을 손으로 더듬어 나는 내방으로 들어와 누워있다 한참을 지나 일어나서 눈을 떠보니 신기하게 눈이 떠지며 방안에 있던 모든 사물이 평소같이 보였다.

'다행이구나, 회사에 출근 못할까봐 걱정했었는데, 밖에 다시 나가보자.'

나는 사물을 볼 수 있다는 것이 신기하게 느껴졌다. 두리번거리며 방문을 열고 밖에 나와 보았는데 우리 집 마당은 평상시와 달라진 것이 없이 그대로였다. 담도 있었고 장독대며 대추나무 그리고 앞집과 동네 모든 것이 평소와 같으며 달라진 것이 없었다.

나는 다시 방에 들어와 곰곰이 생각을 했다.

'아니 이게 무슨 일이지? 분명 마당에 아무 것도 없었는데 그리고 그 분이 한 말은 무슨 뜻이지?'

나는 아무리 생각해도 내가 경험한 일에 대해 이해를 할 수가 없었고 말의 뜻도 알 수가 없었다.

'분명히 꿈은 아닌데 그렇다고 현실은 아니고, 그럼 무엇이냐?'

일단 나는 이날 회사에 정상출근을 하였고 평소와 같은 하루를 보냈다. 그러나 그후에도 계속 나는 내가 들은 말의 뜻을 알려고 애를 썼으나 파악하지 못하고 이를 포기하고 말았다. 주위 사람에게 물어보는 수도 있었는데 이는 생각지도 못한 것이 누가 들으면 말도 안되는 소리라고 판단할 것 같았고, 스스로 생각해도 너무나 황당한 경험이었기 때문이었다.

'사람이 살다 보면 이런 일도 있고 저런 일도 있는 것이지 어떻게 모든 일을 다 알 수 있겠느냐! 신경쓰지 말자.'

그러나, 나는 얼마 뒤 성경책을 한 권 사서 소장하게 되었는데 이는 이상한 꿈을 꾸고 나서였다. 꿈에 웬 노인이 나와 마주 앉아 책 옆면이 붉은 색으로 된 성경책을 읽어주었는데 그 책이 굉장히 컸다. 꿈을 깨고 나서 나는 이상한 생각이 들었다.

'나는 교회 다니는 사람도 아닌데 왜 이런 꿈을 꾸지?'

그러다 생각나는 것이 먼저 경험을 생각하며 혹시 모르니까 성경책을 한 권 사자는 것이었다. 막연하지만 장래 나와 무슨 일이 있을지 모른다는 생각 때문이었는데, 이는 나의 꿈에 대한 과거 경험 때문이었다.

중학교에 입학할 때 나는 입학시험을 보았는데 합격자 발표일 전 꿈속에서 합격이 되었다. 너무도 기쁜 마음에 부친께 이 사실을 알린다며 눈길을 뛰어 오르다가 숨이 차 잠시 쉬면서 생각을 했는데 혹시 내가 잘못 본 것 아니냐는 것이었다. 그러면서 다시 가 확인하자며 생각하다가 나는 잠이 깨었다. 그리고, 수일 후 발표일에 나는 꿈속에서와 똑같은 경험을 하였는데 이때부터 꿈에 대해 매우 신기하게 생각하고 있었다. 이를 기억하는 이유는 시험합격 여부에 많은 걱정을 하였기 때문이었다. 만약 불합격되면 시내에 있는 G중학이나 기타 다른 학교를 가야 하는데, 이는 버스 통학을 해야하고 사립으로 학비도 비싸기 때문이었다. 그러나 내가 응시한 이 학교는 집에서 도보통학이 가능했고 공립으로 학비도 사립에 비해 훨씬 저렴했다. 그런데 꿈에 시험에서 합격이 된 것이다. 꿈은 보통 현실과 반대라는 말을 책에서 읽어 알고있던 나는 걱정이 많이 되었다. 밥맛도 없고, 누구한테 말도 못하고, 특히 부친한테 면목이 없었다. 왜냐하면 응시원서를 작성하기 위해 졸업한 국민학교를 찾았을 때 담인 선생님은 부친에게 그 학교는 어렵다며 추천을 만류했고 부친은 불합격해도 좋으니 추천을 해달라고 우겨서 억지 지원을 한 것이기 때문이었다.

그러나, 발표 당일 걱정과는 반대로 합격이 되었고 꿈에서와 똑같은 일이 벌어졌는데, 실제로 뛰어가다가 눈 덮인 고갯길에서 숨이 차 쉬던 중 잘못 본 것 아닌가? 재확인해야겠다며 발표장에 다시 돌아가 확인을 하였다. 수일 후 우연히 꿈에 있었던 일을 회상하며 꿈에 대한 나름대로의 판단을 갖게되었다.

'어떻게 꿈에 일어났던 일이 현실 속에서 똑같이 일어났지? 꿈이란 것이 참으로 신기하구나!'

이런 경험으로 인해서 나는 먼저 예수의 방문이라던가 꿈속에서 누가 성경책을 읽어 준다던가 하는 것에 대해 장래 나와 무슨 관련이 있을지도 모른다는 생각을 하게된 것이었다. 그리고 언젠가 성경책을 읽어 보아야겠다는 생각을 갖고 있었는데 이는 각종 문학자료를 읽어보면 그리스신화와 성경의 문구가 많이 인용되기 때문이었다. 그러나 막상 책을 산 후 읽어보려고 하였으나 재미가 없고 내용도 잘 모르겠고 해서 읽지는 못했고 그냥 계속 소장만 하고있었다.

2. 존재원리

이로부터 수년 뒤인 79년도에 나는 울산의 현대엔진 회사에서 근무를 하고 있었는데, 이때 너무도 충격적인 일을 경험하였다. 이 회사에는 인사고과제도가 있어서 이에 따라 승급이나 상여금을 책정하게되었는데, 특히 연말 상여금은 모두 동일한 수준이 아니고 고과에 따라 50%에서 350%까지 차이가 있었다. 즉 인원이 많다보니 이를 통제하고 능률적으로 관리하기 위해 도입한 제도인데 문제는 강제 배분하게 되어있어 아무리 일을 잘해도 조직에서 일정 수의 인원은 상여금을 평균보다 적게 받아야되고 또 일정 수의 인원은 더 많이 받아야만 했다. 회사로 보아서는 효율적일는지 모르지만 인사고과 최하를 받은 사람들의 불만은 이들 가슴속에 누적되어 있었다. 이런 이유로 인해 1970년대 조선소 폭동도 일어나고 하였는데 결국에는 노동조합이 설립되는 주요 원인이 되었다.

그런데, 내가 인사고과 최하를 받고 상여금 50%를 받은 것이었다. 입사한지 얼마 안되어 이런 제도가 있어 누군가는 이러한 대우를 받아야만 한다는 현실을 몰랐던 나로서는 크게 실망할 수밖에 없었다.

처음에는 인사고과를 책정한 담당자를 원망하기도 했지만 결국 나는 자신의 처지를 비관하게 되었다. 과거를 되돌아보고 현재상황을 둘러보며 이렇게 부당한 대우를 받느니 다른 자리를 알아볼 수 없을까하여 자신에 대해 많은 생각을 하였다. 객지에 나가 어려운 일을 당하면 고향 생각을 하는 것이 인지상정인데 이를 계기로 나는 나 자신을 되돌아보는 기회가 된 것이었다. 곰곰이 생각해보니 국민학교 때도 그렇고 무엇 하나 잘하는 것이 없었다. 중학교 때도 그렇고, 고등학교 마찬가지고, 먼 저 근무하던 직장, 그리고 군대에서도.

중학교 때 나는 학교졸업 후 선원이 되고 싶어 목포에 있는 M해양 고등전문학교에 응시하려고 했다. 왜냐하면 졸업 후 취직이 보장되고 보 다 넓은 세상을 상대하며 일을 하고 보수도 좋았기 때문이었다. 그리고 나중에 알았는데 이 학교는 재학생 전부 기숙사 생활을 하며 학비도 전 액 국비지원이라는 것이었다. 나는 좋다구나 하고 열심히 공부했지만 결 국 고등학교는 서울에 있는 S공고를 응시하게되었는데 이는 부모님의 뜻에 따라야 했기 때문이었다. 부친은 방앗간을 운영했던 경험이 있어 그런지 또는 본인이 이루고 싶던 욕망 때문이었는지 모르지만 이상하 게 S공고에 대해 집착하며 거기 꼭 가야한다고 주장하시는 것이었다. 그래서 S공고에 입학했는데 졸업 후에는 병 공장에 취업이 되었고 여 기서 일을 하다 병 금형 제작 일을 했는데 이것도 그렇게 잘하는 것은 아니었다. 그러다 군 제대 후 중동에 나가 외화나 벌어 온다고 H그룹 공채입사시험에 지원하였는데 정밀기계 제작경험이 있는 이유로 이곳 H엔진 기계공장에 배속되어 근무를 하였고.. 그러다 여기서 완전 찬밥 대우를 받은 것이었다.

여기서 벗어날 수 있는 방법이 있나 하고 생각해보았는데 그것이 간 단한 문제가 아니었다. 모아 둔 돈도 없고 집안형편이 좋은 것도 아니 고 그렇다고 학벌이나 무엇하나 뛰어난 기술이나 실력이 있는 것도 아 니고, 그리고 촉망되는 장래희망이 있다든지 전망이 좋은 것도 아니었 다.

여기서 나는 나 자신에 대해 크게 실망을 했고 자신에 대해 자문을 하기 시작했다.

‘나 같은 사람이 살아갈 필요가 있을까? 아무리 보아도 장래 희망도 없고 전망도 안좋은데.’

그리고, 나는 스스로 생각하길 나 같은 사람이 왜 살아야하나? 라는 의문까지 갖게되었는데 이는 만사가 귀찮기 때문이었다. 또한 나는 스스로 자신을 비하하며 절망적으로 보았는데 이러다 보니 매사에 의욕이 없고 모든 일에 생기가 없으며 사람이 점점 부정적으로 되어갔다. 그러면서 이렇게 어려운 세상을 포기할까라고도 생각했지만 이것도 아무나 하는 일이 아니었는데 왜냐하면 그것도 보통 용기가 아니면 안되는 일이었기 때문이었다.

마침내 나는 관련 책자를 찾아보았는데 결국에는 찾지 못했고, 주위 사람들에게도 물어보았는데 어떤 사람은 왜? 늦은 나이에 해답이 없는 문제를 갖고 고민을 하느냐고 충고하기도 했고 어떤 사람은 인생은 멋으로 사는 것이라며 인생을 즐기라고 이야기해 주었는데 나에게 이런 조언은 생활자세나 방법이었지 내가 알고자했던 존재이유는 아니었다.

또 다른 사람은 나에게 신우회라는 회사내 성경공부 모임을 소개하며 같이 성경을 배우다보면 알 수도 있다며 모임에 참여하기를 권했다. 그래서 매주 수요일 점심시간에 모여 교육을 받았는데 신약성서를 기본으로 보통 교회 초신자들이 교육받는 C.C.C 성경교재를 갖고 교육을 하였다. 그러나 이러한 교육이나 활동이 금방 나에게 도움이 되는 것은 아니었다.

어떤 날은 이런 저런 궁리를 하다가 인류 역사적으로 보면 얼마나 많은 사람들이 태어나고 죽어갔을까? 라는 생각을 했는데 나하나 사라지는 것은 일도 아니구나 하는 판단을 했고, 나하나 없어져봤자 누군가 다시 내 자리를 차지하겠지라는 결론에 이르자 나는 정말 초라하고 별볼일 없는 사람이 되어버렸고 점점 더 무기력한 사람으로 변모되어갔다.

그러다, 하루는 숙소 내에 있는 사물을 둘러보며 자문을 해보았는데 이는 자신만 보고 판단할 것이 아니라 주위사물을 보며 파악을 해보자는 것이었다.

'여기 있는 책상과 의자 작업복은 왜 있는 거지?'

'그거야 필요하니까 있는 것 아니냐!'

'그렇다면 어떤 사물이 존재한다는 것은 필요하기 때문에 있다라는 말인데 이것이 맞는 말인가?'

나는 숙소 내 사물들을 가만히 관찰해보았는데 침대, 책상, 의자, 작업복, 책, 모든 것이 필요한 것이었고 불필요한 것은 없었다.

'그렇다면 사물뿐만이 아니라 사람도 필요하기 때문에 존재하고 나도 무엇인가 필요하다는 결론인데 이 말이 맞는가?'

아무리 생각해도 나는 이 결론을 부정할 수가 없었는데, 당장 내가 살아가는 이유는 모르겠지만 나는 무언가 꼭 필요한 사람이고 무엇인지 모르지만 꼭 있어야되는 사람이었다. 그 동안 알고 있기로는 자신이란 수많은 사람중의 한 사람이고 그러다 보니 없어도 되는 사람, 있으나 마나한 사람, 아니 없는 것이 나은 사람, 인생 낙오자 등 이런 사람이었는데 알고 보니 그게 아니었다. 나는 무언지 모르지만 꼭 필요한 사람이었다. 실력이 없고 다른 사람이 볼 때는 찬밥인지 모르지만 나는 필요한 사람이었고 불필요한 사람이 아닌 것이었다.

이때, 나는 나도 모르게 벌떡 일어나 정신을 똑바로 하고 몇 번이고 생각해보았는데 틀림없었다. 주위 사물이 필요하기 때문에 있듯이 무엇인지는 모르지만 분명 나도 필요하기 때문에 존재하는 것이었다. 그리고 비로소 나는 죽었던 사람이 다시 소생하는 듯한 기분을 느끼며 활기를 되찾을 수 있었다. 그러면서 나는 주위사물을 계속 관찰하며 여러 결론을 내릴 수 있었는데 하루는 또 이런 생각을 했다.

'여기 있는 책상과 의자, 작업복이 필요해서 있는 것은 틀림없이 맞는데 구체적으로 필요한 이유가 무엇이냐?'

그것은 각 사물마다 고유역할이 있었다. 책상은 책상대로 의자는 의자대로, 또 옷은 옷대로, 옷이 책상의 역할을 할 수 없듯이 각각의 사물만이 갖고있는 고유역할이 있었는데, 여기서 나는 무언지 모르지만 나도 고유역할이 있구나하는 판단을 하였다.

그리고, 하루는 또 다른 생각을 하였다.

'책상은 책상의 고유역할이 있는데 그 역할은 어떻게 갖게된 것일까?'

그것은 제작자가 책상을 만들 때 이미 부여한 것이었다. 즉 책상은 만들어졌으며 만들기 전에 이미 역할이 부여되었다, 제조자에 의해서. 그렇다면 다른 주위사물도 마찬가지인가하고 보니 그 사실은 서로 동일하였다. 즉 주위사물은 스스로 창조되거나 만들어지지 않았고 누군가 사물을 만들었으며 만들 때 이미 역할이 부여되었다.

'그렇다면, 나는 어떤가?'

곰곰이 생각해보니 그것은 나도 마찬가지였다. 내가 스스로 태어난 것도 아니고 또한 내가 원한다고 해서 태어난 것도 아니었다. 주위사람도 마찬가지였다. 본인이 싫던 좋던 어느 날 갑자기 이 세상에 태어난 것이지 본인 스스로 창조하거나 태어난 사람은 없었다.

'그렇다면 사물이 그렇듯이 나에게도 분명 부여된 고유역할이 있는데 그것은 무엇일까?'

그러나, 그것은 금방 알 수가 없었다. 하지만 분명하게 나의 고유역할이 있다는 것은 알 수 있었다. 하루는 또 이런 생각을 해보았다.

'만약, 책상과 의자가 자기 역할이 있는데 그 역할을 못하게되면 어떻게 될까?'

자기 역할을 못하게되면 필요한 사물에서 필요 없는 가구로 변하게되며 쓸모 없는 책상은 누군가 갖다 버리던가 아니면 제 기능을 할 수 있도록 사용자가 보완을 할 것이다. 그러나 어떤 경우에도 사물이 제 역할을 못한다면 버림받는 것은 확실하다.

이러한 과정을 통해 나는 자신의 고유역할이 상당히 중요하며 이 역할을 찾아서 수행하는 것이 올바른 삶의 방법이라고 생각하게되었다.

또한, 확실히는 모르겠지만 무엇인가 인간을 창조한 세계가 있구나 하는 사실을 알게되었는데 이것은 나로서는 상당히 중요한 발견이었다. 그것은 주위사물을 둘러본 결과 모든 사물이 누구인지는 모르지만 사람에 의해서 만들어졌고 사람은 어떤가 하고 생각해보니 사람도 마찬가지 아니냐 하는 판단이 섰으며 사람도 스스로 태어난 사람이 없듯 인간을 만들고 창조한 세계가 있구나 하는 결론을 내린 것이었다. 그러나 그 세계가 어떤 세상인지는 알지 못하고 단지 있다는 사실만을 확인하였다.

이런 식으로 나름대로 나는 내가 살아가는 이유를 정리했는데 이는 다음과 같다.

첫째, 사물이 존재하는 이유는 사물의 고유역할 수행에 있으며 이 역할은 사물의 제조 시에 제조자에 의해 사물에 부여된다. 사람도 부여된 역할이 있다. 그리고 사물은 인간에 의해 만들어졌듯이 인간을 창조한 또 다른 세계가 있다.

둘째, 사물이 가장 경제적이고 용이하게 존재할 수 있는 방법은 사물에게 주어진 고유역할을 수행하는 것이다. 사물의 역할수행이 계속되는 한 필요하다면 사람에 의해 수리도 될 것이고 계속 존재유지가 가능할 것이다. 사람도 기본원리는 동일하다. 사람도 주어진 고유역할을 추진할 때 가장 유리하게 존재하게된다.

셋째, 사물은 역할수행을 어떻게 하는가? 그것은 간단하다. 책상은 책상의 역할수행이 가능토록 모양, 형체, 크기 등이 제조자에 의해 부여되어 있다. 의자도 마찬가지고 모든 사물이 역할수행에 필요한 능력을 이미 부여받았다. 사람도 동일하다. 사람에게도 역할수행에 따른 능력이 이미 부여되어 있다.

넷째, 주위 사물이 고유역할을 못한다면 어떻게 될까? 당연히 폐기되거나 버려질 것이다. 그렇다면 사람도 자기역할을 안한다면 버림받게 될 것이다.

다섯째, 주위 사물이 사람에게 소용이 되고 사물간에 상호 해가없듯 사람도 인간창조세계에 대해 소용이 되고 사람 사이에 상호 해가 없어야 한다. 스스로를 위한, 존재를 위한 존재는 잘못되었다.

이런 내용으로 나는 나름대로의 존재이유와 방법을 갖게되었는데 이에 따르면 가장 중요한 것이 나의 고유역할이었다. 이것을 찾아서 이를 수행하는 것이 나에게는 가장 중요하며 소중하다. 이를 알기만 한다면 역할수행에 따른 필요한 모든 능력과 기능이 부여될 것이다. 또한, 역할을 수행하는 한 나는 계속 존재할 수 있다.

'그런데, 그 역할은 어떻게 찾지? 지금은 모르지만 장차 알게되겠지.'

또한 이런 생각도 해보았다. 사물에 의하면 사물이 제작되었을 때 이미 역할이 부여되었듯 사람도 태어나 성장해서 한 사람의 성인이 됐다면 무엇인가 역할을 해야하고 역할과 관련된 어떤 경험이나 지식습득, 여러 사건 등이 연관되어있을 것인데 나는 나의 과거를 되돌아보며 혹시 관련된 어떤 것이 없는가하고 생각해보았는데 잘하는 것도 없었고 특별한 재능이나 능력, 이런 것과는 전혀 상관이 없었다.

일단 나는 고유역할이야 알게 되는대로 수행하면 되고 당장은 내게 주어진 역할 즉, 회사일 같은 현실생활에 충실하기로 했다. 그러면서 나는 다짐을 했다. 지금은 잘 모르지만 언젠가는 나의 주어진 고유역할을 알게될 것이다. 그러면서 나는 이러한 사실을 통해 막연하지만 장래에 대한 희망을 느낄 수 있었다.

그리고, 일년 정도 후에 나는 우연히 벤허 영화를 관람하였는데 이때 예수에 대해 많은 의문을 갖게되었다. 왜냐하면 전에는 몰랐는데 이분이 형장으로 끌려가는 장면이라던가 가는 도중에 군인들로부터 매질을 당하고 하는데 이 사람이 무엇을 잘못했는지 몰라도 왜 이렇게 되었나라고 생각하니 이해가 안되는 부분이 많았다. 내가 느끼는 것은 우선 인간으로서 안됐다라는 동정심이었다. 그러면서 이분에 대해 많은 의문을 갖게되었다. 우선 이분은 신 또는 하나님의 아들이라 불리 울 만큼 전지전능하고 초능력을 소유한 거룩한 성인인데 영화에 나타난 이분의 모습은 그게 아니었다. 초라하고 매질에 고통스러워하는 인간과 다를 바 없는 그런 나약한 모습이었다. 그리고 그렇게 훌륭한 위인이 왜 매맞아 가며 십자가 기둥에 묶여 처참하게 죽음을 당하느냐 하는 것이었다. 나는 여러모로 이해가 안됐다. 또 생각을 해보니 이분은 떠돌이 생활을 한 것으로 알고있는데 그렇다면 직업도 없었을 테고 결혼도 안한 것으로 아는데 왜 이렇게 남다른 생활을 하다 억울하게 처형을 당한 것일까? 그리고 보통 사람이 무슨 행위를 하든 다 먹고 살자는 목적으로 하는 것이다. 종교도 마찬가지다. 그런데 고생만 하다 억울하고 비참하게 살해된다 이건 아무리 생각해도 이해가 안되었다.

　이분이 성인으로서 어떤 좋은 교훈과 가르침을 남겼는지 모르지만 교훈자가 성공하지 못하고 저렇게 억울하게 개죽음을 당한다면 아무리 좋은 가르침이라도 다 헛되고 잘못된 교훈이 아니냐 하는 생각이 들었다. 왜냐하면 가르침이라는 것은 사람 잘되라고 가르치는 것인데 교훈자가 저렇게 생을 마감한다면 분명 그 교훈은 잘못이 있는 것이다라고 판단할 수밖에 없는 것이 즉 실천이 따르지 못하는 가르침이 아니냐는 것이었다.

　그러나, 아무리 생각해도 이분에 대한 의문만 깊어갔지 나로서는 이러한 사망에 대한 이유를 알 수는 없었다.

　다음날 나는 같이 교육을 받던 엔진신우회원인 정광문 씨를 우연히 만나 이를 물어보았는데 이분은 대답하길 하나님의 영광을 위하여 돌아가신 것이라고 대답을 하였다. 그러나 나는 이 말이 전혀 수긍이 안갔고 속으로 혼자 곰곰이 생각하였다.

　'이분은 무슨 말을 본인 스스로 생각해서 하는 것이 아니고 책에 있거나 아니면 어떤 형식에 따른 답변을 하고있구나! 사람이 죽는데 무슨 하나님의 영광이냐? 왜 이렇게 된 것이지?'

　나는 계속 예수의 죽음에 대해 생각하다 문득 수년 전에 들은 예수님의 말씀이 생각났다. 그래서 나는 이 말의 뜻을 물어보았는데 이분은 내가 들은 예수님의 말씀을 듣고 깜짝 놀라더니 우선 수긍을 했다.

　"예수님의 말씀이 틀림없네요."

　"아니! 예수께서 하신 말인지 어떻게 압니까?"

　"들으면 압니다. 성경에도 이와 비슷한 말이 있거든요."

　"그래요, 그러면 잘됐네. 그 말의 뜻이 무엇입니까? 나는 아무리 생각해보아도 모르겠던데 도대체 무슨 말인지 좀 가르쳐 주십시오."

나는 잘됐구나 싶었다. 이 말의 뜻을 알려고 무진 애를 쓰다 결국 포기하고 지금은 못하지만 언젠가는 읽겠다며 성경책을 한 권 사서 보관하고 있었는데 이분이 너무도 쉽게 이야기를 해주어 나는 마음이 놓이며 안심이 됐다.

'드디어 이 말의 뜻을 알아냈구나!'

그러나, 그는 이를 일러 줄테니 그날 저녁에 나보고 자기 숙소로 오라고 말하였다. 왜냐하면 이는 확실하게 가르쳐주기 위해서인데 이를 위해서는 성경책을 읽어보아야 하기 때문이라는 것이었다. 그날 저녁 나는 큰 기대를 하고 그를 찾아갔는데 그는 또 다른 말을 했다. 그가 다니는 교회의 목사님이 그날 저녁 그의 숙소를 방문했는데 내 이야기를 하자 나를 만나 보고싶다고 이야기해 내일 같이 교회로 가 목사님을 뵙고 설명을 듣기로 했다는 것이었다. 그러면서 그는 아무래도 목사님이 자신보다는 더 많이 아시니까 보다 더 확실하게 가르쳐주실 터이니 내일 같이 가보자는 것이었다. 나는 실망이 되었지만 다른 방법이 없었다.

그는 또 이런 말을 했다.

"목사님이 물어보시길 어떻게 그 말을 들었느냐고 하시길래 제가 잘 모르고 그냥 꿈에서 들었다고 했습니다."

나는 알았다고 답을 했는데 마음속으로는 이런 생각을 하였다.

'말의 뜻만 알면 되지 그 과정이야 문제될 것이 무어냐?'

나는 그에게 말에 관해서만 물어보았지 그 말을 듣게된 과정에 대해서는 설명을 안했는데 이는 너무도 황당하고 스스로 생각해도 엄청나고 이해가 안되는 부분이 많았기 때문이었다. 그러나 아무리 생각해도 분명 꿈은 아니었다. 그렇다고 전체 상황을 파악해보면 또 현실은 아니고 그렇다면 무엇이냐? 나는 이에 대해 명백한 답을 할 수 없었고 그냥 혼자 속으로만 알고있었다.

다음날 그와 함께 회사 근교 화정동으로 가 교회에 계신 목사님을 찾아뵈었다. 내가 인사를 하고 나자 목사님은 대뜸 나에게 질문을 했다.

"왜 그 말의 뜻을 알려고 하지?"

갑자기 질문을 받자 나는 당황했는데 이는 내가 전혀 생각지도 못한 내용이기 때문이었다. 말을 듣고 그 의미를 파악하고 알려고 하는 것은 당연한 것인데 갑자기 이유를 물으니 할 말이 없었지만 나는 곰곰이 생각해 보았다. 꼭 알아야 할 이유는 없었다. 그러나 굳이 이유를 댄다면 나는 먼저 경험을 통해 나의 할 일을 찾고 있었고 막연하지만 이 말과 관련이 있을지도 모른다는 기대를 갖고 있었는데 이런 복잡한 과정을 설명할 수는 없었다. 나는 머뭇거리다가 겨우 답변을 했다.

"그저 궁금해서 그렇습니다."

간단히 내가 답변을 하자 그는 잘 들으라며 성경책을 읽어 주었는데 그 내용은 창세기에 나오는 요셉이란 사람에 관한 이야기였다.

요셉은 어려서부터 꿈을 많이 꾸며 컸는데 자라서도 여러 역경을 맞게되지만 꿈을 해석하는 능력을 발휘해 애굽의 총리라는 높은 직위까지 올라 나중에는 부모형제와 함께 애굽에서 잘 살았다는 그런 내용이었다. 나는 중간에 목사님께 부탁 말씀을 드렸는데 책만 읽어주지 말고 내가 들은 말을 해석해 달라는 것이었다.

"목사님, 죄송하지만 좀 간단하고 쉽게 가르쳐 주시면 안되겠습니까?"

그러나, 이상하게 이분은 막무가내였다. 계속 성경책만 읽어주는데 수시간이 지난 것 같았다. 마침내 내가 그냥 가겠다고 하자 그 목사님은 내가 교회를 나오기 전에 내게 당부를 하였다.

"자네는 앞으로 하나님을 믿고 따르면 크게 복을 받을 것이고 그렇지 않으면 화를 당할 것이네."

그러나, 나는 속으로 기가 막혔다.

'아니 간단한 문장하나 해석하는데 뜻을 일러준다면서 무슨 뜻인지 가르쳐주지도 않고 맨 알지도 못하는 꿈 이야기만 하고.'

나는 그날 늦게 숙소로 돌아와 곰곰이 생각해보았는데 아무래도 이해가 안되었다.

'아니, 뜻을 가르쳐 준다면서 왜 꿈 이야기만 했을까? 그리고 성경책에 웬 꿈 얘기가 다 있나?'

그러나 이를 알 수는 없었다. 돌아오는 길에 정 기사는 나에게 말하길 지금 이 목사님은 개척교회에 계시기 때문에 이렇게 자세히 가르쳐주는 겁니다 하고 친절하게 말을 했는데 나는 이 부분도 전혀 이해가 안되었다.

'말의 뜻을 일러준다면서 성경책만 읽어주었는데 이게 무슨 가르쳐준 것이냐?'

다음날부터 나는 주위사람들에게 이 말의 뜻을 물어보았는데 이상하게 아무도 이의 의미를 정확하게 일러주는 사람이 없었다. 어떤 사람은 말하길 예수님의 말씀을 알기 위해서는 예수가 누구인지 먼저 알아야하고 이분이 누구인지를 알기 위해서는 교회에 나가야한다며 교회에 출석할 것을 권하였다. 그러나 나는 도대체 이해가 안갔다. 간단하고 짧은 문장 하나 해석하는데 왜 교회까지 다니며 의미파악을 하느냐 하는 것이었다.

그러나, 이상하게 아무도 짧은 이 말의 의미를 말해주는 사람이 없었다. 이러던 중 언양 반구대에서 부서 사람 둘째 누이로부터 이상한 말을 듣게되었다. 부서 사람 집안행사가 있어 행사 일을 돕다가 그분 누이에게 나는 무심코 말씀의 뜻을 물어보았다. 예수께서 하신 말씀이라며 말을 하자 그녀는 깜짝 놀라며 말의 해석은 안하고 이상한 말을 해

주었다.

“오늘 이 시간 이후로 다른 사람에게 지금 한 말을 절대 이야기하면 안됩니다. 왜냐하면 예수님의 말씀을 들은 사람은 언젠가 하나님의 일을 하게되기 때문입니다.”

그러면서 다시 절대로 다른 사람에게 내가 들은 말을 물어보거나 말을 하지 말 것을 신신당부하였다. 그리고 또 권한 것이 영어로 된 성경을 읽으라는 것이었다. 왜냐하면 성경은 원래 희랍어로 작성되었는데 이것이 영어로 번역되고 다시 한글로 번역되었는데 이 과정에서 의미 전달이 부족할 수 있기 때문에 영어성경을 읽어야 정확한 뜻을 알 수 있다고 했다.

그리고, 이 말의 뜻은 어느 교회를 찾아가면 일러줄 것이라고 해 울산시 양정동 소재 염포교회를 찾아가 담임목사님을 만나보았지만 이분도 시원한 대답은 안해주고 그냥 참고하라며 기독교 안내 서적을 한 권 주었다.

답답한 마음에 직접 내가 말의 뜻을 해석한다며 국어사전을 갖다 놓고 풀이를 해보다 혹시 이 말이 잘못된 문장이 아닌가 하는 의심도 해보았는데 그것은 세상이란 말이 어떻게 주어가 될 수 있느냐 하는 것이었다. 보통 세상이란 말은 장소를 나타내는 말로 ‘세상에서’ 라던가 ‘세상으로’ 와 같이 사용되는 것이다. 그런데 ‘세상은’ 이란 말은 일반적으로 잘 쓰이지 않는 말인 것이다. 그리고 정상적으로 말을 했다면 ‘자네는’ ‘너는’ ‘너 아무개는’ 이런 말이 맨 앞에 와야 되는 법이다.

혹시 내가 잘못 들은 것은 아닐까? 라고 생각해보았는데 분명 그것은 아니었다. 긴 문장도 아니었고 의미를 알려고 수십 번도 더 그 내용을 되뇌었기 때문이기도 하지만 이 말을 들을 때의 음성이라던가 분위기가 같이 연상되어 절대로 잘못 들은 것은 아니었다.

그렇다면 잘은 모르지만 이 말은 세상을 대상으로 해서 말한 것인데 왜 이런 말을 나에게 했을까 라고 생각해 보았지만 또한 이를 알 수는 없었다.

하루는 우연히 이런 생각을 하게되었다.

'내가 어린애에게 말을 할 때는 듣는 사람 수준에 맞추어 말을 하지 어려운 단어라든가 이해하기 난해한 문장은 사용하지 않는다. 이는 말이라는 것은 의사전달을 목적으로 하기 때문에 듣는 사람이 알아들을 수 있는 말을 하는 것이지 이해할 수 없는 말은 절대로 하지 않는다. 즉 말하는 사람은 듣는 사람의 형편이나 사정을 고려하는 것이다. 그렇다면 내가 들은 말은 분명 내가 스스로 해석할 수 있다는 결론인데 어떻게 이를 알 수 있을까?'

그러면서 나는 나도 모르게 예수 이분을 회상하며 말씀의 뜻을 알게 해달라고 마음속으로 간절히 부르짖었다.

'당신께서 제게 하신 말씀의 뜻을 알게 해주십시오.'

그리고 얼마 후 나는 새벽에 이상한 꿈을 꾸고 잠에서 깨어 일어났다. 꿈속에서 나는 커다란 종이 있는 종루에 올라 이를 구경한다며 손으로 살짝 만졌는데 갑자기 그 큰 종이 땅바닥으로 떨어져 소리도 없이 산산조각이 나버리는 것이었다. 종이라는 것은 절 같은 데 있으면서 시간을 알린다거나 행사가 있을 때 시작이나 종료를 알리는 일종의 신호전달 기구이다. 보통 청동으로 주조하여 만드는데 큰 것은 높이가 수 미터가 되기도 한다. 그래서 종각을 세우고 이를 칠 때는 사람이 종루에 올라가 종을 치게 되어있다. 그런데 내가 본 종이 그런 것이었다. 종이 크다보니 층계로 된 종루에 올라가 무심코 이를 만졌던 것이다. 그런데 이게 떨어져 부서져 버렸는데 나는 놀라고 당황해서 어쩔 줄을 몰랐다.

'저거 변상해 주려면 엄청 돈이 들텐데.'

나는 멍하니 서 있었는데 어떻게 해야 할 줄을 몰랐기 때문이었다. 그때 갑자기 그 절의 주인인 듯한 사람이 커다란 책을 들고 올라와 대뜸 내게 큰 소리로 말을 했다. 이분은 흰옷을 입고 있었고 머리, 눈썹이 다 희었다. 큰 키에 긴 머리이고 옷은 통옷이었다.

"당신은 후계자요. 후계자는 이 종을 깨뜨리리라고 기록이 되어 있소."

그분은 나에게 잘못을 나무라거나 변상을 요구하는 말이 아니라 전혀 엉뚱한 말을 해 나는 또 다시 당황하게 되었다.

"그럴 리가, 무엇이 잘못된 것 아닙니까?"

그러자, 그는 커다란 책을 펴서 손가락으로 책의 문구를 가리키며 읽어보라고 했다.

"틀림없습니다. 여기를 읽어보시오."

무슨 내용인지는 모르겠지만 정말이구나 하는 확신을 나는 가슴으로 느꼈는데, 그래도 확실하게 확인을 해야 한다며 관련문구를 읽으려고 했다. 책을 받아 눈에 가까이 대고 보니 왼쪽은 희랍어 오른쪽은 영어로 씌어져 있는데 희랍어 문장은 모르니 볼 것도 없고 나는 영어로 된 문장을 읽어보았는데 그 내용이 무슨 생필품에 대한 내용이었다. 그래서 나는 이상하다 라며 마음속으로 되뇌이다 잠이 깼는데 이때가 새벽이었다.

꿈의 내용을 생각하다가 문득 나는 성경책을 읽어보아야겠구나 하는 생각을 갖게되었는데 왜냐하면 내가 책을 보았을 때 오른쪽에는 오메가, 타우, 쎄타 등 이런 글씨를 이용한 문장이 있었는데 이는 희랍어로 이런 글씨는 물리나 화학공식 같은 데 많이 쓰이는 문자이다. 그런데 얼마 전 들은 말로는 성경이 초기에는 희랍어로 작성되었지만 영어로 다시 한글로 번역되었다는 말을 들은 적이 있었다. 또 후계자란 말에 대해 이는 누군가 대를 잇는 사람을 말하고 내가 듣기로는 성경에는 많은 예언이 기록되어 있다던데 혹시 예언된 사람이 있는가 라고 생각했기 때문이었다.

그래서 나는 내가 늘 소장하고 있던 성경책을 갖다 신약을 중심으로 대충 읽어보았는데 정말로 그런 비슷한 대목을 발견했다. 이는 신약 요한복음에 나오는 구절이다.

"내가 아버지께 구하겠으니 그가 또 다른 보혜사를 너희에게 주사 영원토록 너희와 함께 있게 하시리니 저는 진리의 영이라." (요14:16)

"내가 아버지께로서 너희에게 보낼 보혜사 곧 아버지께로서 나오시는 진리의 성령이 오실 때에 그가 나를 증거하실 것이요." (요15:25)

나는 깜짝 놀랐다. 확실한 내용은 모르겠지만 실제로 예언된 사람이 있는 것이었다. 즉 또 다른 보혜사라는 사람이었다.

'야! 어떻게 이런 일이, 그런데 이 사람이 나하고 무슨 상관이 있는 것 같던데'

나는 혹시나 하는 마음에 수일에 걸쳐 성경책을 찾아보았는데 이 사람에 대한 예언은 그 내용이 더 있었다. 그래서 그 내용을 정리해보니 잘은 모르지만 그것은 내가 할 일 같았다.

그 내용을 정리하면 다음과 같다.

1) 내가 아버지께 구하겠으니 그가 또 다른 보혜사를 너희에게 주사 영원토록 너희와 함께 있게 하시리니 저는 진리의 영이라 세상은 능히 저를 받지 못하나니 이는 저를 보지도 못하고 알지도 못함이라 그러나 너희는 저를 아나니 저는 너희와 함께 거하심이요 또 너희 속에 계시겠음이라. (요14:16-17)

2) 보혜사 곧 아버지께서 내 이름으로 보내실 성령 그가 너희에게 모든 것을 가르치시고 내가 너희에게 말한 모든 것을 생각나게 하시리라. (요14:26)

3) 내가 아버지께로서 너희에게 보낼 보혜사 곧 아버지께로서 나오시는 진리의 성령이 오실 때에 그가 나를 증거하실 것이요 너희도 처음부터 나와 함께 있었으므로 증거 하느니라. (요15:26-27)

4) 그러하나 내가 너희에게 실상을 말하노니 내가 떠나가는 것이 너희에게 유익이라 내가 떠나가지 아니하면 보혜사가 너희에게로 오시지 아니할 것이요 가면 내가 그를 너희에게로 보내리니 그가 와서 죄에 대하여, 의에 대하여, 심판에 대하여 세상을 책망하시리라. 죄에 대하여라 함은 저희가 나를 믿지 아니함이요, 의에 대하여라 함은 내가 아버지께로 가니 너희가 다시 나를 보지 못함이요, 심판에 대하여라 함은 이 세상 임금이 심판을 받았음이니라. 내가 아직도 너희에게 이를 것이 많으나 지금은 너희가 감당치 못하리라. 그러하나 진리의 성령이 오시면 그가 너희를 모든 진리 가운데로 인도하시리니 그가 자의로 말하지 않고 오직 듣는 것을 말하시며 장래 일을 너희에게 알리시리라. 그가 내 영광을 나타내리니 내 것을 가지고 너희에게 알리리라 하였노라. (요16:7-14)

이러한 내용을 정리하며 여기에 기록된 할 일이란 내가 해야 될 일이로구나 하고 나는 판단하였는데 그것은 위 말씀 중에서 '그가 세상을 책망하시리라' 는 문구로 이것은 내가 들은 '세상은' 이라는 말과 관련이 되고, 또 그가 자의로 말하지 않고 오직 듣는 것을 말한다는 구절도 있는데 이것도 나의 경험과 연계되는 것이었다.

나는 이러한 판단에 대해 스스로 여러 번 자문을 해 보았다.

'나는 나의 고유역할을 기다리고 있었는데 이 일이 과연 내가 해야 될 일이 맞는가? 혹시나 내가 잘못 판단한 것은 아닐까?'

그러나, 나는 내가 아직 정확한 말씀의 의미는 모르지만, 내가 들은 말씀과 성경에 있는 구절이 연계되어 책에 기록된 일을 내가 해야되는 구나 하고 판단하였다. 그러면서 또 한편 내가 잘못 판단한 것이 아닌가 하는 의구심이 계속 일어났다.

'아니, 나는 교회 다니는 사람도 아니고 종교에 관심이 있는 사람도 아닌데 이런 일을 하게 할까? 이것 무언가 잘못된 것 아닌가?'

나름대로 지금까지의 상황을 정리해 보았는데 나는 객지에 나와 고생을 하다 현실타개를 위해 존재원리를 만들었고 이 원리에 따라 부여된 나의 고유역할을 찾고 있었다. 그런데 우연히 어려서 내가 들은 예수님 말씀을 기억해 냈고 이 말씀의 뜻을 알고자 노력하다 성경에 예언된 사람이 있음을 알게되었고, 또한 이 인물이 해야 될 일이 기록되어 있는데 내가 들은 말이 이 사람이 해야되는 일과 연관이 되는 것이었다.

그래서 나는 이 사람이 한다고 기록된 일이 바로 내가 해야될 일이구나 하고 판단한 것이었다. 그러나 현실적으로 보면 나하고는 전혀 어울리지 않고 맞지 않는 일이었다. 나는 이런 종교 일을 하기에는 너무도 다른 세계에 살고있는 사람인 것이다.

그러나, 나는 아무리 생각해도 확실히는 모르지만 이 일은 내가 해야 될 일이 틀림없구나 하고 판단하였다. 그러면서 나는 한탄을 했다.

'야! 이것 참 골치 아프게 되었구나.'

나는 무언지 모르지만 나의 역할을 알게되어 매우 기뻐했다. 그러나 그 일이라는 것이 종교와 관련된 것이라는 사실을 알고는 크게 실망하였는데 이는 전혀 나로서는 상상할 수도 없는 일이었기 때문이었다.

나는 어려서 고등학교까지 걸어서 도보로 통학을 하였는데 그 과정에서 많은 종교관련 사람들을 보았고 또 신문이나 잡지 같은 자료를 통하여 많은 관련 이야기를 들었었다. 예수를 믿으라며 소형 확성기를 입에 대고 소리치는 사람들을 보았고, 어깨띠를 두른 외국인들이 무리 지어 지나가는 행인들에게 전단지를 나누어주며 종교 행사장에 참석하라고 권유하는 모습도 보았다. 그러나 이들에 대한 이미지가 좋은 것이 아니었는데, 왜냐하면 종교라는 것은 스스로 결정하고 판단할 문제이지 소리치고 권유한다고 해서 선택할 문제는 아니라고 판단했기 때문이었다.

고교 때 나는 도서관을 통해 많은 책을 접할 수 있었는데, 이때 '백경' 이라던가 '쿠오바디스' 같은 고전소설을 읽으며 책의 문장이 성서에서 많이 인용되었음을 알고 있어 종교가 중요하구나 하는 생각은 갖고 있었다. 또한 친구 중에 교회에 다니는 사람이 있어 근교 성대시장 근처에 있는 동광교회에도 잠시 나가보았는데 크게 실망한 것이 너무도 현실과 맞지 않는 설교를 듣고 몇 번 나갔다 안나갔던 경험도 있었다.

그리고 전체적으로 내가 판단하기로는 기독교에 대한 소문이 안좋았다. 특히 신앙촌 B장로 등이 그랬고 또 무슨 교 어느 누가 가정 파탄시켰다 하며 신문에 가끔 보도되기 때문이었다. 믿음이 있으면 산도 옮기리라는 성경 말씀에 따라 농약을 마셔도 죽지 않는다는 믿음을 가진 사람이 농약을 마셨다가 사망했던 기사를 읽었고, 종교문제로 군사훈련을 거부하다 감옥에 가던 사람을 나는 보았었다.

나도 어려서는 동네 교회에서 개최되는 여름성경학교에도 나가 교육도 받고 했었는데 이상하게 자라면서 종교에 대한 관념이 변했던 것 같다.

그런데 어떻게 내가 이런 종교관련 일을 하냐? 나는 무엇이 잘못되지 않았나 계속 확인을 하며 일단 내가 찾던 나의 고유역할을 알게 되었구나 하고 예수 이분을 생각하며 고마움을 느꼈는데 이때가 83년도 초기였다.

다시 수년이 지난 86년 10월경 나는 먼저 화정동 교회 목사님을 찾아가 면담을 하였는데, 내가 판단한 나의 할 일이라는 것이 과연 맞는지 객관적인 판단이 필요해서였다. 왜냐하면 나는 종교신자도 아니고 기독교와는 전혀 상관도 없는데 종교관련 일이 나의 역할이라고 판단하였기 때문이었다. 그래서 이를 의심하고 여기서 더 이상 어떤 진전이 없었는데 곰곰이 생각하니 존재원리에 따르면 자기 할 일인데 이를 안하고 방치하면 벌을 받거나 버림을 받게되는 것이다. 그래서 고민을 하다 목사님께 여쭈어보아 내 판단이 과연 맞는지 기록된 이 말이 과연 내가 할 일이 맞는지 물어보기로 한 것이었다.

목사님께 자초지종을 말씀드리고 그간의 경위를 글로 적은 자료를 드리고 여기 적힌 내용이 맞는지 읽어보시고 판단을 해 달라고 부탁 말씀을 드렸다. 한참을 걸려 자료를 다 읽었는데 이상하게 가타부타 말이 없고 무언가 곰곰이 생각만 하셨다.

너무 오래 말씀이 없어 내가 먼저 말문을 열었다.

"목사님, 혹시 제가 잘못 판단하지 않았습니까?"

그러나 목사님은 질문에 대답이 없고 이상하게 내 이름을 물으셨다. 그래서 이름을 대니 이상하게 또 나의 부친 성함을 물으셨는데 내가 부친 함자를 말씀드리자 이번에는 또 나의 본관이 어디냐고 물으셨다.

나는 이해가 안되었다 나는 성경에 기록된 또 다른 보혜사란 사람의 일이 내가 해야될 일이 맞는지 여부를 판단해 달라고 의뢰했는데 이상하게 전혀 상관이 없는 내 이름을 물어보고 또 부친 성함을 알고자하시었다. 그런데 또 본관은 뭐냐 왜 이런 엉뚱한 질문을 하시는 것일까? 그러나 나는 답을 안할 수 없었다.

"강릉입니다."

그러자, 목사님도 본인의 본관과 성함을 내게 말씀해 주셨다.

"나도 본이 강릉이고 내 이름은 떨친 진(振)자 빛날 화(華)자이네."

그리고, 또 한참 동안 말이 없으셨는데 나는 여러 가지로 이해가 안되었다.

'왜 옳다, 그르다, 또는 잘못되었다던가 무슨 평가가 있어야 하는데 왜 대답을 안하시는 것일까? 무슨 문제가 있나?'

'혹시 뭐라고 말씀하시기 어려운 것 아닌가? 나도 이를 판단하느라고 얼마나 고심을 했었는데, 괜히 부담이 되면 안되니 그만 가자.'

"목사님 저 그만 가봐야겠습니다."

그때서야 목사님은 고개를 들고 말씀을 하셨다.

"내 자네에게 한 마디만 하겠네."

그러면서 예수님이 생전에 제자들을 보내며 그들에게 하신 말씀인데 오늘 내가 자네에게 다시 해준다며 말씀을 시작하셨다. 그리고, 이것은 성경에도 나오는 말인데 예수님의 말씀을 전할 때 어떻게 또는 무엇을 말할까?[1] 걱정하자 말라는 것이었다. 즉 이 말은 예수님의 일을 할 때 예수께서 함께 하시니 무슨 일이든 자신 있게 하라는 교훈이었다.

나는 이 말을 듣고 우선 무척 기뻤다. 왜냐하면 목사님께서는 옳고, 그름을 넘어 그 구체적인 방법이나 애로까지 고려해 성경말씀을 인용하여 물음에 대한 답변을 해주신 것이었다.

---

1) 너희를 넘겨줄 때에 어떻게 또는 무엇을 말할까 염려치 말라 그때에 무슨 말할 것을 주시리니 말하는 이는 너희가 아니라 너희 속에서 말씀하시는 자 곧 너희 아버지의 성령이시니라. (마10:19-20)

그 동안 많은 회의와 갈등이 있었지만 일단 제 삼자로부터 내가 해야 될 일이 맞다는 인정을 받은 것이다. 그렇다면 다음 단계에 대한 일을 추진해야되는데 이 과정에서 나는 여러 가지 문제점을 발견하였다.

우선, 나는 나의 일을 계획할 때 목사님께서 하신 말씀을 염두에 두었는데 무엇을 어떻게 말할까 걱정하지 말라고 말씀하셨지만 나는 내가 보고들은 것만 전달하도록 하겠다 라고 생각하며 어떻게 이를 전할 것인가 하고 생각하다 나는 이상한 점을 알게되었다.

전달이라는 것은 남에게 다른 사람에게 하는 것인데 당연히 상대방 입장에서 나의 전하는 말이라든가 내용을 확인해보아야 한다. 그런데 아무리 생각해보아도 수긍이 안되는 부분이 있었다.

결국에 내가 전달하고자 하는 것은 내가 들은 예수님의 말씀인데 왜 내가 예수 이분을 뵈었을 때 나만 혼자 보았느냐는 것과 나는 교회신자도 아니고 종교와는 전혀 무관한 사람인데 어떻게 이분의 말씀을 전하는 일을 할 수 있는가? 라는 의문이었다.

내가 예수 이분을 뵐 때는 분명 집 마당에서 그분이 오셔 가지고 직접 말씀하셨는데 왜 다른 사람들은 못 보았느냐 하는 의문이었다. 다른 사람들이 보았다면 벌써 동네에 난리가 났을텐데, 그렇다면 내가 무엇인가 잘못 볼 수도 있다는 결론인데 이런 것을 가지고 어떻게 다른 사람에게 말을 할 수 있겠느냐는 것이었고 또, 예수님의 말씀을 전한다고 하는 것은 종교기관에 있는 사람들이 하는 것이지 나처럼 교회나 성당도 안나가고 종교에는 별관심도 없는 사람이 어떻게 이런 일을 하겠느냐는 것이었다.

본인의 생각이 아무리 옳다고 해도 객관적으로 이해가 안되는 내용을 어떻게 다른 사람에게 전달할 수 있냐? 그리고 나는 스스로 생각해 보아도 종교하고는 전혀 상관이 없는 사람이다. 이런 사람이 어떻게 전도 일을 할 수 있겠는가? 이건 아무리 생각해도 말도 안되는 소리였다. 그래서 혼자 수일간 고민하다 다음과 같은 결론을 내렸다.

'모든 사물이 주어진 역할을 안한다면 버림을 받겠지만 주어진 역할에 문제가 있다면 역할 수정을 하던가 아니면 역할을 충분히 수행할 수 있도록 보완을 할 것이 아니냐! 이해할 수 없는 두 가지 이유로 나의 역할을 안하고 있다면 분명 인간 창조세계나 또는 역할 부여자가 문제를 삼거나 해법을 가르쳐줄 것 아니겠느냐! 그래서 내가 충분히 이해할 수 있도록 가르침을 받으면 그때는 확실히 나의 역할이니까 수행을 해야되는 것이고 가르침을 못 받는다면 그것은 내일이 아니니까 추진을 안해도 되는 것이다.'

그래서 나는 이 두 가지 이유를 알 때까지는 기다리기로 했다. 그리고, 고의적으로 이러한 이유를 알려고 노력을 해서는 안된다는 조건이 있는데 만약 본인의 노력에 의하여 해명이 된다면 그것은 인위적인 것이지 부여된 해명이 아닌 것이다. 나는 기존 나의 생활에 충실하기로 했다. 그러나, 수년이 지나도 아무런 해명을 받지 못하자 나는 그 동안의 내 행적에 대해 잘못된 것이 없나하고 여러 번 확인해 보았으나 잘못을 발견하지는 못했다.

우선, 존재원리에 대하여 이 원리가 잘못되지나 않았나 하고 다시 검토를 해보았는데 그것은 모든 발단과 시작이 이 원리에 있었기 때문이었다. 그러나 이 원리의 내용은 놀랍게도 현실에도 적용이 가능하였으며 성경에 기록된 예수님의 말씀에도 이 원리를 응용한 가르침을 많이 볼 수 있었다. 이들 몇 개 예문을 보면 다음과 같다.

예수께서 행로에 곤하여 우물곁에 그대로 있으시니 때가 제 육 시쯤 되었더라. 사마리아 여자가 물을 길러 왔으매 예수께서 물을 달라 하시

니 이는 제자들이 먹을 것을 사러 동리에 들어갔음이더라 그 사이에 제
자들이 청하여 가로되

"랍비여 잡수소서"

예수 가라사대

"내게는 너희가 알지 못하는 먹을 양식이 있느니라."

제자들이 서로 말하되

"누가 잡수실 것을 갖다 드렸는가?"

예수께서 이르시되

"나의 양식은 나를 보내신 이의 뜻을 행하며 그의 일을 온전히 이루
는 이것이니라." (요6-7, 31-34)

이는 성경에 기록된 요한복음의 문구인데 구절에서 '너희가 알지 못
하는 먹을 양식'에 대해 나는 즉시 이해가 되었는데 이는 존재원리를
모른다면 정말 이해하기 힘든 말이로구나 하고 생각하였다. 다음 문구
를 보자

그러므로 내가 너희에게 이르노니 목숨을 위하여 무엇을 먹을까 무엇
을 마실까 몸을 위하여 무엇을 입을까 염려하지 말라 목숨이 음식보다
중하지 아니하며 몸이 의복보다 중하지 아니하냐? 공중의 새를 보라 심
지도 않고 거두지도 않고 창고에 모아들이지도 아니하되 너희 천부께
서 기르시나니 너희는 이것들보다 귀하지 아니하냐? 너희 중에 누가 염
려함으로 그 키를 한 자나 더할 수 있느냐? 또 너희가 어찌 의복을 위
하여 염려하느냐 들의 백합화가 어떻게 자라는가 생각하여 보라 수고
도 아니하고 길쌈도 아니하느니라. 그러나 내가 너희에게 말하노니 솔
로몬의 모든 영광으로도 입은 것이 이 꽃 하나만 같지 못하였느니라.

오늘 있다가 내일 아궁이에 던지우는 들풀도 하나님이 이렇게 입히시거든 하물며 너희일까보냐 믿음이 적은 자들아. 그러므로 염려하여 이르기를 무엇을 먹을까 무엇을 마실까 무엇을 입을까 하지 말라. 이는 다 이방인들이 구하는 것이라 너희 천부께서 이 모든 것이 너희에게 있어야 할 줄을 아시느니라. 너희는 먼저 그의 나라와 그의 의를 구하라 그리하면 이 모든 것을 너희에게 더하시리라. (마6:25-33)

이는 예수께서 설교하신 마태복음에 나오는 문구인데 존재원리와 거의 흡사한 내용이다. 원리에서는 책상과 의자, 작업복 이런 것에 비교했지만 본 말씀에서는 공중의 새, 또는 들의 백합화, 들풀로 비유하고 있다. 말씀에서는 그의 나라와 그의 의를 구하라고 언급하고 있는데 원리에서는 하늘로부터 부여된 자기 역할을 찾아 행할 것을 강조하고 있다. 이 말씀도 존재원리를 알고 들으면 즉시 이해가 되는 내용이었다. 그러나 이 원리를 모르고 들으면 그 내용의 깊은 의미를 파악하기가 거의 불가하거나 알 수 없는 가르침이었다. 즉 이 말씀의 내용을 요약한다면 주어진 고유역할을 먼저 찾으라는 내용이었다.

이런 식으로 이 원리는 이상하게 성경의 내용을 이해하거나 뜻을 파악하는 데 크게 도움이 되었고 또한, 이 원리의 내용에 대해서는 상식으로도 얼마든지 납득이 가능하였다.

이런 이유로 이 원리에 대해 문제를 제기할 수는 없었다. 나는 다시 이 원리를 기준으로 나의 의사결정 과정이나 판단방법에 문제가 있었는지도 파악을 하였다.

이 원리를 기준으로 한다면 할 일은 본인의 의사와는 무관하게 주어지는 것이지 본인이 좋고 나쁘다는 판단은 전혀 관련이 없는 것이다. 분명 원리적으로 판단한다면 틀림없이 맞는데 현실적으로 보면 나에게는 너무도 먼 할 일인 것이다. 아무리 생각해보아도 무언가 잘못된 것 같았고 또 두 가지 문제에 대한 해명을 요구했는데 이를 일러준다는 것이 현실적으로 가능한가 하며 여러 번 반복해 자문을 구하였다. 그리고 결과는 언제나 마찬가지였는데 더 이상 별다른 진전은 없었다.

그러나, 나는 이 기간동안 비록 지금은 내가 할 일을 못하고 있지만 언젠가는 해야될 지도 모르는 일에 대비한다며 두 가지 일을 추진하고 있었는데 그 첫 번째는 영어성경을 읽기 위해 영어소설을 읽는 것이었고 두 번째는 내가 받은 말씀의 뜻을 파악하기 위하여 나름대로 계속 노력하는 것이었다.

영어성경을 읽으려고 하는 것은 내가 받은 말씀의 의미를 주위사람에게 물어보던 중 누가 나에게 신신당부를 하였기 때문인데 예수님의 목소리를 들은 사람은 언젠가는 하나님의 일을 해야하니까 반드시 영어성경을 읽으라고 말했기 때문이었다. 나는 영어성경을 사서 읽어보았는데 내 실력으로는 이를 읽을 수가 없었고 우선 영어실력을 향상시킨다며 혼자 선택한 것이 영어소설을 읽는 것이었다.

우연히 '폭풍의 언덕(Wuthering Heights)' 이라는 영한대역본 책을 사서 혼자 읽었는데 왼쪽에는 영문 오른쪽에는 국문으로 번역이 되어있어 혼자 읽고 습득하기에 별 어려움이 없었다. 읽다보니 재미를 느껴 여러 번 읽었는데 이때 영어실력이 많이 향상되었다. 또한 한문을 혼자 공부하였는데 이는 세상이란 말의 뜻을 알기 위해서였다. 이는 예수께서 내게 하신 말씀을 해석하기 위함인데 평소에는 생각도 못 했는데 세상이란 말의 뜻이 그렇게 파악하기 어려운지 정말 몰랐다. 그래서 세상이란 말이 한자로 되어 있으니 한문을 배워야겠다는 생각을 했다. 그리고 한문도 '구운몽'[2] 이란 한문소설을 갖고 혼자 공부했는데 이것도 많은 재미를 느꼈다.

그러나, 한문을 혼자 공부하다보니 어려움을 느끼는 것이 문장해석을 해도 스스로 맞는지를 판단하지 못했는데 이런 문제로 하루는 생각하다 한문이 결국에는 중국어 아니냐 하며 한문을 배운다고 통신대 중문과를 입학해 교육을 받았다. 그런데 중국어는 발음 때문에 어려움을 많이 느꼈는데 이러다 보니 잘하지도 못하고 그냥 답보상태에 있었다.

이러던 중 하루는 회사 동료를 따라 회사 앞 교회에 영어회화를 배우러 갔는데 이 교회에는 외국인 선교사들이 있어 일주일에 두 번 영어회화를 가르치고 있었다. 나는 영어소설을 읽다보니 영어에 관심이 많았는데 좋은 기회이다 싶어 열심히 출석하며 회화를 배웠다. 보통 저녁 야간에 한 시간 교육을 하는데 교육생은 열 명 정도이고 외국선교사를 중심으로 자유토론식 교육을 했다. 보통 수업 전에 그날의 토론 주제를 알게 하고 이 화제를 중심으로 영어토론을 하는데 참석자들 모두 웃으면서 자유자재로 회화를 잘했다. 어떤 때는 농담도 하고 웃기도 하다 놀라기도 하며 영어를 하는데 나도 열심히 해서 저 사람들처럼 되고싶다는 생각이 들었다.

이 교회는 말일성도예수그리스도교회란 긴 이름을 갖고 있으며 보통 몰몬교라고 불린다. 이들 외국선교사들의 말을 들어보면 모든 것을 자비로 부담해서 선교를 목적으로 해외활동을 하는데 통상 이 년간 복무를 한다고 했다.

하루는 교육을 마친 후 별도 교육이 있다며 지원자만 남으라고 해 많은 사람이 가고 몇 명이 교육실에 남았는데 이때 선교사로부터 종교교육이 있었다.

선교사는 우선 칠판에 영어문장을 쓰고 한국말을 더듬으며 이를 설명

---

2) 구운몽(九雲夢) 조선시대 숙종 때 김만중이 지은 한문소설.

했다.

God is being. But, we cannot see him, only through prophet we can see him. (하나님은 살아 계시다. 그러나, 우리는 그를 볼 수 없고, 선지자를 통해서만 하나님을 볼 수 있다.)

하나님은 살아 계시지만 우리 인간은 신을 직접 볼 수 없고, 인간과 하나님 사이에 선지자가 있어 이 선지자를 통해 신을 보고 알 수 있다는 설명이었다. 즉, 하나님은 아무나 볼 수 있는 대상이 아니라 어떤 사람은 볼 수 있고, 또 어떤 사람은 안보인다는 말이었다. 나는 속으로 생각을 했다.

'아니, 이게 말이 되는 소리인가? 어떤 사람은 볼 수 있고 또, 어떤 사람은 볼 수 없다는 말인데.'

그때, 선교사가 부가 설명을 하였다.

God (하나님), Human Being (인간), Prophet (선지자) 단어를 칠판에 쓰고 삼각형을 그려 맨 윗부분에 하나님이 있고, 중간부분에 선지자가 있으며, 맨 아랫부분에 인간이 있는데 하나님은 중간에 있는 선지자를 통해 그의 모습을 보이고 말씀을 하는데 선지자는 보고 들은 것을 인간에게 전달하며 또한 인간은 기도로서 하나님께 간구할 수 있다는 것이었다.

이때, 나는 선교사의 설명을 들으며 정신이 번쩍 들었는데 이 설명은 내가 그렇게 기다리던 첫째 물음에 대한 해명이었다. 그 동안 나는 내가 본 예수님을 왜 다른 사람들은 못 보았느냐? 하는 의문을 갖고 있었는데 선교사 설명대로라면 누구나 다 이분을 볼 수 있는 것이 아니라는 의미였다. 나는 나도 모르게 마음속으로 외쳤다.

'첫째 의문은 해명이 되었구나.'

교육이 끝나고 선교사는 참석자에게 읽어보라며 몰몬경이란 책을 주었는데 책 속에는 이분 선교사의 이름과 전화번호 교회약도가 표기되어 있었다. 이분 성함은 마틴 장로(Elder Martin)였고, 이때가 94년 10월이었다.

교육내용을 다시 요약하면, 하나님은 인간에게 직접 말씀을 하시거나 모습을 보이는 것이 아니라 선지자라는 사람을 통해 모습을 나타내며 말씀을 하시는데 선지자는 신이 선택한다는 것이었다. 그러면서 선지자 중의 한 사람인 요셉 스미스를 소개했고, 그가 쓴 책인 몰몬경을 소개했던 것인데, 이 교회는 선교를 목적으로 영어교육도 하고 종교교육도 했던 것이었다.

어찌 되었든 나는 나의 첫 번째 문제에 대한 의문이 해소되었구나하고 판단하였다.

두 번째 의문은 97년도 7월경 '문화 인류학'[3] 책을 읽다가 우연히 해답을 찾게되었다. 그 내용은 정식교육을 받고 신앙생활을 하는 사람은 물론이거니와 못배우고 신앙생활 무경험자도 신으로부터의 능력이 부여되어 신과 인간의 중개자 역할을 담당할 수 있다는 것이었다.

나는 영어성경을 읽기 위해 영문소설을 갖고 공부했는데 이를 배우다 보니 영어회화를 배울 기회가 생겼고 외국인 선교사들을 통해 회화를 배웠는데, 또 회사에서 해외근무 기회가 생겨 말레이시아 국가에 나가 해외근무를 하고 왔는데, 이때 해외에서 영어뿐만이 아니라 중국어도 널리 사용되는 현실을 보며 국내환경도 언젠가는 이렇게 변하겠구나하며 그 동안 '세상' 이란 단어를 알기 위해 공부했던 중국어를 열심히 해야 되겠구나하고 작정을 했다.

그리고, 소홀히 하다보니 학점이수를 못했던 문화인류학 책을 읽었는

---

3) 문화인류학, 한상복, 한국방송대학교출판부, 1997.

데 이를 읽다가 중요한 대목을 발견하였다.

그 동안 나는 종교신자도 아니고 전혀 관심도 없는 사람인데 어떻게 종교관련 일을 할 수 있느냐며 나의 할 일을 부정하고 반문하였는데 이 책의 내용대로라면 신으로부터 능력을 받은 사람은 종교신자 여부나 본인의 관심유무가 문제가 아니었다. 왜냐하면 그 능력자는 신으로부터 신에 의해 선택되고 결정되기 때문이라는 것이다. 이를 다시 간추리면 이렇다. 신과 인간의 중개자가 있는데 이 중개자는 신이 선택하여 임명하는데 선발요건이 꼭 경건한 신앙심이나 신앙경력이 필요한 것은 아니란 뜻이었다. 이를 다시 상세히 설명하면 다음과 같다.

신과 인간의 중개자는 두 부류가 있는데 이들은 사제(priest)와 샤먼(shaman)이다. 사제는 목사, 승려, 신부 등을 말하는데 이들은 일정한 교육과정을 거쳐 자격을 취득한다. 이들은 교리와 의례대로 공식적인 절차에 따라 역할 수행을 하지만 개인적으로 종교에 대한 특별한 능력이나 힘을 가지는 것은 아니다.

그러나, 샤먼은 이들과 전혀 다르다. 교육과정이 있는 것도 아니고 사제처럼 직업적으로 종교기관에 종사하는 것도 아니지만 이들은 신과 교통하는 특별한 능력을 갖고 있다. 사제는 본인의 노력으로 자격획득이 가능하지만, 샤먼은 본인이 원한다고 되는 것이 아니고 어떤 특수한 능력이 있는 사람에게만 가능하다. 샤먼은 농사를 짓거나 상업에 종사하면서 다른 생업의 일을 하다가 종교적 중개가 필요한 특수한 경우에 일시적으로 그 역할을 담당한다.[4]

이를 쉽게 말하자면 이렇다. 하나님의 일을 하는 사람은 두 가지가 있는데 사제와 샤먼이다. 사제는 목사, 승려, 신부 같은 종교직에 종사

---

4) 문화인류학. 한상복, 한국방송대학교출판부, 1997, p232-3.

하는 전문 직업인을 말하는데 이들은 보통 신학대학이나 승려대학 같은 전문 교육기관에서 교육을 받고 임명이 된다. 그리고 이들이 개인적인 특별한 능력이나 힘을 갖는 것은 아니다. 그러나, 샤먼은 개인적인 특수 능력이 있으며 종교기관에 직업적으로 종사하지 않고 일시적으로 필요한 경우에 하나님의 일을 한다는 것이다.

그리고, 이 글의 내용이 분명하다면 정식교육을 받은 사제보다 샤먼이 종교에 관한 능력이나 힘을 가진다고 되어있었다.

일단 나는 두 번째 의문이 풀렸구나하고 판단하였다. 그 동안 나는 종교 일을 하기 위해서는 신자로서의 자질과 신앙생활 등이 필수라고 생각했는데 이 글의 내용대로라면 나도 얼마든지 일을 할 수 있었다.

이러한 내용을 정리해보면 먼저 첫 번째 의문에 대한 해명과 유사한 것을 알 수가 있다. 먼저도 하나님과 인간 사이에 선지자가 있어 말씀과 모습을 보인다고 했는데, 이번에는 초자연적인 존재 또는 신으로부터 선택되고 능력을 받아 중개자 역할을 하는데 이는 본인이 원한다고 되는 것도 아니고 무슨 교육이나 훈련으로 되는 것도 아니란 것이다.

그렇다면 두 가지 문제에 대한 의문이 풀렸으니 나의 일을 해야겠구나하고 결심을 하였다. 그 동안 여러 의문과 의심을 갖고 반문을 하곤 하였는데 이제 더 이상 물러 설 방법이 없는 것이다.

나는 어떻게 하면 내가 들은 예수님의 말씀을 전할까하고 생각해 보았는데 어떻게 해야 할 줄을 몰랐다. 어떻게든 노력이라도 해야되는데 방법도 모르겠고 시간만 흐르던 중 2001년 1월 다니던 회사를 자퇴하고 나왔는데 이는 전도일에 전념하기 위해서였다.

3. 낙원의 그림자

　회사를 나와 다른 일은 안하고 전도 일에 주력하였는데 이는 존재원리를 기준으로 판단한 것으로 잘은 몰라도 나에게 주어진 일을 하면 일단 생활유지는 될 것 아니냐는 판단에서였다. 그래서, 어떡하면 말씀을 전할 수 있을까 생각하다, 글을 써 주위에 알리기로 했는데 글쓰는 요령을 배우기 위해 울산기능대 평생교육원에서 모집하는 문예창작과에 들어가 작문법을 배웠다.

　여기서 나는 문학일반에 대하여 교육을 받았는데 이는 주로 시, 수필 이런 것들이었다. 그러던 어느 날, 같이 교육을 받던 최수도 선생으로부터 자신이 쓴 책 원고라며 명심보감 한자교육서를 가져와 내가 이를 보았는데, 이때 나는 책을 이렇게 만드는구나하고 원고 작성법과 제본 과정을 알게되었다.

　최 선생은 초등교사로 재직하다 정년 퇴직하신 분으로 퇴임 후 서예학원 등을 운영하며 초등생 한자교육에 많은 관심을 갖고 관련 책자를 저술하신 분이다. 그러면서 본인이 쓴 책이라며 명문당 간 기본생활한자 책을 한 권 나에게 주었다. 나는 명심보감 교육서 원고를 자세히 보았는데 이는 학생들이 빈칸에 있는 예문과 같이 명심보감의 한자를 따라 쓰다보면 책의 문장 내용과 뜻을 쉽게 숙지할 수 있는 그런 책의 원고였다.

　필요한 경우 밑에 별도 설명도 하고 중간에 고사성어에 얽힌 일화를 넣어 지루하지 않고 재미를 느끼며 공부할 수 있게 하였는데, 일단 나로서는 처음 보는 신기한 경험이었다. 그러면서 물어보니 저자가 이렇게 해서 출판사에 넘기면 나머지는 다 출판사에서 알아서 한다는 것이었다.

나는 최 선생이 그렇게 자랑스러울 수가 없었다. 그때 나는 속으로 다짐을 했다.

'그 동안 몰랐었는데 책 만드는 법을 알았구나. 나도 원고를 준비해 책을 만들도록 하자.'

그리고, 매일 글을 쓰기 시작하였다. 이렇게 시작되어 출간된 책이 '낙원의 그림자' 이다. 이 책은 2001년 12월 출판되었는데 그 내용은 본인의 경험을 위주로 방황하다 존재원리를 깨닫게 되었고 이 원리에 따라 나의 할 일을 깨닫게 되었는데 그것은 예수님으로부터 부여된 사명이었다. 그리고 그분은 이렇게 말했다. 이런 내용이었다. 이 책에서 가장 중요한 것은 예수께서 하신 말씀과 이분의 모습 목소리 상태 등이었다. 그리고 나는 어떡하든 내가 들은 이분의 말씀을 전하려고 했는데 결국 이 말의 수신자는 세상이었기 때문이다.

나는 이 책의 형식을 소설로 택했는데 그것은 아무리 좋은 내용이라도 재미가 없으면 사람들이 책을 읽지 않는 이유에서였다. 도서 출간 후 나는 주위사람들에게 이를 소개하였는데 문예과에서 같이 공부하던 학생은 물론 연고자를 찾아다니며 책을 소개하고 기증도 하며 팔기도 하였다.

하루는 책을 들고 서실에서 같이 서예를 배우던 임 선배를 찾아가 읽어보시라며 책을 주었는데 수일 후 이분은 책을 읽고 나에게 독후감을 이야기했다.

"이 책 한 권으로는 무슨 말인지 잘 모르겠고 후편을 더 써야 되겠어."

그러면서 나에게 신학교를 가라고 권유하는 것이었다. 나는 이 나이에 무슨 신학교냐며 반문을 하였는데 이상하게 이분은 이를 자꾸 강조했고, 나는 단지 왜 이런 이상한 말씀을 하시는가하고 이상하게만 생각했다.

하루는 문예창작과에서 같이 공부를 했던 사람이 나에게 좋은 정보를 가르쳐 주었는데, 교회에 가서 소개를 하고 이 책을 팔면 많이 팔 수 있을 것이라 했다. 그러면서 자기도 이 책을 들고 가 자기가 다니는 교회 목사님에게 소개를 하겠다며 이야기를 했다.

나는 책을 들고 집 근처 교회를 방문하였는데 처음 들린 교회가 초대 S복음교회였다. 교회에 들어가 사람을 찾으니 평일이라 그런지 아무도 없고 게시판에 신앙도서 기증을 받는다며 담당자 이 집사라고 적혀 있어 이를 읽으며 나는 생각을 했다.

'그래, 우선 교회에서 책을 팔려면 내 책이 신앙도서로서 괜찮은지 물어본 다음에 구입추천을 권유할 수 있는 것 아니냐! 담당자를 만나 이야기 해보자.'

그래서 담당자를 만나 사정 이야기를 하고 책을 건넸는데, 이때 나는 나의 책이 신앙도서로서 교인이나 독자에게 도움이 되겠느냐는 의문에서 이를 판정해달라고 의뢰한 것이었다. 그리고 수일 뒤 담당자를 만났는데 이분은 당장 하는 말이 이상하게 나보고 신학교를 들어가 공부하라며 신신당부를 하는 것이었다. 이상하게 내가 왜 이런 말을 듣는가하고 생각했지만 나는 일단 알았다고 이야기하고 책에 대해 물어보았는데 책에 대한 평가는 괜찮았다.

"우선, 주신 책이 너무 재미있어서 밤늦도록 읽어 금방 다 끝났는데 저는 후편이 있는 줄 알고 있었는데 없다니 무언가 아쉽네요. 그리고, 이 책은 내용이 좋아 목사님께도 읽어보시라고 드릴 예정입니다."

"기독교 신앙도서로서 추천해도 괜찮겠습니까?"

"당연하지요!"

그러면서 또 나에 대해 이것 저것을 물어보며 어떡하든 신학교에 들어가라고 강조하는 것이었다. 그래서 나는 이야기를 했다.

"나는 나이도 많고 또 당장 생계가 급한 사람인데 이제 어떻게 신학대학을 가겠습니까?"

나는 여러 이유를 말했지만 이상하게 이분은 재차 권유를 하였다. 나는 일단 알겠습니다 라며 대답을 하고 인사를 한 후 나왔는데, 이분이 왜 나보고 신학대학을 자꾸만 가라고 권유를 하는지 아무리 생각해도 이해가 안되었다.

다음 또 찾아간 교회가 집 근교에 있는 D교회인데 이곳 목사님은 교회 건물 내에서 생활을 하고 있어 대면이 가능했다. 나는 나에 대해 소개를 한 후 그간의 경위를 말씀드리고 누가 교회 가서 알리면 이 책을 많이 팔 수 있을 것이라고 해서 왔다며 목사님께 책을 드렸는데 이분은 수취를 거절하였다. 그러면서 갑자기 어려운 질문을 했다.

"예수를 만났다고 하는데 귀신을 만났는지 어떻게 압니까?"

나는 잠시 멍하니 할 말이 없었다. 그냥 어떻게 예수님인지 알았느냐고 물으면 되는데 결론적으로 귀신을 만난 것이라는 투로 말을 하니 나는 당황하였다. 이는 전혀 예기치 못한 일이었다.

"맞습니다. 그것은 저도 모르지요. 그러나 저는 웬 할아버지가 저에게 예수님이라고 말을 해서 그런 줄 알았지요."

그러자, 그는 나에게 물어보길 교회 다니느냐고 물었는데 내가 안다닌다고하자 그는 다시 말하기를 여기 우리 교회를 나오다보면 이 책을 많이 팔 수 있는 기회가 생길 것이라고 했다. 나는 일단 알았다며 대답을 하고 문을 나서며 목사님께 읽어보시라며 들고 간 책을 다시 권해 드렸는데, 이상하게 이분은 이를 거절하였다.

어쨌든 나는 내 책을 많이 팔 수 있는 기회가 있을 것이라는 말에 이 교회를 나가기로 했다. 매주 일요일 교회에 참석했는데 신도는 많지 않았고 시설은 모자라 마이크도 없이 육성으로 설교를 하고 찬송을 하는 그런 작은 교회였다. 그러다 보니 목사님과 대면할 기회가 많아 나는 이분과 많은 대화를 나눌 수 있었다. 목사님은 내가 근무했던 H중공업 회사 앞에 있는 M교회에서 전도사로 사역을 하다 지금 이 교회를 개척하게 되었는데 이곳에서만 6년 되었다는데 신도 수가 많지는 않았다. 이분은 또 나에게 목회자가 되기까지의 과정과 신학교를 어렵게 다녔는데 그 어려움 같은 것도 이야기를 하였다. 나도 나의 직장 경험과 생활의 어려움을 이야기하였는데 그 어려움은 주로 생활 현장에서 느끼는 것들이었다.

나는 생계를 위해 막노동 일을 하고 있었는데 이를 위해서는 용역사무소를 통하거나 노동부에서 운영하는 일일취업쎈터 또는 아는 사람들을 통해 일을 나가고 있었다. 특별한 기술이 없다보니 닥치는 대로 일을 했는데 특히 설비배관 일을 많이 했다. 이는 건물 내 수도와 관련된 일로 수도 파이프를 설치하고 세면기라던가 욕조 같은 관련 설비를 연결하는 일이다. 이를 위해서는 천공기로 콘크리트 건물에 구멍을 뚫기도 하고 경우에 따라서는 방수작업도 해야하였다. 또한 건물철거 일도 많이 했는데, 이는 주택재개발에 따라 아파트를 철거하는 그런 일이었다.

목사님은 또 우리 집을 방문하기도 하였는데 성경책과 '못고칠 병은 없다' 라는 책을 나에게 신물하기도 하였다. 또한 신도들의 경조사에 항상 나를 불러 함께 참석하였는데 이는 신도들 중 내가 사는 집이 교회와 가장 가까워 행사에 동행하기가 용이한 이유에서 그랬던 것 같다. 이분을 따라 나는 지체부자유자 보호소도 가 보았고 화장터며 기도원에도 가 보았다. 이런 과정을 겪으며 내가 나의 회사경험이라든가 해외근무경험 같은 것을 들려주면 이분은 아주 좋아하였다.

이런 상황에서 나는 기회를 보아 다시 나의 책에 대해 말씀드리고 책의 내용이 어떤지 봐달라며 목사님께 내 책을 드렸는데 이분은 승낙을 했고 이를 읽어보기로 했다.

수일 뒤 교회를 방문해 목사님과 책에 대한 소감을 말할 수 있는 자리를 마련했는데 이분은 어떻게 이런 책을 썼느냐며 깜짝 놀라면서 이 책을 통해 많은 것을 배웠다며 연신 감탄을 하였다.

"조금 아쉬운 것이 여기 이 부분 인생의 목적을 논할 때에 좀 더 자세히 언급했어야 하는데, 그래도 전체적으로는 정말 잘되었습니다. 이 책을 통해 정말 많은 걸 배웠어요. 정말 재미있게 잘 읽었습니다. 내용도 재미있고 교훈적이고 근데 어떻게 이런 책을 썼지요?"

그는 계속 감탄을 연발하였는데 이렇게 재미있고 잘된 책은 처음이라며 연신 고마워했다. 그러면서 그는 나에게 정색을 하고 물었다.

"김 선생이 생각하는 본인의 사명이 어떤 것입니까?"

나는 평소에 판단하고 있던 것을 거침없이 이분에게 말했다.

"제가 잘못 판단했는지는 몰라도 저의 할 일은 책에도 나타나 있지만 또 다른 보혜사의 일을 하는 것으로 알고 있습니다. 그 일 때문에 회사를 그만두고 밖에 나와 고생하고 있는 겁니다."

"내가 김 선생에게 한 가지 당부를 하겠는데 다음에 누가 물으면 이렇게 대답을 하세요. 이게 아주 굉장히 중요합니다. 성령의 인도를 받아 보혜사의 직분을 맡았다고 얘기해야 됩니다. 반드시 성령의 인도라는 말이 들어가야 합니다."

"아니, 목사님! 그게 무슨 말씀이십니까? 성령의 인도를 받다니?"

나는 이게 웬 홍두깨 같은 말씀인가 싶어 목사님께 반문을 하였는데 이분은 별다른 설명 없이 그냥 그렇게 말하라고만 조언하였다.

"글쎄, 그렇게 얘기하셔야됩니다. 명심하세요."

  그러면서 자신도 목회 일을 하다보니 책을 많이 읽고 독서를 좋아하는데 이처럼 감명 깊은 책은 처음이라며 어떻게 이런 책을 썼느냐고 목사님은 다시 감탄을 하시더니 참 잘 읽었다고 다시 여러번 말씀을 하셨다.

  나는 어떻게 교회를 통해서 이 책을 널리 소개할 수 있는 방법이 없겠느냐고 물어보았는데 그는 지금 당장은 어렵다고 했다.

  "지금 당장은 힘들고, 신앙생활을 더 오래 하다보면 경륜이 쌓이고 많은 사람들 앞에서 이 책을 소개할 수 있는 기회가 있을 겁니다."

  나는 내가 어떻게 사람들에게 소개를 할 수 있느냐고 다시 물었는데 그것은 신앙간증이라고 해서 자신의 신앙체험을 많은 사람들 앞에 나가 발표를 하게 되는데, 이때 간증인은 아무나 되는 것이 아니고, 수년의 신앙생활과 경험으로 주위에서 인정받은 사람이어야 한다며 이 책의 내용이 아무리 좋아도 당장은 안된다는 것이었다.

  그러면서, 또 이런 말을 해 주었다.

  불교에서 승려로 있다가 기독교 신자로 개종하여 독실한 기독교 신앙생활을 하고 계신 분이 있는데 이분이 자신의 경험을 토대로 책을 펴냈고, 자신의 신앙경험을 간증하는 유명한 강사가 되었는데, 이분도 처음부터 간증을 한 것이 아니라 수년의 신앙생활 후에 이렇게 강단에 설 수 있었다고 했다. 그러면서 이분은 나에게 다시 말했다.

  "김 선생은 글쓰는 재주도 있고 하니 신앙생활을 하다보면 앞으로 좋은 기회가 많이 있을 겁니다."

  나는 아쉽지만 달리 다른 방법이 없었다. 단지 그래도 언젠가는 사람들에게 널리 소개할 수 있는 방법은 있구나하며 이나마 다행이구나 싶었다.

  그리고, 이분과의 대화 중에 자꾸 나보고 '성령의 인도를 받아' 라는 말을 하라고 들었는데 이것이 무슨 뜻이고 어떤 의미인지를 생각해 보았는데 이를 알 수는 없었다.

하루는 또 목사님이 같이 식사나 하자고 해 나는 이분을 따라 갔는데, 일부러 차를 운행하여 좋은 곳이라며 바닷가 가까운 농장으로 나를 안내했다. 오리고기를 양념에 버무려 이를 철판에 구워먹었는데 음식이 아주 맛있었다. 목사님은 이 집 음식자랑을 했는데 이 음식점은 예약을 해야 식사를 할 수 있고, 이 일대에서는 이곳 음식이 제일 맛있다고 했다.

그리고는 나에게 이런 말을 했다.

"귀한 분을 모시고 이렇게 식사를 하게되어 영광입니다."

나는 속으로 이것이 무슨 말씀인가 했는데, 이는 귀한 분이란 나를 두고 얘기하신 것 같은데 내가 무슨 귀한 사람인지 수긍이 안갔고, 갑자기 왜 이런 말씀을 나에게 하시는 것일까? 하고 이상하게 생각했다.

그리고 이분은 또 식사 중에 여러 이야기를 하였는데 주로 본인의 신앙경험이었다. 목회를 하고 생활을 하다보면 여러 어려움이 있는데 자신은 이에 대한 걱정을 별로 안한다고 했다. 이유는 기도를 하면 하나님이 다 해결을 해주시기 때문이란 것이었다. 그러면서 얼마 전에는 필요한 돈이 없어 기도를 하니까 웬 사람이 쓰라며 필요한 돈만큼 가방에 넣어왔는데, 그 금액이 자그마치 오백만 원이나 되었다고 했다. 나는 놀라움을 표명하였는데 그만 더 놀라운 말을 들었다.

"신기하네요. 어떻게 그런 일이"

"신도 중에 최 집사 있지요. 이분도 형편이 안풀려서 나하고 한 달을 작정하고 매일 새벽기도를 했는데 기도하고 나서 한 보름 지났을까? 부동산 해서 한 번에 사천 만원 벌었잖아요."

나는 언뜻 최 집사가 생각났는데 설교시간 중간 중간에 '아멘' 하면서 소리를 크게 질러 모든 사람을 깜짝 놀라게 하는 사람이었다.

"아니! 어떻게 그런 일이?"

나는 도저히 있을 수 없는 일이라고 생각했는데, 그것이 가능하다는 것이었다. 그러면서 이분은 나보고도 같이 딱 한 달만 작정하고 새벽기도를 하면 형편이 확 풀릴 것이라며 같이 한 번 해보자고 나에게 새벽기도를 권유하였다.

나는 이를 사양하였는데, 믿음이 아직 부족해서 그런지 너무도 황당한 이야기로 들렸고 또, 노동 일을 하려면 새벽 같이 밖에 나가야되는데 어떻게 새벽기도를 나갈 수 있냐고 생각했기 때문이었다.

그러나, 나는 이런 유사한 이야기를 설교시간에도 종종 듣게 되었다.

"예수님의 보혈로 우리의 죄가 다 씻어졌기 때문에 우리의 모든 죄가 다 사라졌기 때문에 우리에게 있는 어떤 질병도 어떤 고난도 있어서는 안됩니다."

예수 그리스도께서 십자가에서 처형됨으로 인간의 모든 죄를 대속했기 때문에 우리 인간은 죄에서 벗어나 구원을 받았다. 그러므로 구원받은 우리에게 어떤 불행도 있어서는 안된다. 그러면서 목사님은 신자들에게 기도할 것을 권했는데 기도를 하면 모든 어려움이 제거된다는 것이었다. 그리고, 또 예수께서 죽은 사람도 살리는 장면을 이야기하였는데 그리스도가 무덤 앞에서 나사로야 나오너라 하고 외치니 죽었던 사람이 걸어 나오는 장면이었다.

목사님은 설교를 통해 강조하였는데 기도만 하면 고난도 풀리고, 어려움도 없어지고, 모든 문제가 해결된다는 것이었다. 내가 보기에는 불가능이 없어 보였다.

하루는 또 집을 팔아 성전건축에 헌납하였더니 더 많은 축복을 받아 더 큰집을 사게되었다는 설교를 하였는데, 목사님은 이런 기적 같은 일을 많이 알고 있었다.

그러나, 나는 신앙 경륜이 짧고 믿음이 깊지 못해서 그런지 나하고는 별 맞지 않는 얘기라고 생각했다. 설혹, 한 두 사람 그런 경우가 가능하다고 해도 전부 그런 것은 아니라는 판단이었는데, 이러다 보니 나는 깊은 신앙에 빠지질 못하고 항상 현실 기준으로 생활을 해나가다 흥미를 잃고 교회출석을 중단해 버렸다.

4. 신학연구원

주위 사람들에게 책을 소개하던 중 H 전도사를 만났는데, 이분은 내 책을 읽고 나에게 묻기를 신학교에 다닐 의사가 없느냐고 질문을 하였다. 그리고, 신학교에 대해 조금 구체적으로 이야기하였는데, 일반대학과 달리 비용도 많이 안들고 매일 학교에 나가 공부하는 것도 아니라고 했다. 그러면서 신학교에 다닐 의사가 있으면 자기에게 말하라고 했다.

나는 이 말을 듣고 이상하게 생각했다. 언젠가 반구기도원에서 만난 분은 나에게 조언하기를 언젠가는 하나님의 일을 할 것이라며 영어성경 읽는 것을 권유했고, 서실의 임 선배, S교회의 이 집사는 내 책을 읽고 나보고 어떡하든 꼭 신학교를 가야한다며 신신당부를 하였었다. 나는 이일을 대수롭지 않게 여기고 그저 현실을 모르는 말이라고만 생각하였었다.

'나는 교회 다니는 신자도 아니고 생계가 급한 사람이다. 그리고 늦은 나이에 무슨 신학교란 말이냐? 현실을 몰라도 너무 모르는구나'

그런데. 누군가 나에게 또 신학교 권유를 하자, 나는 이상한 생각이 들었다. 그것은 내 책을 읽은 사람들이 왜 나에게 꼭 신학교를 가라고 권유를 하는가? 하는 의문이었다.

얼마 후, 나는 신학교에 관심이 있다 말하고, 전도사를 따라 부산에 있는 신학교로 구경을 갔고 수업에도 참석해 강의를 들었는데 평소 내가 관심이 있던 그런 내용이었다. 입학관련하여 교무담당 목사님과 면담을 하였는데 그 주요 내용은 신앙생활과 경력이었다.

예를 들면 현재 신앙생활을 하고 있는가? 어느 교회에 출석하고 있는가? 세례는 받았는가? 그리고 최종학력은 무엇인가? 이런 질문이었다. 나는 사실대로 말하였다.

"저는 교회를 안다니고 있으며, 학교는 통신대학 경영학과를 졸업했습니다."

그러자, 목사님은 또 다른 질문을 하였다.

"어떻게 이 신학교를 알았고 왜 이 학교에 입학하려고 하지요?"

나는 뭐라고 말을 해야될지 몰랐다. 학교는 H 전도사가 구경가자고 해서 왔고 입학은 당연히 공부하려고 하는 건데.

이때, 옆에 있던 H 전도사가 나에 대한 소개를 하며 그간의 경위에 대해 좋은 말을 해 주었다.

"이분이 지금 교회를 다니지는 않지만 다니던 회사에서 신우회 활동을 하며 오랜 기간 신앙생활을 해왔고, 이러한 신앙경험을 토대로 글을 써서 책으로 출간하기도 했습니다."

그러자, 목사님은 나에게 책을 갖고 오라고 하였고 나는 이를 제출하였는데 입학허가가 났다. 단, 조건이 있었는데 그것은 교회에 다니며 신앙생활을 해야만 한다는 것이었다.

이 학교 이름은 장로교 총회신학연구원이다.

2003년 초에 입학식을 갖고 교육이 시작되었는데 일주일에 이틀 출석하며 수업을 받았다. 처음 학기에는 목회상담, 성경신학, 구원론, 목회학,

구약배경사, 시가서 과목이었는데 내게는 조금 생소한 그런 내용이었다.

보통 신학교는 목회자를 양성하는 곳이다. 목회자는 흔히 말하는 전도사, 강도사, 목사를 말하는데 이들은 교회를 개척하거나 또는 기존 교회의 사역자로서 설교라던가 기타 목회활동을 통하여 하나님의 말씀을 전도하게 된다. 또한 신학교에 입학하기 위해서는 세례교인으로 수년간의 신앙경륜이 있어야 하고 보통 출석교회 담임목사의 추천을 받아야만 한다. 그리고 입학시험이라던가 여러 검증절차를 거치는데 이는 장래 전도사역을 충실히 할 수 있는지 여부를 판단하기 위해서다. 그러다 보니 보통 신학교에 입학할 정도이면 수년간의 경험과 성경 또는 종교지식을 갖춘 상태임을 알 수가 있다. 그리고 신학교에 재학할 정도이면 그 신앙의 깊이와 종교지식은 더 말할 나위가 없다.

그리고 말이 신학교 학생이지 이들 중에는 교회를 개척해 사역을 하는 전도사도 수 분 있었는데 이들은 학생이라기보다 현직 목회자였다. 그러니 그 신앙경륜과 지식은 따로 말할 나위가 없었다.

그러나 나는 이런 사실을 모르고 오직 성경이라던가 신학에 대하여 배우겠다는 목적으로 들어갔으니 같이 공부하던 사람들과는 실력 면에서 비교가 안될 정도였다. 나는 모르다 보니 수업시간에 교수 목사님께 질문이 많았는데 주위에서 핀잔을 많이 받았다.

"지금 강의하고 계신 교수님 중에 멀리 대전에서 오시는 분도 있는데, 우리가 하나라도 더 배워야 하는 시간에 기초적인 질문을 하게되니까 수업분위기가 깨진다. 그러니 질문을 자제하라."

그러던 어느 날 같이 공부하던 K 전도사한테서 심한 말을 들었다.

"K 씨 교회 다니십니까? 예수 믿습니까?"

나는 당황하였는데 뭐라고 대답해야될 줄 몰랐다.

'당연히 예수를 믿으니까 교회 다니는 것 아니냐! 이건 완전히 사람

을 무시하는 말 아닌가?'

나는 듣기 싫었지만 그냥 네 하고 짤막하게 대답을 했다.

"예수님을 믿는다고 하는데 무엇을 믿습니까? 주먹을 믿습니까? 능력을 믿습니까? 무엇을 믿는다는 거죠?"

이것은 정말 할 말이 없었다. 나의 경험에 따르면 교회 다니는 사람들은 나름대로 집에 우환이 있거나 여러 말못할 사정이 있는 경우가 많았다. 특히, 회사에서 근무할 때 보면 거의 모든 기독교인들이 그랬다. 이북에 있는 식구들과 헤어져 국토분단의 아픔을 겪는 사람도 있었고, 식구 중에 불치병으로 고생하는 동료도 있었다.

특히, 우리 나라는 전쟁과 혁명 같은 굵직한 역사적 사건들을 겪으면서 많은 사람들에게 말못할 아픔과 시련을 안겨 주었는데, 그 동안 계속되어 온 남북긴장이라던가 미소의 대립과 같은 냉전국면은 많은 사람들에게 종교를 의지하게 하는 큰 요인이 된 것으로 나는 알고 있었다.

언젠가 D교회 목사께서 말한 대로 예수의 보혈로 모든 죄를 사함 받았으니, 인간의 모든 질병과 고통은 죄와 함께 사라져야 한다. 예수님을 믿기만 하면 구원을 받게되니까 예수님의 이름을 찬미하며 기도로써 간절히 간구하던 많은 신도들을 나는 기억하였다.

기도만 하면 하늘에 계신 하나님이 모든 소원을 성취시켜준다고 약속을 했고 이 말씀을 믿고 많은 사람들이 신도가 되어 간절하게 기도를 하고 있다, 하늘의 영광과 땅의 평화를 위해서.

그러나 나의 경우는 좀 남달랐는데 구원을 받으려는 것도 천국을 갈망하는 것도 아니었다. 내가 왜 살아가는가 하는 문제를 갖고 이를 알려고 노력하다가 모든 사물이 그렇듯이 나에게도 주어진 역할이 있다는 사실을 알게되었고 마침내 나는 그 역할을 찾아냈는데 종교관련 일이었다. 이 일은 내가 원해서 하는 것도 아니고 예수께서 직접 하신 말씀과 성경에 기록된 예언을 통해 알게 된 나의 사명인 것이다. 이 일을 수행하기 위한 방안의 하나로 나의 경험과 예수님의 말씀이 기록된 책을 출간하였고, 누가 열심히 다니다 보면 책을 많이 팔 수 있는 기회가 있을 것이라고 해 교회에 출석을 했고, 또 신학교 입학 때 입학 허가 조건이 교회에 출석하는 것이었는데 나에게 무엇을 믿느냐고 물어보니 나는 당황할 수밖에 없었다.

내가 대답을 못하자 그는 또 내게 물었다.

"교회 다닌 지 얼마나 됐습니까?"

내가 얼마 안됐다고 이야기하자 그는 자신이 운영하고 있는 교회에 방문을 하라며 권유했는데, 얼마 후 나는 미리 전화를 하고 그 교회를 찾아갔다.

그와 대화를 해보니 그는 나에 대해 전혀 이해를 못하고 있었다. 보통 신학교에 입학하여 수업을 받을 정도이면 기본적인 소양과 실력이 갖추어진 상태에서 교육을 시작하는데 소양이란 수년에 거친 신앙생활로 보통 다니던 교회 담임목사의 추천을 받고 실력이란 이런 기초 위에 성경지식을 더해 세례를 받는 것을 말한다. 보통 이 정도는 되어야 강의를 들을 수 있는 능력이 되는데 이런 소양과 능력이 안되는 사람이 같이 공부를 하니까 다른 학생들이 피해를 입는 것으로 판단하고 있었다. 나는 이에 대해 할 말이 없었다. 왜냐하면 모든 것이 사실이니까.

그러나, 나는 그에게 나의 입장을 설명했는데 비록 내가 부족한 것이 많지만 확실한 것은 사명감을 안고 공부를 하고 있고, 어떤 일이 있더라도 나는 꼭 해야 될 일이 있다고 했다. 그는 격앙된 듯이 말했다.

"그 할 일이 뭡니까? 그걸 어떻게 알았지요?"

"제가 잘은 모르지만 성경에 기록된 또 다른 보혜사의 일을 해야 하는 것으로 알고 있습니다."

그러면서 내가 이러한 판단을 내리고 알게되기까지의 과정을 글로 써서 책으로 만들었는데 여기 이 책이라며 내가 쓴 책을 K 전도사님께 드렸다.

얼마 후 그는 나에게 그의 의사를 전해왔는데 그 내용은 세상에는 옛날부터 많은 목회자들이 있었고 정통신앙을 가진 목자는 많은 열매를 거두었고 삼위일체 하나님을 증거 하였는데 이것을 벗어난 사람들은 언제나 사회적으로 물의를 일으켰고 많은 사람들을 잘못된 길로 가게 하였는데 성령은 삼위일체의 한 하나님이시며 사람이 아니라는 것이었고 그러면서 나에게 예수님을 정확히 알고 가까운 교회에 나가 진정과 심령으로 하나님께 예배하기 바란다는 것이었다.

나는 내가 부족하고 여러 가지 모자라다 보니까 주위에서 말을 많이 듣는구나 하고 더 열심히 공부를 해야겠다고 생각했다. 어쨌든 이런 여러 과정을 겪으며 나는 수업을 계속 받았는데 교육을 받을수록 깨닫는 것이 성경지식이었다. 교육과정을 통해 성경을 부분적으로 이해하기도 하였지만 주위의 권유로 성경책을 처음부터 끝까지 통독하기도 하였다.

그러면서 깨닫는 것이 그 동안은 나의 경험과 이론을 상식기준으로 판단하였는데 이제 나는 성경 중심으로 판단할 수 있는 능력을 갖게되었고, 또한 그 동안은 성경의 어느 한 부분 구절에 근거하여 판단을 하였으나, 이제는 성경의 커다란 흐름 속에서 판단할 수 있는 안목을 갖게되었다.

이런 과정 속에서도 나는 내가 해야될 일에 대하여 이를 알고 계속 확인을 하였는데, 이는 기회가 될 때마다 내가 예수님으로부터 들은 말씀의 뜻을 교수 목사님들에게 물어보곤 하였다.

한번은 교수님들을 포함하여 교육생 모두가 같이 공부하던 C 전도사

집에 초대를 받아 방문한 적이 있었는데 대화를 할 수 있는 기회가 있었다. 나는 이 자리에서 교수 목사님께 이 말씀의 뜻을 물어 보았는데, B 목사님이 대뜸 나에게 대답을 해 주셨다.

"그것은 진리를 알라는 거야, 진리를."

나는 깜짝 놀랐다. B 교수님께서 너무도 쉽게 말씀을 하시기에 오히려 내가 영문이 없었다.

'진리를 알라고 말씀하시는데 진리가 무엇이지? 그리고 이분은 어떻게, 왜 진리를 말할 수 있지?'

그러나, 나는 이 질문을 구두로 하지 못했다. 초대받아 모인 자리이다 보니 음식도 들고 여러 이야기를 계속 진행하기 때문이었다. 일단 상세한 것은 물어보지 못했지만 나로서는 좋은 경험이었다.

입학상담 시에 학장이신 K 목사님께도 내가 들은 말씀의 의미를 물어보았는데 이분은 대뜸 나에게 말했다.

"그런 것은 아주 흔한 말로 주위에서 많이 들을 수 있는 겁니다."

그러면서, 말씀의 의미를 일러주지 않았고 대신 다른 말을 해 주었다.

"예수님 뒤로 허연 빛 기둥을 보았다고 했는데, 그건 영광이라는 것으로 아무나 볼 수 있는 게 아닙니다."

그리고, 그는 더 이상의 대화 자체를 회피하시는 것 같았다.

어쨌든, 나는 이런 식으로 여러 경로를 통하여 앞으로 내가 할 일에 대하여 계속 집중적으로 파악하고자 노력하였다.

또한 성경에서 말하는 진리에 대해서도 여러 교수님께 질문하였는데 이는 '그가 모든 진리로 너희를 인도하시리라'[5]는 성경구절을 생각해서

---

5) 그러하나 진리의 성령이 오시면 그가 너희를 모든 진리 가운데로 인도하시리니 그가 자의로 말하지 않고 오직 들은 것을 말하시며 장래 일을 너희에게 알리시리라. (요16:13)

였다.

수업시간이나 교인들이 흔히 말할 때 인용을 많이 하는 문구인데 "나는 곧 진리다'[6] 라는 말씀이 있다. 그러나 나는 이 말의 뜻을 알 수가 없었다.

진리라는 것은 내용이 있게 마련이다. 예를 들어 물은 높은 곳에서 낮은 곳으로 흐른다던가 또는 지구는 태양을 돈다던가 하는 내용이 있어야하는데, 이 내용이 무엇인지 알 수가 없었다. 나는 이 진리의 내용을 밝혀 달라며 틈이 날 때마다 질문을 했는데 아무도 이에 답해 주지 않자 하루는 이를 집중적으로 교수님에게 물었다.

"목사님, 여기 이 책상이 진리가 될 수 있습니까?"

"그게 무슨 말이야? 책상하고 진리하고 무슨 상관이 있어!"

"그러면, 예수님은 자신이 진리라고 하였는데 사람이 어떻게 진리가 됩니까?"

"아니! 원부에 있으면서 그것도 몰라."

"저는 학생신분이라 아직 부족한 게 많습니다. 목사님은 아시니까 설명 좀 해주십시요."

그러나, 결국 소용이 없었다. 이 또한 주위의 권유로 시원한 답을 듣지 못했고, 나는 점점 진리에 대한 의문만 커져갔다. 이러다 보니 신학 교육에 흥미를 잃기도 하였는데, 이런 일이 누적되다 보니 내가 계속 공부할 필요가 있나? 하는 생각까지 하였다.

그러나, 이럴 때마다 H 전도사가 나에게 한 말을 기억하며 계속 수업을 받았는데, 그것은 의사가 아무리 뛰어난 의술을 알고 실력이 있다고 해도 의사면허 없이 의료행위를 하면 돌팔이 의사가 되듯이, 아무리

---

6) 예수께서 가라사대 "내가 곧 길이요 진리요 생명이니 나로 말미암지 않고는 아버지께로 올 자가 없느니라." (요14:6)

좋은 신앙서적을 저술했어도 신학을 공부한 것과 모르는 것은 큰 차이가 있으며 사람들이 절대로 알아주지 않는다는 것이었다.

또한, 지금까지는 신학을 모르고 글을 썼지만 공부를 하고 나면 더욱 좋은 작품을 만들 수 있을 것이라고 조언도 해주었었다.

그러나, 어찌되었든 나는 이런저런 과정을 겪으며 나의 할 일을 하나씩 파악하며 깨달아 갔는데 그 중 한 가지가 예수재림 실현에 대한 확인이었다. 즉, 예수는 처형을 받고 부활하여 승천하였는데, 승천 전 다시 재림할 것을 약속하였고, 나는 이분의 재림 사실을 알게된 것이었다.

이러한 사실은 우연히 알게되었는데 하루는 강의를 위하여 대전에서 부산까지 내려오시는 권 목사님의 강의를 듣고 또 D교회 유 목사님의 설교를 기억하며 앞으로 내가 해야 될 일을 가리키는 문구들을 해석하며 의미를 파악하다 깨닫게 되었다.

권 목사님은 수업을 시작할 때 신앙관련 짧은 덕담을 말씀하시곤 하였는데 하루는 예수에 대해 이런 말씀을 하셨다.

"예수님께서 오실 때에 말구유에서 출생하셨듯이 너무도 초라한 모습으로 이 세상에 오셔서 지금도 유대 사람들은 예수를 메시아로 믿지 않고 있는데, 마찬가지로 주님께서 다시 오실 때에도 초림과 같이 어떤 방법으로 재림하실 지 우리는 알 수가 없습니다."

성경에는 구름을 타고 세상 모든 사람이 볼 수 있게 오신다고 되어 있다.[7] 그런데 권 목사님은 어떤 모습으로 어떻게 재림하실 지 모른다는 주장이었다. 이는 먼저 사례를 기준으로 판단한 것으로 먼저 이랬으

---

7) 예수께서 가라사대 네가 말하였느니라 그러나 내가 너희에게 이르노니 이 후에 인자가 권능의 우편에 앉은 것과 하늘 구름을 타고 오는 것을 너희가 보리라 하시니. (마26:64)

니까 나중에도 아마 이럴 것이다라고 추정한 것으로 나름대로 판단근거가 있는 말씀이었다.

또한 D교회 유 목사는 나의 책을 읽은 후에 이상하게 예수재림에 대하여 큰 소리로 힘을 주어 설교를 하곤 하였는데, 이분 설교를 들으며 나는 왜 저분이 재림을 강조하는가? 하며 이상하다라고 생각한 적이 있었다.

"예수님의 재림은 반드시 실현됩니다. 그때는 온 세상이 불로 심판을 받게되며 화염이 전 세계를 덮을 것입니다."

나는 틈틈이 내가 해야 될 일과 관련된 문구를 해석하고 이해하려고 노력하였는데 이는 장래 내가 반드시 해야될 일이기 때문이었다.

하루는 요한복음 문구를 읽다가 이런 의문을 갖게되었다. 관련 문구는 요한복음 16장7-11절[8] 이다.

이 문구에서 '의에 대하여라 함은 내가 아버지께로 가니 너희가 다시는 나를 보지 못함이요' (In regard to righteousness because I am going to the Father, where you can see me no longer) 이란 구절을 읽으면서 나는 생각을 했다.

'이 말씀은 예수께서 십자가 처형을 받기 전에 하신 말씀인데 왜 나를 다시는 못 본다고 했지? 분명 예수께서는 부활해서 제자들을 다시 만났는데.'

---

8) 그러하나 내가 너희에게 실상을 말하노니 내가 떠나가는 것이 너희에게 유익이라, 내가 떠나가지 아니하면 보혜사가 너희에게로 오시지 아니할 것이요, 가면 내가 그를 너희에게로 보내리니 그가 와서 죄에 대하여, 의에 대하여, 심판에 대하여 세상을 책망하시리라. 죄에 대하여라 함은 저희가 나를 믿지 아니함이요, 의에 대하여라 함은 내가 아버지께로 가니 너희가 다시 나를 보지 못함이요, 심판에 대하여라 함은 이 세상 임금이 심판을 받았음이니라. (요16:7-11)

　그러면서, 가만히 생각해 보니 이 문구의 시점은 보혜사가 왔을 때를 기준으로 한 것이었다. 즉, 예수께서 보낸다고 약속한 보혜사가 와서 세상을 책망하는데 책망과 관련하여 예수께서 다시는 사람들이 자신을 못 볼 것이라고 이야기하고 있는 것이다. 이는 장래에 대해 말씀하는 것인데 현재 사람들이 예수님을 보았거나 또는 보고 있을 수도 있고 앞으로 다시는 예수님을 볼 수 없다는 그런 의미였다. 그런데 나는 무언가 이해가 안되었다.

　'아니 예수께서는 재림하시기로 약속을 하셨는데 다시는 못 볼 거라고 하면 앞뒤가 안맞지 않는가?'

　그런데 아무리 생각해도 이 말의 뜻은 사람들이 자신을 보았고 앞으로는 더 이상(No longer) 자신을 볼 수 없다는 것이었다. 그러다가 나는 이런 생각을 했다.

　'그렇다면 사람들이 분명 예수님을 보았다는 의미인데 어떻게 이분을 보았지?'

　이때 나는 번쩍하고 전에 영어회화 모임에서 교육하던 외국인 선교사의 가르침이 생각났다.

　"하나님은 살아 계시다. 그러나, 우리는 그를 볼 수 없고, 선지자를 통해서만 하나님을 볼 수 있다."[9]

　나는 그 동안 선지자라면 하나님의 말씀만 전하고 그의 지시에 따라 일을 하는 것으로 알고 있었는데, 이 말의 의미는 선지자의 역할은 하나님의 모습까지 전달한다는 내용으로 말씀 전달보다 모습을 전달하는 데 중점을 두고 기술하고 있다. 이런 내용에 따라 나는 다음과 같은 결론을 내렸다.

---

9) God is being. But, we cannot see him, only through prophet we can see him.

'이 말이 틀림없다면 여기서 말하는 예수님을 보았다는 의미는 기존에 책을 통해 소개된 예수님의 모습이다. 내가 저술한 '낙원의 그림자'[10] 실화소설에는 내가 본 예수님의 모습과 영광, 성음과 말씀, 성안 등이 상세히 기술되어있다.'

'그리고, 다시는 못 볼 것이라는 말씀인데 이는 분명 마지막 보는 것이고 앞으로 다시는 예수님이 모습을 나타내지 않겠다는 말씀인데 그렇다면 이번에 이분을 보는 것이 바로 재림이구나.'

'그런데 이게 확실한가?'

일단 나는 이런 생각을 하고 또 다른 문구를 확인하던 중 재림과 관련된 또 다른 구절을 발견하였다. 관련 문구는 요한복음 16장13절[11] 이다. 문구에서 '장래 일을 너희에게 알리시리라' 라는 구절이 있는데 이를 영어로 표기하면 He will tell you what is yet to come.이다. 이를 다시 해석하면 장래 실현될 것(What is to come) 중 아직(Yet)이루어지지 않은 것(What is yet to come)을 알려주리라 라는 뜻이다.

장래 실현될 일이라는 것은 언제인가는 이루어질 일이라는 뜻인데 이를 나는 성경에서 의미하는 예언이고 예언의 실현이라고 생각하였다. 왜냐하면 예언의 의미와 장래 실현될 일이라는 것은 같은 의미이기 때문에. 그리고 생각나는 것이 성경의 대표적인 예언하면 예수재림 아닌가? 하고 생각하다 나는 깨달은 바가 있었다.

---

10) 낙원의 그림자, 김진석, 신세림, 2001.
11) 그러하나 진리의 성령이 오시면 그가 너희를 모든 진리 가운데로 인도하시리니 그가 자의로 말하지 않고 듣는 것을 말하시며 장래 일을 너희에게 알리시리라. （요16：13）
   But when he, the Spirit of truth, comes, he will guide you into all truth. He will not speak on his own; he will speak only what he hears, and he will tell you what is yet to come.

'아 이것은 바로 위에 있는 '다시는 나를 보지 못한다' 는 구절과 연계가 되는데, 그렇다면 이 문구는 예수님의 재림실현 사실을 사람들에게 이야기하고 널리 알리라는 뜻이구나.'

이런 과정을 통하여 나는 예수재림 사실을 나름대로 확정하였으며 혹시나 내가 잘못 판단하지 않았나 하며 계속 확인을 하였다. 그러나 이 사실에 대한 관련문구는 오히려 더 많이 발견할 수 있었다.

나는 또 진리에 대하여 나름대로 파악을 하였는데 이는 '그가 너희를 모든 진리 가운데로 인도하시리니'[12] 라는 문구를 생각해서였다. 이 말이 무슨 말인가 하며 곰곰이 생각해 보았고 앞으로 내가 해야되는 일이라면 분명 내가 이를 알고 있어야 하는데, 내가 알고 있는 내용 중에 진리라고 할 수 있는 것이 무엇일까? 하며 이를 찾고자 하였다. 왜냐하면 존재원리 기준에 따르면 분명 해야 할 역할 또는 사명을 준다면 이를 수행할 수 있는 능력이나 자질이 같이 부여되기 때문이었다.

하루는 곰곰이 생각하다 내가 확실하게 아는 것은 존재원리라고 판단하였다. 이 원리는 역경에서 나를 구하였으며, 나에게 희망을 주었고, 나에게 주어진 사명을 찾아 이를 수행하게 하였다. 또한 문구에서 '모든 진리' 라는 표현에서 '모든' 이란 복수 개를 말하는데 존재원리는 수 개의 사실이 모여 하나의 중요한 결론을 지향하고 있는 그런 내용으로 이에 부합되지 않는가 하고 판단하였다.

또한, 예수님의 여러 말씀을 검토한 결과 존재원리를 의미하는 많은 구절을 발견하였으며 이를 종합해 검토한 결과 이상하게 예수께서는 부분적인 가르침은 많이 하였으나 종합적인 교훈은 안했다는 사실을 알

---

12) 요16:13

수가 있었다. 그러나 예수의 말씀을 종합해 보면 이를 쉽게 파악할 수가 있다.

나는 또 진리와 관련된 성경문구를 찾아 진리의 내용을 파악하고자 애를 썼는데 요한복음 18장 37절[13]에 보면 '진리에 대하여 증거한다' 는 말이 나온다. 이를 기준해서 볼 때 증거 가능하거나 증거노력을 할 수 있는 사실을 알 수가 있다.

'진리에 대하여 증거 한다' 는 이 말은 예수께서 처형되기 직전 유대의 로마총독 빌라도와의 대담 중에 나오는 유명한 말이다. 이 짧은 말과 문장을 통하여 예수께서는 이분의 종합적인 가르침을 살짝 나타내고 있다. 이 말의 뜻을 나름대로 파악을 하면 이렇다.

일반적으로 증거 한다는 뜻은 어떤 이론이나 가설이 있고 이에 대한 실행을 했을 때 예상되는 결과가 나오는지 여부를 판단하는 것이다. 이러한 이론이나 가설은 많이 있다. 예를 들어 '물은 위에서 아래로 흐른다' 또는 '지구는 태양을 돈다' 는 말은 자연현상으로 누구나 알고 있는 자연법칙이다. 그러나, 이 법칙을 확정하기까지는 검증과정을 거쳐서 법칙으로 확정이 되는데 이들 검증되기 전의 어떤 법칙 내용을 가설이라 한다.

가설에 대해 검증과정을 거치는 것은 당연히 이러한 법칙이나 이론이 많은 사람들이 이용하거나 이들에게 적용되기 때문이다. 예상결과가 항상 일치하는 검증된, 증거 된 것은 법칙만 있는 것이 아니라, 제품도 있고 약도 있고 주변에 보면 얼마든지 많이 찾아 볼 수가 있다. 예를 들어 아무리 좋은 신약을 개발했어도 최종단계는 역시 임상실험을 거치게된다. 여기서 성공하면 신약으로서 그 효과를 기대할 수 있는 것이고

---

13) 내가 이를 위하여 났으며 이를 위하여 세상에 왔나니 곧 진리에 대하여 증거하려 함이로다. (요18:37)

실패하면 그 약은 무용지물이 되는 것이다.

　그렇다면 예수께서 '진리를 증거 한다' 고 하신 말은 무언가 어떤 진리의 내용을 검증한다는 의미인데, 그 어떤 진리의 내용이 무엇일까?

　나는 일단 존재원리를 기준으로 예수께서 말씀하신 진리의 내용을 찾고자 하였는데 이 과정에서 나는 존재원리와 예수께서 가르치신 교훈이 거의 같다는 사실을 알았다. 또한 이 원리에 대한 검증이 가능한가? 하고 자문해 보았는데 나는 이 원리가 이러한 기준에 적합하다고 판단하였다. 왜냐하면 나는 존재원리의 내용을 검증하겠다며 새로운 일을 찾아 노력해 왔기 때문이었다.

　물론 그 검증과정이 완결된 것은 아니지만 나름대로 많은 성과도 있었다. 일단 나는 모든 진리에 대하여 존재원리의 내용과 연관시켜 혹시 잘못되지나 않았나 하며 계속 확인노력을 하며 잠정결론을 내렸다. 예수께서 전달하고자 했던 주요 내용은 진리이며 이 진리의 내용은 존재원리라고, 그리고 존재원리의 주요내용은 무엇인가? 그것은 신으로부터 인간에게 부여된 역할, 곧 사명이었다.

　나는 이런 과정을 겪으며 장차 내가 해야될 일들을 정리해 나갔다. 이에는 예수재림, 진리인도, 세상책망 등이 있는데, 일단 나는 나와 관련된 성경문구들을 중심으로 이를 파악하고 이해하는데 주력하며 나름대로 계속 자문과정을 거치며 정리를 하였다.

　나는 신학교를 통학할 때 시외버스를 이용하기도 했지만, H 전도사와 함께 그의 차를 타고 통학하기도 했는데, 이 과정에서 나는 내가 발견한 새로운 사실들을 그에게 이야기하였다. 예수재림 사실을 알게되었고 학교 졸업 후에는 이를 세상에 알리겠다고 하자, 그는 내게 어떻게 그런 사실을 알게되었느냐고 물었는데 내가 이러한 성경 문구를 근거해서 판단했다고 하자, 그는 말도 안된다는 듯이 본인 의견을 피력했다.

"이것은 예수께서 십자가 처형 전에 제자들에게 말씀하신 것이고, 예수님 이후로 이천 년간 선지자가 온 경우는 한번도 없었어요."

나는 나의 판단이 굳이 옳다며 계속 주장하거나 강조하지는 않았는데 이는 내 판단이 잘못될 수도 있기 때문인데, 나는 계속 확인을 해야겠다고 다짐했고, 이런 과정을 겪으며 누차 나의 할 일과 관련문구 그리고 그 내용에 대하여 혹시나 잘못된 것이 없을까? 하고 계속 확인을 하며 파악을 하였다.

나는 또한 성경에 나타난 사례들을 중시하며 이를 파악하였는데 결국에는 나의 할 일과 연관된 경우였다. 그리고 여기서 파악된 어떤 결론은 단번에 확정지은 것이 아니라, 파악 후에도 누차 확인을 하고, 또한 필요한 경우 검증을 해가며 결론을 내리고 이러한 결론을 다시 연결하여 전체적으로 모순이 없는가? 자문하며 계속 노력을 하였다.

5. 예수재림

나는 나의 장래 할 일뿐만이 아니라 교육방법에 있어서도 검증을 하고자 하는 자세를 갖고 접근했는데, 이러다 보니 관련근거에 대한 질문을 많이 하였고, 이런 과정 중에 신앙과 진리라는 서로 다른 가치체계를 알게되었다.

강물이 흘러가는 것은 일종의 자연현상이다. 이러한 현상에서 흐름의 원인을 파악하다보면 물은 위에서 아래로 흐른다는 법칙을 알게되는데 이 법칙을 우리는 원리라고 부른다. 이러한 원리를 이용하여 수력발전을 하기도하고 댐을 만들어 물의 흐름을 조절하기도 하는데 이러한 원리는 곧 진리이다.

이 원리를 알기 위해서는 여러 가설과 검증, 이유 등 많은 과정을 거쳐 파악이 된다. 경우에 따라서는 의심도 하고, 가정도 하는 등 여러 단계를 경유하며 확정이 되어 사람들에게 인식이 되는 것이다.

그런데, 신앙은 달랐다. 강물이 흘러가는구나 하고 자연현상을 믿으면 되는 것이지 군이 왜 흘러가는지 어떻게 흘러가는지 알 필요가 없다. 그냥 흘러가는구나 하고 인식하면 되는 것이지 어렵게 따질 필요가 없는 것이다. 그리고 문제는 이렇게 따지고 분석하고 종합하는 자세로서 신학을 파악하려 한다면 이는 불경한 것이 되고 만다.

그러나, 문제는 이 신학교가 바로 이러한 신앙의 바탕 위에서 진리를 배우는 곳이었다.

어떤 사실을 신앙의 바탕 위에서 공부한다는 것은 어떤 사실을 받아드리고 인식하기에 중점을 두는 것이지 이를 육하원칙에 따라 검토하고 의미를 더욱 파악하고 하는 것은 아니었다.

그러다 보니, 나는 종교재판과 관련된 천동설과 지동설의 입장을 충분히 이해할 수 있었다. 또한 이런 유사 사례는 조직신학에 얼마든지 있다.

나는 아무리 생각해도 삼위일체설에 대해 납득이 안갔는데 이에 대해 많은 질문을 하였다. 삼위일체란 성부, 성자, 성령이 한 분이란 뜻으로 모두 동일한 하나님이란 뜻이다. 그래서 경우에 따라 성부하나님, 성자하나님, 성령하나님으로 호칭하기도 하는데 나는 이상하게 이해가 안되었다.

설명하는 사람 입장에서는 한 사람이 아버지도 되고, 또 직장의 사원이 되며, 교회의 장로가 될 수 있듯이 사람은 하나지만 직분은 여러 개 가질 수 있는 것과 유사하다고 했다. 또, 물이 변해 수증기가 되고 얼음이 되기도 하는데 본질은 같지만 형태는 여러 가지로 변할 수 있다는 설명이었다.

그러나, 나는 이해가 안가 이를 주위 사람들에게 물어보곤 하였는데, 어느 날 누가 나에게 말했다.

"그냥 믿으면 간단한데 무얼 그리 따지십니까?"

그는 도대체 나의 자세나 태도가 이해되지 않았는데, 이 말은 알고 보면 간단한 걸 왜 일을 어렵게 하느냐는 조언이었다.

이런 경험을 통하여 내가 깨달은 것은 신앙의 미덕은 순종이라는 것이었는데 이는 그냥 믿고 따르는 것이었다. 신학교는 신학을 가르치는데 신학의 본질은 신앙이고 순종이었다. 순종이란 따지고 질문하며 연구 검토하는 것이 아니라 오직 믿습니다 하고 따르는 것이었다. 가르치면 가르치는 대로 배우면 되는 것이지 복잡하게 질문하고 그런 것은 어울리지 않는 것이다.

교회설교도 마찬 가지였다. 설교자가 말하는 것을 듣고 따르면 되는 것이지 이를 질문하고 어떻게 이런 말씀을 하실 수 있느냐고 물을 수는 없는 것이다.

그러나, 나는 종교 특성상 기본성격이 그렇다 해도 할 수 있다면 객관적이고 합리적이며 보편 타당한 진리의 이론이 정립되어야 하며 특히 일반인들을 교역하는 목회자가 될 사람은 이런 이론이 더욱 필요하다는 신념을 갖고 있었다. 이러다 보니 주위에서 핀잔을 받기도 하였는데 그래도 나는 나의 자세를 견지하였다.

하루는 이런 일이 있었다. 신학교는 일주일에 한 번 전교생이 모여 경건 예배를 드리는데, 이 예배는 교육과목의 하나로 수업의 연장이다. 주관은 목사님이 하시지만 학생들이 앞에 나서 사회도 보고 찬양도 인도하며 기도를 하기도 하는데 이러한 모든 것이 교육의 연장이었다.

왜냐하면 신학교는 목회자를 양성하는 곳으로 이러한 일은 장차 목회 현장에서 누구나 해야되는 일이기 때문이다. 이날은 N 전도사가 앞에 나가 강의를 하였는데 갑자기 나를 지명하며 이상한 질문을 했다.

"K 전도사님은 지금 당장 죽어도 천국 간다는 믿음을 갖고 계십니까?"

"교회에서 그렇게 가르치고 있지 않습니까?"

"아니, 전도사님 개인적인 신념을 묻는 겁니다. 개인적으로 천국 갈 수 있다는 신념이 있습니까?"

"그거야 솔직히 말해서 가봐야 알지 어떻게 압니까?"

"알겠습니다. 솔직하게 답변해 주셔서 고맙습니다."

그의 강의는 계속되었는데 이 자리는 여러 목사님과 전교생이 모여있는 자리이며 이들 중에는 개척교회를 운영하는 분도 있고 거의 다 목회사역을 하고 있는 분들이었다. 예배를 끝내고 예배실을 나올 때 서무과장인 L 목사님한테 호된 말을 들었다.

"아니, 전도사란 사람이 천국 간다는 신념이 없으면 어떡합니까? 그런 믿음으로 목회현장에서 일반신도들을 인도하겠어요? 다음에 그런 질문 받으면 네! 하고 크게 대답하세요."

나는 목사님께 알겠습니다 하고 말씀을 드렸지만 이해가 안되는 부분이 많았으며 나중에 나는 생각하기를 이는 가설과 검증의 문제로구나 하고 판단하였다.

보통 교회에서는 예수를 믿고 세례를 받으면 구원을 받았기 때문에 죽으면 천국 간다고 가르치며 신자들 또한 이러한 믿음을 갖고 있다. 그러나 내가 볼 때는 이는 하나의 가설이지 사실이 아닌 것이다. 그러나 보통 신자들은 실제로 가느냐 안 가느냐 하는 결과가 중요한 것이 아니라 믿음 자체가 중요한 것이었다. 가느냐 안 가느냐 하는 것은 장래 문제이고 결과이지만 지금 당장은 믿음이 있어서 편안한 것이다.

그러나 나는 예수께서 하신 '진리를 증거 한다' 는 말씀을 통해 그가 가설로서 끝내는 것이 아니고 분명히 무언가 검증하고 증거 하려고 했다는 사실을 알았고 나도 이러한 자세와 입장을 견지하였다. 그리고 이러한 자세는 신봉하고 따르는 것도 중요하지만 체계적이고 이론적이며 합당해야한다는 나의 입장에서 연유된 것이었다.

이런 이유로 나는 전도사 고시 때 제출논문의 제목을 '사명'으로 하여 설교원고를 작성하여 제출했었고 졸업 때도 '성경진리의 연구'라는 제목으로 연구 논문을 작성하였는데, 이러한 자료를 통하여 나의 입장을 나타낼 수 있도록 하기 위함이었다.

이런 식으로 재학기간 동안 나는 나의 할 일을 중심으로 정리를 계속하였는데 졸업 때가 되자 나름대로 이에 대해 세부적으로 알게되었다. 그러나, 그렇다고 해도 내가 들은 말씀의 의미를 파악한 것은 아니었다. 그래도 나는 이를 크게 문제삼지 않았는데, 이는 나의 역할이 전달자로서의 임무만 하면 되는 것이니까 나는 모르더라도 세상사람들은 이를 충분히 알 것 아니냐는 판단 때문이었다.

그러면서 하루는 내가 그 동안 정리한 나의 할 일과 기존에 출간된 '낙원의 그림자' 소설의 내용을 상호 비교해 보았는데, 내가 할 일은 세상책망, 진리인도, 장래일 알림, 영광 나타냄, 예수증거, 그리고 가르치고 생각나게 하는 일이었고, 장래일 알림 중 예수재림에 대해서는 언급이 없었지만 다른 것들은 거의 다 책 속에 있는 내용이었다. 예수재림 사실도 본인이 그랬듯이 자세히 살펴보면 알 수 있는 사실이었다.

예를 들어 세상책망은 예수께서 하신 말씀이고, 진리인도는 존재원리를 통하여 누차 강조되었고, 나머지 기타는 생각해 보면 충분히 다 알 수 있는 것들이었다.

그러나, 이러한 내용을 독자가 알기까지는 책의 내용을 면밀히 검토해야 되는데 내가 판단하기로는 현실적으로 어려움이 있었다.

졸업일자가 가까워 오고있던 어느 날, 어서 빨리 나의 일을 하고 싶은 마음에 나는 내 책을 선전하며 거리로 팔러나갔다. 2004년 12월 이 날은 울산근교 양산소재 G기도원에서 청교도교역자 모임이 있었는데, 참가자는 일반신도가 아닌 목회자를 대상으로 했고, 이에는 전도사, 강도사, 목사가 해당되었다. 나는 누가 나보고 이 모임에 참석해 보라고 권유를 해 참석했다가 사람이 많은 걸 보고 내가 지은 책 판매를 생각하였다.

관리사무소에 가서 허락을 받고 기존에 다른 책을 팔고 있던 상인들 옆에 자리를 잡고 책을 수권 펼쳐 놓았는데 나는 안내 간판에다 예수재림 실현이라는 문구를 크게 써서 걸어 놓았다. 그 문구는 이랬다.

'여러분, 드디어 예수께서 재림하셨습니다. 드디어 실현되었다. 이천년의 약속'

사람들이 순식간에 많이 모여들었다. 이들 모두가 목회 사역자이다보니 예수재림에 대해서는 관심이 많았다. 이들은 선전문구를 읽으며 가격이 얼마냐? 언제 출간되었느냐? 질문을 하며 많은 호기심을 보였다. 그러나 금방 쉽게 책을 사가 지는 않고 사람들만 모여 웅성대었다.

그런데, 갑자기 관리실 직원이라며 웬 사람이 와 책을 못 팔게 하였다. 이 과정에서 나는 사전에 관리실의 허락을 받았고, 다른 사람들도 책이라던가 기타 설교용 마이크 등을 팔고 있지 않느냐며 실랑이를 벌였는데 이 사람은 막무가내였다. 마침내 나는 자리를 접고 나왔는데 나오면서 그 사람에게 조용히 물어보았다.

"내가 가라면 가겠는데 이유나 물어봅시다. 책을 팔지 못하게 하는 이유가 뭡니까?"

그 사람은 퉁명스럽게 대답했다.

"색깔이 다르기 때문입니다."

나는 이 말이 무슨 뜻인지 몰랐지만 그냥 조용히 자리를 비우고 나왔는데 그 이유를 얼마 후에야 알게 되었다.

수일 후 나는 전혀 몰랐는데 졸업대상자는 졸업사정회가 있어 개별적으로 졸업에 따른 심사를 받아야 했다. 이의 내용은 필요한 학점이라던가 출석, 논문, 그리고 졸업생으로서의 품격, 소양 등 전체적인 것을 확인 점검하는 것이었다.

회의 좌석에는 학장님을 비롯해 학생과장, 교부과장 등 목사님 수분이 동석하였는데 성경지식에 대한 실력확인을 위해 간단한 질문을 하기도 하고 잘못된 점을 지적하여 이를 문제삼기도 하였다. 나는 사역을 안하고 있었는데 이에 대한 지적이 있었다. 신학교 학생은 재학 때나 졸업 후나 교회에 재직하며 목회를 해야하는데 나는 이를 여러 사정으로 못하고 있었다. 우선 노동 일을 하는 사람이 일요일을 지켜가며 사역을 하기가 현실적으로 불가했기 때문이었다.

보통 건설현장에서 일을 할 때는 별도 휴일이라는 것이 없었다. 하루라도 나오면 일당을 받고 안나오면 없는 매우 단순한 임금체계이기 때문이다. 그러나, 나는 여러 사정으로 사역을 못하고 있지만 기회가 되는대로 사역을 하겠다고 잘 말씀을 드렸다.

졸업사정이 끝나고 주위사람들과 대화를 하다 들어보니 '예수재림' 이라면 전부 반감을 갖는다는 사실을 알았는데, 그것은 그 동안 종말론교회 같은 곳에서 이를 주장하여 많은 사람들이 피해를 입었고 이때 사회적으로 심한 반발이 있어 예수재림이라면 이의 진위여부를 떠나 심한 거부감을 느끼기 때문이었다.

그러나 수일 후 동남아시아에서 지진해일로 인해 수만 명이 사망하는 사고가 발생하자 나는 성경에 나오는 요나 선지자의 경우를 생각하였는데 이는 요나가 하나님의 말씀을 어기고 엉뚱한 데로 가자 하나님이 바다에 큰 폭풍을 일으켜 배에 탄 많은 사람들을 위험에 빠트렸기 때문이다.

'혹시나 내가 나에게 주어진 일을 너무 태만히 처리해서 하나님께서 경고를 하는 것은 아닐까?'

나는 심사가 괴로웠는데 수일 후 다시 책을 판매하고자 시도를 하였다. 그런데 이를 같은 졸업반 원생이던 C 강도사가 알고는 나에게 난리를 쳤다. 그러면서 나보고 다시는 예수재림에 대해서 언급하지 말라고 조언을 했다.

이로 인해 나는 크게 실망하였는데 이는 내가 잘못을 했다던가 남에게 해를 주었다던가 하는 것이 아니라, 최소한도 누가 무슨 주장을 하면 어떻게 그런 말을 하느냐고 그 이유나 과정을 물어보아야 하는데 현실은 그렇지 않았다. 아무리 바른 주장을 한다해도 무조건 이유 없이 예수재림이란 말은 잘못된 것이었다.

2005년 2월 나는 신학원을 졸업하였고 같이 졸업한 동기들은 얼마 후 강도사 고시를 거쳐 목사가 되었다. 그러나 나는 나의 역할이 목사인지 확신이 없었고, 나의 주어진 역할만 하면 된다는 신념으로 강도사 고시 준비를 안했는데, 이는 내일을 하기에는 전도사 자격으로도 충분하다고 판단했기 때문이었다.

졸업 후 나는 별도 사역을 하지 않으면서 어떻게 하면 나에게 주어진 일을 할 수 있을까 생각하다 이번에는 기존의 출간된 책표지에 예수재림 이란 홍보문구를 넣으면 도서판매 촉진이 되지 않을까 예상을 했고, 만약 안된다 해도 나에게 주어진 일을 보다 구체적이고 명확하게 전달하는 것 아니냐는 판단을 하였는데, 이렇게 했을 경우 책의 주제가 명확해 사람들이 내용을 인식하기가 보다 쉬울 것이라고 판단했기 때문이었다.

그래서 2006년 5월 기존의 책표지에 예수재림이란 문구를 삽입하여 재판발행을 해 시중에 소개를 하였다.

이러던 중 나는 H 목사님과 함께 영어성경 공부를 계속하고 있었는데 이는 매주 두 번씩 영어성경 문장을 읽고 이에 대한 의미라던가 전체적인 연결 내용을 목사님께서 설명하며 진행되었다. 요한복음을 마치고 창세기를 공부했는데 이의 내용에는 천지창조에서부터 아담과 이브, 카인과 아벨, 노아홍수, 바벨탑, 아브라함과 그의 후손들에 대한 이야기가 나온다.

나는 노아의 홍수 이야기를 읽다가 이런 생각을 하였다.

'하나님이 참 무자비하고 악랄하기도 하시구나! 아니 어떻게 천지를 창조하고 전지전능하신 분이 전 인류를 대상으로 졸지에 대량학살을 하셨지?'

나는 이해가 잘 안되었다. 인간은 부족하고 나약하다, 그러나 신은 완전하고 전지전능하고 대자대비 하시다. 그래서 신은 인간을 보호하고 도와주고 부족한 부분을 채워주고. 인간은 신에 의지하여 감사하며 기도하며 그의 이름을 드높이는 그런 관계로 알고 있었는데 여기서는 그게 아니었다. 세상에 있는 전 인류를 몰살시킨 것이다.

'아니! 무슨 하나님이 어떻게 인류를 몰살시키지?'

나는 아무래도 이해가 안되었다. 그래서 이런 의견을 H 목사님께 말했는데, 그는 말했다.

"하나님이 하시는 일을 우리가 어떻게 이해할 수 있겠습니까? 단지 이를 받아들이고 따를 뿐이지요."

H 목사님은 신앙심이 깊으신 분이다. 그러나 나는 믿음이 아무래도 부족한 것 같다. 왜냐하면, 깊은 신앙을 가진 분은 오직 믿고 따르고, 부족한 사람은 불평하고 의심하는 법이니까.

수일 후 나는 다시 이 생각을 하다 궁금한 것이 있었다. 세상을 멸망시키는 장면이나 과정이 글로 표시되었는데 이러한 묘사문장이 어떻게 쓰여졌는지 새삼 알고 싶어졌다. 왜냐하면 세상을 멸망시킨다는 것은 상상할 수도 없는 엄청난 일인데 이런 경우에 사용되는 단어나 문장은 어떤 것인가? 호기심을 느낀 것이었다.

나는 노아홍수와 관련된 성경구절을 찾아 자세히 관련문장[14]을 읽어 나갔는데 한 구절을 읽다가 갑자기 깜짝 놀랬다. 관련 문구는 '지면에서 인간을 쓸어버리겠다' 인데, 바로 이 '쓸어버리겠다' 라는 말이 무서운 말이구나 생각하다, 나는 내가 예수님으로부터 들은 말씀 중 '쓰러지기' 라는 말을 회상했는데, 이때 나는 나도 모르게 속으로 외쳤다.

'드디어 말씀의 뜻을 알아냈구나!'

그러면서 다시 한번 이 '쓰러지다' 라는 말이 엄청 무서운 말이구나 하며 속으로 감탄을 하였다.

이 '쓰러지다' 라는 말은 수동태 문장으로 이를 능동태로 바꾸면 '쓸다' 라는 말이 되는데 이는 원형이고 이를 변형하면 '쓸어버리다' 라는 말이 된다. 이 말은 하나님이 인류를 멸망시킬 때 쓰신 말로 '쓰러지기' 라는 말을 화자 기준 능동문으로 바꾸어 말하면 '세상을 멸망시킨다' 라는 뜻이 된다.

쉽게 표현하면 이렇다. 내가 들은 말은 '세상은 쓰러지다' 인데 이를 능동문으로 바꾸면 '세상을 쓸어버린다' 가 되고 이 말은 인류를 멸망

---

14) 여호와께서 사람의 죄악이 세상에 관영함과 그 마음의 생각의 모든 계획이 항상 악할 뿐임을 보시고 땅 위에 사람 지으셨음을 한탄하사 마음에 근심하시고 가라사대 나의 창조한 사람을 내가 지면에서 쓸어버리되 사람으로부터 육축과 기는 것과 공중의 새까지 그리하리니 이는 내가 그것을 지었음을 한탄함이니라 하시니라. (창6:5-7)

시킨다는 뜻이다.

나는 그 동안 막연하게 쓰러지다 라는 말이 넘어지다 또는 죽는다 정도로만 알고 있었는데 이렇게 무서운 의미인지는 전혀 상상도 못했다. 영어로 표현하면 Fall Down 이나 Die가 아니고 Be Wiped 인데 이는 노아홍수 때도 마찬가지인 것처럼 세상을 무차별하고 깨끗하게 멸절 시키겠다는 뜻이다. 홍수 때는 남녀노소, 신앙의 유무, 이유불문하고 모든 인류를 멸망시켰었다.

즉 내가 예수님으로부터 받은 말씀의 뜻은 결국 인류를 멸망시킨다는 의미이다. 나는 이런 사실을 알고는 지금까지 나의 전도방법을 바꿔 적극적으로 일을 추진해야 되겠다고 작정하였는데 이는 전 인류의 생존문제이기 때문이다. 이때가 2006년 6월이었다.

이를 다시 요약하면 이렇다. 나는 그 동안 내가 들은 예수님의 말씀을 전도한다며 '낙원의 그림자' 라는 책을 출판해서 이를 세상에 알려 왔는데 나는 내가 받은 말씀의 의미를 정확히 모르는 상태에서 글을 썼고 또 나는 모르더라도 책을 읽은 사람들은 알리라는 예상이었다. 그리고, 이런 종교적인 문제는 아무리 잘해도 비난의 대상이 되기 쉬운데 일단 나는 내 일만 하면 되니까 사람들이 내 책을 읽던 말던 내가 관여할 바는 아니라고 생각했다. 나는 내 나름대로 예수님의 말씀을 글로 써 책으로 출간을 했으니까 나의 역할은 끝이 났고 나머지는 예수님이 알아서 하실 것 아니냐 이런 판단이었다. 나는 전달자로서 내용은 몰라도 전달만 하면 된다라는 입장이었다.

그러나, 내가 받은 말의 뜻은 너무도 엄청난 것이다. 지금처럼 소극적인 방법으로는 안되고 보다 적극적인 방법으로 접근해야겠다는 판단을 하였다.

Ⅱ. 예수재림 사실확인 근거

II.

예수재림 사실확인 근거

예수재림과 이의 방법에 대한 판단은 모두 성경기록에 근거해서 주장 되어 온 것인데 예언이 그랬듯이 실현 또한 성경기록에 근거하여 판단 된 것이다. 우선 이에 대한 근거문장과 이를 판단하기 위한 해석의 어 려움을 알리기 위해 예수께서 말씀하신 하나님의 아들이란 성경사례를 제시하였고 재림의 예언기록을 정리하여 이를 개관함으로써 그 흐름을 파악할 수 있게 하였으며 재림판단 근거문장과 이를 해석하여 재림사 실을 확인할 수 있게 하였다.

1. 해석이란 무엇인가?

예수께서 자신이 하나님의 아들이라고 말하자 이를 두고 사람들은 크 게 두 부류로 나뉘어져 이를 받아들였는데 한 무리는 이에 대해 신성 모독자라고 평하였고 다른 사람들은 구세주라고 평가하였다.

이로 인해 유대인들은 예수를 고소하고 처형을 받게 하지만 그를 따르던 제자들과 신자들은 이분을 하나님의 아들 구세주로 신격화하여 경배를 하였다. 똑 같은 말인데도 이를 받아들이는 사람의 입장이나 형편에 따라서 그 결과가 크게 차이가 나는데 이의 원인과 결과를 파악해 보면 해석의 문제를 쉽게 파악할 수가 있다.

우선 바리새인들은 예수가 신성 모독을 했다며 돌로 치려하는데[15] 이는 자신들이 하나님을 숭배하고 예수께서 하나님의 아들임을 주장하자 이를 참람하다고 판단하였던 것이다.

그러나 신자들과 제자들은 달랐는데 신자들은 주는 그리스도요 하나님의 아들이라고 말했고[16] 제자들도 하나님의 아들 그리스도라고 주장하였다.[17]

그렇다면 이들의 주장은 왜 이렇게 달랐을까? 그것은 이해관계가 서로 달랐기 때문이다. 특히 유대인 중 바리새인과 제사장들이 예수를 적대시하였는데 그 이유는 예수로 인해 자신들의 지위가 위협받는 것으로 오해를 한 것이었다. 그들은 당연히 자신들이 모시고 있는 신의 뜻

---

15) 유대인들이 다시 돌을 들어 치려 하거늘 예수께서 대답하시되 내가 아버지께로 말미암아 여러가지 선한 일을 너희에게 보였거늘 그 중에 어떤 일로 나를 돌로 치려하느냐 유대인들이 대답하되 선한 일을 인하여 우리가 너를 돌로 치려는 것이 아니라 참람함을 인함이니 네가 사람이 되어 자칭 하나님이라 함이로라. (요10:31-33)

16) 예수께서 가라사대 네 오라비가 다시 살리라 마르다가 가로되 마지막 날 부활에는 다시 살 줄을 내가 아나이다 예수께서 가라사대 나는 부활이요 생명이니 나를 믿는 자는 죽어도 살겠고 무릇 살아서 나를 믿는 자는 영원히 죽지 아니하리니 이것을 네가 믿느냐 가로되 주여 그러하외다 주는 그리스도시요 세상에 오시는 하나님의 아들이신줄 내가 믿나이다. (요11:23-27)

17) 예수께서 제자들 앞에서 이책에 기록되지 아니한 다른 표적도 많이 행하셨으나 오직 이것을 기록함은 너희로 예수께서 하나님의 아들 그리스도이심을 믿게 하려 함이요 또 너희로 믿고 그 이름을 힘입어 생명을 얻게 하려 함이니라. (요20:30-31)

에 따라 하나님의 말씀을 갖고 왔으면 신의 사자로서 당연히 환대했어야 될 일인데 실제로는 위협을 느끼고 박대를 한 것이었다. 그리고 마침내는 예수를 죽이기로 모의를 하였다.[18]

이들은 하나님을 공경하고 하나님의 일을 하고 있지만 공의를 앞세우기보다 조직의 안위라던가 자신들의 권익을 우선으로 하다보니 하나님이 오신다고 해도 이들은 하나님이 싫었던 것이다.

그러나 예수를 따르는 신자들은 그를 통하여 병 고침을 받는다던가 그가 행하는 기적과 이사를 보는데 그를 따를 수밖에 없는 것이었다. 오라비를 살려 준다며 내가 권능자 임을 믿느냐하고 묻는데 안믿는다고 할 사람이 어디 있겠는가? 이런 이유 이외에도 예수께서는 기존의 다른 종교지도자들과 많이 달랐는데 안식일을 엄수하는 것도 아니고 오히려 기존의 종교관계자들을 책망하시기도 하고 병자들을 돌보며 어렵고 힘든 사람의 편에 서서 이들을 위로하고 위무하시는 것이었다. 거기에다 하나님의 권능으로 죽은 사람까지 살려내는데 신자들은 그를 따를 수밖에 없는 것이었다.

그렇다면 예수는 무슨 이유로 자신을 하나님의 아들이라고 말한 것인

---

18) 마리아에게 와서 예수의 하신 일을 본 많은 유대인이 저를 믿었으나 그 중에 어떤 자는 바리새인들에게 가서 예수의 하신 일을 고하니라 이에 대제사장들과 바리새인들이 공회를 모으고 가로되 이 사람이 많은 표적을 행하니 우리가 어떻게 하겠느냐 만일 저를 이대로 두면 모든 사람이 저를 믿을 것이요 그리고 로마인들이 와서 우리 땅과 민족을 빼앗아 가리라 하니 그 중에 한 사람 그 해 대제사장인 가야바가 저희에게 말하되 너희가 아무 것도 알지 못하는도다 한 사람이 백성을 위하여 죽어서 온 민족이 망하지 않게 되는 것이 너희에게 유익한 줄을 생각지 아니하는도다 하였으니 이 말은 스스로 함이 아니요 그 해에 대제사장이므로 예수께서 그 민족을 위하시고 또 그 민족만 위할뿐 아니라 흩어진 하나님의 자녀를 모아 하나가 되게 하기 위하여 죽으실 것을 미리 말함이러라 이 날부터는 저희가 예수를 죽이려고 모의하니라. (요11:45-53)

지 그 이유를 알아볼 필요가 있다. 바리세인들이 예수께서 신성모독을 했다고 주장하자 예수께서는 설명하시길 시편에 나오는 하나님의 말씀을 인용하여 사람을 신이라고 하였듯이 사람은 하나님의 자녀임을 언급하셨다.[19]

즉 예수께서는 사람들에게 가르침을 주기 위한 목적으로 하나님을 아버지라 불렀고 이는 모든 사람이 하나님의 자녀임을 알리고자하는 목적과 의도에서 말한 것이었다.

이를 다시 전체적으로 정리해보면 이렇다.

예수께서는 사람들에게 모든 사람이 하나님의 자녀임을 알리고자 자신을 하나님의 아들이라 칭하였는데 한 사람은 이를 자칭 하나님, 또는 신성모독자로 받아들였고 또 한 사람은 구세주로 인식을 하였다. 그리고, 그 이유는 그들 나름대로 이해관계가 얽혀 있기 때문이었다.

여기서 일반인들이 알 수 있는 것이 예수님의 말씀을 받아드릴 때 사람들은 여러 가지 의미를 부여하거나 또는 자신의 입장에서만 이해하려고 한다는 사실이다.

즉 신성모독자라던가 구세주라는 말은 예수께서 하신 말씀이 아닌데 하나님의 아들이란 표현에 따라 이를 받아들이는 사람들이 나름대로 수식을 한 것이란 사실이다..

그러나, 이를 전체적인 안목으로 바라본다면 무엇이 옳고 그른지 알 수 있으며 진실을 밝힐 수 있는 것이다.

어떤 경우는 말하는 화자가 확실하게 가르쳐주지 않고 모르게 가르쳐

---

19) 예수께서 가라사대 너희 율법에 기록한바 내가 너희를 신이라 하였노라 하지 아니하였느냐 성경은 폐하지 못하나니 하나님의 말씀을 받은 사람들을 신이라 하셨거든 하물며 아버지께서 거룩하게 하사 세상에 보내신 자가 나는 하나님 아들이라 하는 것으로 너희가 어찌 참람하다 하느냐. (요10:34-36)

주는 경우가 있는데 이의 예는 예수께서 말씀하신 '너희가 알지 못하는 먹을 양식'[20] 이란 말씀이 있다. 이 말씀은 예수께서 설파하신 진리를 깨닫는데 상당히 중요한 말인데 이를 다 드러내지 않고 설명을 하여 제자들로서는 이 말이 무슨 말씀인지 알 수가 없는 것이다.

또한 어떤 경우는 말씀을 하시고는 지금 한 이 말은 너희가 알 수가 없고 내가 보내는 사람이 와서 이를 해석할 것이니 너희는 이를 알려고 하지 말라는 의미로 말씀을 하신 경우도 있다.[21]

위에서 해석과 관련된 여러 경우를 보았는데 하나님의 아들이란 사례에서와 같이 예수께서 계실 때 말씀하신 짧은 말 한 마디에도 엄청난 차이가 있음을 알 수 있는데, 경우에 따라서는 이분께서 약속하신 예언을 판단한다는 것은 무척 어렵고 조심해야 할 일임을 알 수가 있다.

특히 예수재림에 대해서는 더 말할 나위도 없다.

2. 예수재림의 성경근거

성경에 나타난 예수재림의 근거는 많이 있는데 이는 크게 예수 본인께서 하신 말씀과 후에 제자 또는 다른 사람이 언급한 내용으로 구분할 수 있다.

---

20) 가라사대 내게는 너희가 알지 못하는 먹을 양식이 있느니라 제자들이 서로 말하되 누가 잡수실 것을 갖다 드렸는가 한대 예수께서 이르시되 나의 양식은 나를 보내신 이의 뜻을 행하며 그의 일을 온전히 이루는 이것이니라. (요4:32-34)

21) 내가 아직도 너희에게 이를 것이 많으나 지금은 너희가 감당치 못하리라 그러하나 진리의 성령이 오시면 그가 너희를 모든 진리 가운데로 인도하시리니 그가 자의로 말하지 않고 오직 듣는 것을 말하시며 장래 일을 너희에게 알리시리라. (요16:12-13)

예수께서 직접 하신 약속은 복음서를 통해 나타나 있으며 이의 주요 내용은 재림을 약속하신 것이다. 바울 서신서에 보면 이의 내용이 조금 더 구체적으로 나타나고 요한계시록에는 더욱 상세하게 재림에 대해 기술하고 있는데 원문을 통해 이를 파악해 본다.

1) 예수 본인의 발언 기록

이는 예수께서 직접 하신 말씀으로 이는 주로 복음서에 기록이 되어 있는데 여기서 복음서란 4복음서를 의미한다.

(1) 사람이 만일 온 천하를 얻고도 제 목숨을 잃으면 무엇이 유익하리요 사람이 무엇을 주고 제 목숨을 바꾸겠느냐 인자가 아버지의 영광으로 그 천사들과 함께 오리니 그때에 각 사람의 행한 대로 갚으리라. (마16:26-27)

(2) 그때에 인자의 징조가 하늘에서 보이겠고 그때에 땅의 모든 족속들이 통곡하며 그들이 인자가 구름을 타고 능력과 큰 영광으로 오는 것을 보리라. (마24:30)

(3) 그러나 그 날과 그 때는 아무도 모르나니 하늘의 천사들도, 아들도 모르고 오직 아버지만 아시느니라 노아의 때와 같이 인자의 임함도 그러하리라 홍수 전에 노아가 방주에 들어가던 날까지 사람들이 먹고 마시고 장가 들고 시집 가고 있으면서 홍수가 나서 저희를 다 멸하기까지 깨닫지 못하였으니 인자의 임함도 이와 같으리라. (마24:36-39)

(4) 인자가 자기 영광으로 모든 천사와 함께 올 때에 자기 영광의 보좌에 앉으리니. (마25:31)

(5) 가서 너희를 위하여 처소를 예비하면 내가 다시 와서 너희를 내게로 영접하여 나 있는 곳에 너희도 있게 하리라. (요14:3)

2) 본인발언 이외의 기록

이는 예수 본인 이외에 제자들이나 다른 사람이 말한 것으로 이에는 바울 서신서와 요한계시록 등의 기타 자료가 있다.

(1) 가로되 갈릴리 사람들아 어찌하여 서서 하늘을 쳐다보느냐 너희 가운데서 하늘로 올리우신 이 예수는 하늘로 가심을 본 그대로 오시리라 하였느니라. (행1:11)

(2) 주께서 호령과 천사장의 소리와 하나님의 나팔로 친히 하늘로 좇아 강림하시리니 그리스도 안에서 죽은 자들이 먼저 일어나고 그 후에 우리 살아 남은 자도 저희와 함께 구름 속으로 끌어 올려 공중에서 주를 영접하게 하시리니 그리하여 우리가 항상 주와 함께 있으리라. (살전4:16-17)

(3) 환난 받는 너희에게는 우리와 함께 안식으로 갚으시는 것이 하나님의 공의시니 주 예수께서 저의 능력의 천사들과 함께 하늘로부터 불꽃 중에 나타나실 때에 하나님을 모르는 자들과 우리 주 예수의 복음을 복종치 않는 자들에게 형벌을 주시리니 이런 자들이 주의 얼굴과 그의 힘의 영광을 떠나 영원한 멸망의 형벌을 받으리로다. (살후1:7-8)

(4) 볼찌어다 구름을 타고 오시리라 각인의 눈이 그를 보겠고 그를 찌른 자들도 볼터이요 땅에 있는 모든 족속이 그를 인하여 애곡하리니 그러하리라 아멘. (계1:7)

(5) 보라 내가 도적 같이 오리니 누구든지 깨어 자기 옷을 지켜 벌거벗고 다니지 아니하며 자기의 부끄러움을 보이지 아니하는 자가 복이 있도다. (계16:15)

(6) 또 내가 크고 흰 보좌와 그 위에 앉으신 자를 보니 땅과 하늘이 그 앞에서 피하여 간데 없더라 또 내가 보니 죽은 자들이 무론 대소하고 그 보좌 앞에 섰는데 책들이 펴 있고 또 다른 책이 펴졌으니 곧 생

명책이라 죽은 자들이 자기 행위를 따라 책들에 기록된대로 심판을 받으니 바다가 그 가운데서 죽은 자들을 내어주고 또 사망과 음부도 그 가운데서 죽은 자들을 내어주매 각 사람이 자기의 행위대로 심판을 받고 사망과 음부도 불못에 던지우니 이것은 둘째 사망 곧 불못이라 누구든지 생명책에 기록되지 못한 자는 불못에 던지우더라. (요20:11-15)

(7) 또 내가 새 하늘과 새 땅을 보니 처음 하늘과 처음 땅이 없어졌고 바다도 다시 있지 않더라 또 내가 보매 거룩한 성 새 예루살렘이 하나님께로부터 하늘에서 내려오니 그 예비한 것이 신부가 남편을 위하여 단장한 것 같더라 내가 들으니 보좌에서 큰 음성이 나서 가로되 보라 하나님의 장막이 사람들과 함께 있으매 하나님이 저희와 함께 거하시리니 저희는 하나님의 백성이 되고 하나님은 친히 저희와 함께 계셔서 모든 눈물을 그 눈에서 씻기시매 다시 사망이 없고 애통하는 것이나 곡하는 것이나 아픈 것이 다시 있지 아니하리니 처음 것들이 다 지나갔음이러라 보좌에 앉으신 이가 가라사대 보라 내가 만물을 새롭게 하노라 하시고 또 가라사대 이 말은 신실하고 참되니 기록하라 하시고 또 내게 말씀하시되 이루었도다 나는 알파와 오메가요 처음과 나중이라 내가 생명수 샘물로 목마른 자에게 값없이 주리니 이기는 자는 이것들을 유업으로 얻으리라 나는 저의 하나님이 되고 그는 내 아들이 되리라 그러나 두려워하는 자들과 믿지 아니하는 자들과 흉악한 자들과 살인자들과 행음자들과 술객들과 우상 숭배자들과 모든 거짓말 하는 자들은 불과 유황으로 타는 못에 참예하리니 이것이 둘째 사망이라. (계21:1-8)

이상은 예수재림에 대한 성경의 주요 기록으로 실제로는 이보다 더 많이 있지만 그 주요 내용은 위 기록으로 파악이 가능하다고 본다. 이를 예수 본인과 타인으로 구분하여 내용을 파악해보면 본인의 발언 내용이 타인의 발언에서 조금씩 구체화되고 있음을 알 수가 있다.

예를 들어 예수께서는 구름을 타고 오리라고 하였는데 타인에서는 죽은 자와 산 자가 하늘로 올라가 공중에서 예수를 영접한다 하였고 행한 대로 갚으리라는 말은 하나님을 모르는 자와 복음에 불복종하는 자는 형벌을 주시리라 하였고 또 영원한 형벌을 받을 것이라고도 했다. 계시록에는 불못에 던지운다고 하였고 이는 다시 더 구체화되어 불과 유황이 타는 못에 참예하리라고 되어있다.

그러나 이러한 내용을 자세히 검토해 보면 타인의 발언 내용이 조금 구체화 되었다고 해도 본인 발언의 내용을 크게 벗어나지 않는다는 것을 알 수가 있다. 결국 이러한 내용을 근거로 기독교인들은 재림과 그 방법을 설명하고 있는 것이다.

그리고 이 내용에 따른다면 하나님을 모르고 예수를 안믿는 사람들은 영원한 형벌을 받는다고 하는데 예수재림이란 불신자들에게는 안좋은 일로 판단될 수도 있다.

그러나 기독교인들이 간과하고 있는 예수재림에 대한 중요한 사실이 있다. 그것은 예수께서 재림을 하되 이 사실을 알리는 사람이 따로 있다는 것이다. 이는 예수께서 말씀하신 내용으로 성경에 보면 보혜사라는 사람으로 기록되어 있다.

이 사람은 예수재림 뿐만이 아니라 세상심판에 대해서도 알리는데 예수께서 약속하신 모든 예언을 알리시는 것으로 되어 있다. 또한 사람들을 모든 진리로 인도하는데 이 사람은 예수께서 보내기로 되어 있다.

즉 예수께서 보내는 보혜사라는 사람이 와서 예수재림을 비롯하여 모든 예언 내용을 성취한다는 것이다.

그렇다면 기독교인도 그렇고 일반인도 이러한 사실을 전혀 모르고 있는데 어떻게 이러한 주장을 할 수 있는가? 라고 말 할 수도 있다. 도대체 어떻게 된 것이냐고 이런 말을 주장한다는 것은 전혀 상상도 할 수 없는 일인데 어떻게 이런 주장을 할 수 있냐고 의문을 제기할 수도 있다.

그러나 여기에는 사정이 있다. 예수께서 보혜사가 와서 이러한 일을 하리라고 예언을 하셨는데 그 중의 하나가 바로 이 예수께서 말씀하신 문장을 해석하는 일이다. 그리고 예수께서는 제자들을 통하여 사람들에게 말씀을 하셨는데 함부로 이 문장을 해석하지 말라는 의미의 말씀을 하셨다. 왜냐하면 다른 사람들은 이를 알 수가 없고 오직 보혜사가 와야 이 문장을 해석할 수 있다고 말씀을 하신 것이다. 이를 지적하신 문구는 다음과 같다.

내가 아직도 너희에게 이를 것이 많으나 지금은 너희가 감당치 못하리라 그러하나 진리의 성령이 오시면 그가 너희를 모든 진리 가운데로 인도하시리니 그가 자의로 말하지 않고 오직 듣는 것을 말하시며 장래 일을 너희에게 알리시리라. (요16:12-13)

예수께서는 제자들을 통해 사람들에게 경고를 하고 있는데 이는 너희가 감당치 못하리라 라는 바로 이 문구이다. 이의 뜻은 지금은 아무리 해도 너희가 알 수 없다라는 의미이며 더 나아가 그러니 함부로 이를 알려고 하지 마라 라는 의미가 내포된 것이다. 그 이유는 오직 보혜사가 오면 이를 해석하기 때문이라는 것이다.

그러니 이 문장의 내용을 모르는 채 이천 년을 내려왔는데 기독교에서는 예수께서 보낸다고 약속했던 보혜사가 바로 성령이고 이 성령은 예수께서 승천 후 오순절날 마가의 다락방에 강림하였는데 지금도 전

세계 교회와 교인들을 이끌고 있다고 주장한다.

그리고 또한 이 성령은 하나님이라고 말하기도 한다. 그러나 성경에 기록된 예수의 예언이 맞고 틀림없다면 당연히 이 성령은 보혜사의 사역 문장을 해석했어야 하고 예언된 그의 사역을 수행했어야 한다.

성경기록에 따르면 보혜사는 예수재림, 세상책망, 세상심판, 진리인도, 장래일 알림, 예수증거, 보혜사 사역문장 해석 등의 일을 하여야 한다.

그러나 성령은 위의 일 중 아무 것도 한 일이 없다 그러니 아무도 위 내용에 대하여 아는 사람이 없고 그래서 성경에 기록된 예언관련하여 아무도 보혜사와 연관시켜 판단을 하지 못한 것이었다.

그러나 본인은 보혜사 사역 문장을 해석하였는데 이의 결과로 예수재림 사실을 알게된 것이다. 즉 예수재림에 관한 예언은 예수 본인의 말씀에 의해 예정되어 있었는데 이의 실현 또한 이분의 말씀을 통해 실현된 것이다.

이를 증거하고자 성경에 기록된 증거 문장을 제시하고 추가하여 본인이 예수로부터 받은 말씀을 근거로 제시하였다.

보혜사 사역 문장은 모두 4개로 이는 요14:16-17, 요14:26, 요15:26, 요16:7-15 이며 이외 본인이 받은 말씀은 1개 문장이다.

본인은 이를 근거로 예수재림의 실현을 비롯한 모든 예언의 실현을 알리며 본서를 통해 앞으로 닥칠 위험과 이에 대한 예방방법을 제시한다.

다음은 예수재림 사실확인 근거 문장과 이에 대한 해석이다.

3. 재림확인 근거문장 현황

예수재림을 확인하는 증거는 두 가지 예수님의 말씀에 근거해서이다.

하나는 성경에 기록된 보혜사의 사역 문장이고 다른 하나는 본인이 예수의 방문을 받고 들은 말씀으로 이는 모두 다섯 문장으로 되어있다.

나는 어려서 예수의 방문을 받고 이분의 말씀을 들었는데 무슨 뜻인지 몰랐었다. 그러나 수년이 지나 말의 의미를 알려고 애를 쓰다가 말의 뜻은 모르지만 말의 용도를 알게 되었다. 이는 성경책을 읽다가 알았는데 내가 받은 말씀이 성경에 기록되어 있는 세상을 책망하는 내용이었다. 또한 이는 예수께서 보낸 보혜사가 하리라고 기록되어 있었는데 이로 인하여 나는 보혜사의 사역과 관련된 모든 일을 해야하는구나 하고 판단하였다. 관련 문장을 정리하여 이를 해석하고 예수재림 사실을 증거하며 기타 보혜사가 하기로 된 모든 일을 확인하도록 한다.

먼저 예수께서 보낸다고 약속하신 보혜사가 와서 하리라고 말씀하신 내용과 내가 들었고 세상에 전하는 예수의 말씀을 나타내고 주요 용어를 정리하여 설명하고 다시 관계문장을 해석하는 순서로 기술하였다.

의미를 파악하고자하는 내용은 모두 다섯 문장으로 이를 순서대로 나열하면 다음과 같다.

1) 내가 아버지께 구하겠으니 그가 또 다른 보혜사를 너희에게 주사 영원토록 너희와 함께 있게 하시리니 저는 진리의 영이라 세상은 능히 저를 받지 못하나니 이는 저를 보지도 못하고 알지도 못함이라 그러나 너희는 저를 아나니 저는 너희와 함께 거하심이요 또 너희 속에 계시겠음이라.[22] (요14:16-17)

---

22) And I will ask the Father, and he will give you another Counselor to be with you forever-the Spirit of truth. The world cannot accept him, because it neither sees him nor knows him. But you know him, for he lives with you and will be in you.

2) 보혜사 곧 아버지께서 내 이름으로 보내실 성령 그가 너희에게 모든 것을 가르치시고 내가 너희에게 말한 모든 것을 생각나게 하시리라.[23] (요14:26)

3) 내가 아버지께로서 너희에게 보낼 보혜사 곧 아버지께로서 나오시는 진리의 성령이 오실 때에 그가 나를 증거하실 것이요.[24] (요15:26)

4) 그러하나 내가 너희에게 실상을 말하노니 내가 떠나가는 것이 너희에게 유익이라 내가 떠나가지 아니하면 보혜사가 너희에게로 오시지 아니할 것이요 가면 내가 그를 너희에게로 보내리니 그가 와서 죄에 대하여, 의에 대하여, 심판에 대하여 세상을 책망하시리라 죄에 대하여라 함은 저희가 나를 믿지 아니함이요 의에 대하여라 함은 내가 아버지께로 가니 너희가 다시 나를 보지 못함이요 심판에 대하여라 함은 이 세상 임금이 심판을 받았음이니라 내가 아직도 너희에게 이를 것이 많으나 지금은 너희가 감당치 못하리라 그러하나 진리의 성령이 오시면 그가 너희를 모든 진리 가운데로 인도하시리니 그가 자의로 말하지 않고 오직 듣는 것을 말하시며 장래 일을 너희에게 알리시리라 그가 내 영광을 나타내리니 내 것을 가지고 너희에게 알리겠음이니라 무릇 아버지께 있는 것은 다 내 것이라 그러므로 내가 말하기를 그가 내 것을 가지고 너희에게 알리리라 하였노라.[25] (요16:7-15)

5) 세상은 너무도 험악하여 구할 수 없으니 쓰러지기 전에 알라.

1)번에서 4)번까지 내용은 보혜사가 하리라고 성경에 기록된 보혜사의 사역 내용이고 5)번은 본인이 예수로부터 직접 들은 말씀의 내용이

---

23) But the Counselor, the Holy Spirit, whom the Father will send in my name, will teach you all things and will remind you of everything I have said to you.
24) "When the Counselor comes, whom I will send to you from the Father, the Spirit of truth who goes out from the Father, he will testify about me.

다.

보혜사의 사역을 나타낸 문구를 전체적으로 요약 정리하면 이렇다. 예수께서 보혜사를 보내기로 했는데. 그가 오면 이러한 일을 하리라고 그의 사역 내용에 대하여 예수께서 하신 말씀이다. 이에는 세상책망, 진리인도, 장래일 알림, 세상심판 등이 있다.

4. 주요용어 해설

위 문장에 나타난 내용을 파악하기 위하여 먼저 주요 용어를 정리하였다. 왜냐하면 이는 각 문장에서 반복적으로 사용되고 있어 이를 모아 한번에 설명하면 내용파악이 수월하기 때문이다.

1) 보혜사

하나님과 인간의 중재를 담당하는 자로 변호자, 조력자의 의미임. 예수께서는 또 다른 보혜사란 말을 사용함으로 자신도 보혜사 임을 나타

---

25) But I tell you the truth: It is for your good that I am going away. Unless I go away, the Counselor will not come to you; but if I go, I will send him to you. When he comes, he will convict the world of guilt in regard to sin and righteousness and judgment: in regard to sin, because men do not believe in me; in regard to righteousness, because I am going to the Father, where you can see me no longer; and in regard to judgment, because the prince of this world now stands condemned. I have much more to say to you, more than you can now bear. But when he, the Spirit of truth, comes, he will guide you into all truth. He will not speak on his own; he will speak only what he hears, and he will tell you what is yet to come. He will bring glory to me by taking from what is mine and making it known to you. All that belongs to the Father is mine. That is why I said the Spirit will take from what is mine and make it known to you.

넘. 한자로는 보혜사(保惠師)로 하나님으로부터 말씀을 받아오는 자로도 판단되고, 특히 예수께서 모든 진리로 인도하리라는 말씀에서 알 수 있듯이 진리를 갖고 오는 사람으로도 판단됨. 남성(He)으로 표기되며, 특징은 진리를 알고 있는데 이로써 가르침을 주는 인물로 예상됨.

2) 진리의 영 또는 진리의 성령

이는 사람의 특징이나 성격을 나타낼 때 쓰는 표현방법으로 별도로 어떤 존재가 있는 것이 아니다. 성경에서는 구약부터 하나님과 사람의 성격이나 성질, 품성 등을 나타낼 때 신체의 일 부분이나, 영을 이용하였는데 이는 사람이 영과 육으로 되어 있기 때문이다. 즉 사람을 직접 묘사하지 않고 신체의 부분을 통해 간접적으로 나타낸 것이다.

이에 대한 예문과 설명을 하면 다음과 같다. 우선 신체부위를 이용한 경우이다.

(1) 주의 손 (시39:10)[26]

(2) 주의 얼굴 (시17:15)[27]

(3) 여호와의 손 (출9:3)[28]

(4) 종의 눈 (시123:2)[29]

(5) 주의 손가락 (시8:3)[30]

---

26) 주의 징책을 나에게서 옮기소서 주의 손이 치심으로 내가 쇠망하였나이다. (시39:10)
27) 나는 의로운 중에 주의 얼굴을 보리니 깰 때에 주의 형상으로 만족하리이다. (시17:15)
28) 여호와의 손이 들에 있는 네 생축 곧 말과 나귀와 약대와 우양에게 더하리니 심한 악질이 있을 것이며. (출9:3)
29) 종의 눈이 그 상전의 손을, 여종의 눈이 그 주모의 손을 바람 같이 우리 눈이 여호와 우리 하나님을 바라며 우리를 긍휼히 여기시기를 기다리나이다. (시123:2)

(6) 여호와의 입 (신8:3)[31]

(7) 저는 자의 다리 (짐26:7)[32]

이러한 사례는 구약을 통해보면 많이 있는데 이 표현방법의 원리는 이렇다. 우리는 보통 사람을 기준해서 사람이 무엇을 했다 이렇게 표현하는데 사람대신에 사람의 손, 눈, 입, 다리가 무엇을 했다고 표현을 한다. 예를 들어 예문 (4)번의 내용을 비교하여 정리하면 이렇다.

종의 눈이 그 상전의 손을, 여종의 눈이 그 주모의 손을 바람 같이 우리 눈이 여호와 우리 하나님을 바라며 우리를 긍휼히 여기시기를 기다리나이다. (시123:2)

이 문장을 일반표현으로 하면 이렇다.

종이 그 상전을 여종이 그 여주인을 바람 같이, 우리가 여호와 우리 하나님을 바라며 우리를 긍휼히 여기시기를 기다리나이다.

이 표현법은 알고 보면 간단한데 파악이 안되면 눈이 또는 손이 별도의 인격이 있어 어떤 행위를 하는 것 같이 인식된다.

---

30) 주의 손가락으로 만드신 주의 하늘과 주의 베풀어 두신 달과 별들을 내가 보오니. (시8:3)

31) 너를 낮추시며 너로 주리게 하시며 또 너도 알지 못하며 네 열조도 알지 못하던 만나를 네게 먹이신것은 사람이 떡으로만 사는 것이 아니요 여호와의 입에서 나오는 모든 말씀으로 사는 줄을 너로 알게하려 하심이니라. (신8:3)

32) 저는 자의 다리는 힘없이 달렸나니 미련한 자의 입의 잠언도 그러하니라. (잠26:7)

영에 있어서도 마찬가지 방식이다. 사람의 행위는 신체부위를 이용해 표현했는데, 사람의 품성이나 성격, 상태 등을 나타낼 때는 영을 이용하여 '어떤 영을 갖고 있다' 라고 표현한다.

예를 들어 일반적으로 사람의 품성을 말할 때는 사람과 인물을 중심으로 표현을 한다.

그는 총명하고 지혜롭고 믿을 수 있는 사람이다.

그러나, 이 문장을 성경 표현법으로 나타내면 이렇다.

그는 총명의 영과, 지혜의 영, 신뢰의 영을 소유하였다. 또는 그는 총명의 영과 지혜의 영, 신뢰 영의 소유자다. 마찬가지로 그는 총명의 영과 지혜의 영과 신뢰의 영이다.

이러한 표현법은 언뜻 보면 먼저 신체의 일부를 이용해 사람의 행위를 나타낸 경우와 마찬가지로 영이 인격으로 인식될 수가 있다.

성경에 나타난 예문을 검토해 보자. 관련 문장은 사11:1-5[33] 이며, 이 부분 중 관련문구는 다음과 같다.

---

33) 이새의 줄기에서 한 싹이 나며 그 뿌리에서 한 가지가 나서 결실할 것이요, 여호와의 신 곧 지혜와 총명의 신이요 모략과 재능의 신이요 지식과 여호와를 경외하는 신이 그 위에 강림하시리니 그가 여호와를 경외함으로 즐거움을 삼을 것이며 그 눈에 보이는대로 심판치 아니하며 귀에 들리는대로 판단치 아니하며 공의로 빈핍한 자를 심판하며 정직으로 세상의 겸손한 자를 판단할 것이며 그 입의 막대기로 세상을 치며 입술의 기운으로 악인을 죽일 것이며 공의로 그 허리띠를 삼으며 성실로 몸의 띠를 삼으리라. (사11:1-5)

여호와의 신 곧 지혜와 총명의 신이요 모략과 재능의 신이요 지식과
여호와를 경외하는 신이 그 위에 강림하시리니 그가 여호와를 경외함
으로 즐거움을 삼을 것이며

The Spirit of the LORD will rest on him--the Spirit of wisdom and of
understanding, the Spirit of counsel and of power, the Spirit of knowledge
and of the fear of the LORD--and he will delight in the fear of the
LORD.

이를 영문으로 나타낸 것은 영문으로 보면 보다 설명이 용이하기 때
문이다. 이 말을 다시 해석해 보면 이렇다.

주의 영이 그 사람에게 임하리니 그는 곧 지혜와 총명의 영이요, 모
략과 재능의 영이요 여호와의 두려움과 지식의 영이라, 그는 주를 두려
워하는 중에 기뻐하리라.

이를 다시 일반문장으로 고쳐 정리하면 다음과 같다.

하나님께서 그 사람에게 임하리니 그는 지혜롭고 총명하며 상통하고
재능이 있으며 여호와를 알고 두려워하는 중에 즐거워할 것이다.

여기에서 나오는 지혜의 영, 총명의 영, 모략의 영, 재능의 영, 지식의
영, 공포의 영 이란 잘못 보면 별도 인격이 있는 개별 존재로 인식할
수가 있다.

이러한 예문은 구약성경에 보면 많이 나옴을 알 수가 있다.

진리의 영(The Spirit of Truth) 도 마찬가지로 별도 존재가 있는 것
이 아니라 사람의 상태를 설명하는 문구인데 이는 보혜사를 설명하고
있으며 보혜사가 진리를 알고 있는 사람임을 나타내고 있다. 즉 사람의
특징을 나타내고 있는데 특징이란 여러 가지가 있다. 언변이 좋은 사람

이 있고 힘이 장사인 사람이 있다. 머리가 뛰어나 위대한 발명을 하는 사람도 있고 운동을 잘 하는 사람이 있다. 그러나, 보혜사는 진리를 알고 있는 것이 특징이라고 설명을 하고 있는데 이는 보혜사의 사역과 관련된 것으로 그는 사람들을 진리로 인도해야 하기 때문이다.

성경에 나타난 다른 예문을 더 보면 이렇다.

(1) **음란의 영 A spirit of prostitution** (호4:12),[34]

(2) **현기증의 영 A spirit of dizziness** (사19:14),[35]

진리의 성령은 진리의 영을 존대하기 위해 사용한 단어로 영어 원문에는 그냥 진리의 영이다. 이는 진리의 영과 같은 의미이다.

3) 성령

진리의 영에서 설명되었듯이 이도 보혜사의 품성이나 인격을 나타내는 말로 인간에게 가르침이나 교훈을 주는 사람임을 나타낸다, 왜냐하면 보통 성인이라고 하면 인간에게 큰 가르침을 준 사람을 말하는데 이에는 석가, 공자, 예수가 있다. 그러므로 보혜사는 모든 것을 가르치고 생각나게 하시리라고 했다. 관계문과 유사문장 사례를 보면 쉽게 이해

---

34) 내 백성이 나무를 향하여 묻고 그 막대기는 저희에게 고하나니 이는 저희가 음란한 마음에 미혹되어 그 하나님의 수하를 음란하듯 떠났음이니라. (호4:12)

of my people. They consult a wooden idol and are answered by a stick of wood. A spirit of prostitution leads them astray; they are unfaithful to their God.

35) 여호와께서 그 가운데 사특한 마음을 섞으셨으므로 그들이 애굽으로 매사에 잘못 가게 함이 취한 자가 토하면서 비틀거림 같게 하였으니. (사19:14)
The LORD has poured into them a spirit of dizziness; they make Egypt stagger in all that she does, as a drunkard staggers around in his vomit.

가 가능하다.

보혜사 곧 아버지께서 내 이름으로 보내실 성령 그가 너희에게 모든 것을 가르치시고 내가 너희에게 말한 모든 것을 생각나게 하시리라.[36] (요14:26)

But the Counselor, the Holy Spirit, whom the Father will send in my name, will teach you all things and will remind you of everything I have said to you.

이 문장에서 한글 번역문을 보면 마치 성령이 가르치고 생각나게 하는 행동의 주체가 되는 듯 판단할 수 있는데, 영어 원문으로 보면 확연히 다름을 알 수가 있다. 즉 성령은 보혜사를 설명하고 있다. 원문을 기준으로 뜻을 다시 요약하면 이렇다.

보혜사는 가르침을 주는 사람인데 그가 너희에게 내가 말한 모든 것을 가르치고 회상하게 할 것이다 라는 의미이다. 즉 성령이란 사람의 능력이나 기능을 설명하는 말이다. 예를 들면 이렇다.

(1) **성령**- 사람을 가르친다.
(2) **악령**- 사람을 괴롭게 하고 못살게 군다.
(3) **거만령**- 사람을 불손하고 거만하게 만든다.
(4) **자원령**- 사람을 자원하게 만든다.
(5) **상한 심령**- 사람을 슬프고 낙담하게 만든다.
(6) **귀먹어리와 벙어리 영**- 사람 귀를 멀게하고 말을 못하게 한다.

---

36) But the Counselor, the Holy Spirit, whom the Father will send in my name, will teach you all things and will remind you of everything I have said to you.

이들 경우를 예문을 통해 확인해 보자.

(1) **성령** the Holy Spirit (요15:26)[37]

(2) **악령** the evil spirit (삼상16:23)[38]

(3) **거만령** a haughty spirit (잠16:16)[39]

(4) **자원령** a willing spirit (시51:12)[40]

(5) **상한 심령** a broken spirit (시51:17)[41]

(6) **귀먹어리와 벙어리 영** (막9:25) deaf and mute spirit[42]

---

37) 보혜사 곧 아버지께서 내 이름으로 보내실 성령 그가 너희에게 모든 것을 가르치시고 내가 너희에게 말한 모든 것을 생각나게 하시리라. (요14:26)
But the Counselor, the Holy Spirit, whom the Father will send in my name, will teach you all things and will remind you of everything I have said to you.

38) 하나님의 부리신 악신이 사울에게 이를 때에 다윗이 수금을 취하여 손으로 탄즉 사울이 상쾌하여 낫고 악신은 그에게서 떠나더라. (삼상16:23)
Whenever the spirit from God came upon Saul, David would take his harp and play. Then relief would come to Saul; he would feel better, and the evil spirit would leave him.

39) 교만은 패망의 선봉이요 거만한 마음은 넘어짐의 앞잡이니라. (잠16:18)
Pride goes before destruction, a haughty spirit before a fall.

40) 주의 구원의 즐거움을 내게 회복시키시고 자원하는 심령을 주사 나를 붙드소서. (시51:12)
Restore to me the joy of your salvation and grant me a willing spirit, to sustain me.

41) 하나님의 구하시는 제사는 상한 심령이라 하나님이여 상하고 통회하는 마음을 주께서 멸시치 아니하시리이다. (시51:17)
The sacrifices of God are a broken spirit; a broken and contrite heart, O God, you will not despise.

이상으로 보혜사, 진리의 영, 성령, 진리의 성령을 요약하여 다시 정리하면 이렇다.

예수는 승천 후 보혜사인 사람을 보낸다고 했는데 이 사람의 특징은 진리가 무엇인지 알고 있으며 사람들을 가르치는 역할을 한다. 진리의 영, 성령, 진리의 성령이란 별도 존재가 있는 것이 아니고 이는 모두 보혜사의 특징이나 능력, 역할을 나타내는 일종의 수식어이다. 결국 이는 모두 보혜사를 의미한다.

4) 책망

책망이란 꾸짖어 나무라며 바른 길로 인도함을 의미한다. 예를 들어 놀지만 말고 열심히 공부를 하라던가, 과음을 삼가라 건강에 해로우니 하고 말하는 것이 모두 책망에 해당된다. 그러나 하나님이 인간에 대해 책망하는 내용은 이렇게 간단하지가 않다.

하나님은 선지자를 보내 그의 말씀을 유대 백성들에게 알려왔는데 이의 내용을 요약하면 책망과 인도라고 말할 수 있다. 그렇다면 책망이란 말의 범위가 얼마나 큰지 알 수가 있다. 책망이란 말을 요약한다면 하나님이 선지자를 통해 인간에게 하신 말씀으로 주로 잘못을 지적하고 잘못에 대한 결과나 심판을 포함한다..

구약에 나타난 말씀의 사례를 통해 이에 대해 알아본다.

---

42) 예수께서 무리의 달려 모이는 것을 보시고 그 더러운 귀신을 꾸짖어 가라 사대 벙어리 되고 귀먹은 귀신아 내가 네게 명하노니 그 아이에게서 나오고 다시 들어가지 말라 하시매. (막9:25)
When Jesus saw that a crowd was running to the scene, he rebuked the evil spirit. "You deaf and mute spirit," he said, "I command you, come out of him and never enter him again."

(1) 무리가 성문에서 책망하는 자를 미워하며 정직히 말하는 자를 싫어하는도다, 너희가 가난한 자를 밟고 저에게서 밀의 부당한 세를 취하였은즉 너희가 비록 다듬은 돌로 집을 건축하였으나 거기 거하지 못할 것이요 아름다운 포도원을 심었으나 그 포도주를 마시지 못하리라 너희의 허물이 많고 죄악이 중함을 내가 아노라 너희는 의인을 학대하며 뇌물을 받고 성문에서 궁핍한 자를 억울하게 하는 자로다. (암5:10-12)

위의 내용은 아모스 선지를 통해 하신 하나님의 말씀으로 이스라엘 백성을 책망하는 내용인데 잘못을 지적하고 이의 결과로 어떻게 되리라 라는 형식으로 말씀이 전개되고 있다.

(2) 여호와의 손에서 그 분노의 잔을 마신 예루살렘이여 깰찌어다 깰찌어다 일어설찌어다 네가 이미 비틀걸음 치게 하는 큰 잔을 마셔 다 하였도다 네가 낳은 모든 아들 중에 너를 인도할 자가 없고 너의 양육한 모든 아들 중에 그 손으로 너를 이끌 자도 없도다 이 두가지 일이 네게 당하였으니 누가 너를 위하여 슬퍼하랴 곧 황폐와 멸망이요 기근과 칼이라 내가 어떻게 너를 위로하랴 네 아들들이 곤비하여 그물에 걸린 영양 같이 온 거리 모퉁이에 누웠으니 그들에게 여호와의 분노와 네 하나님의 견책이 가득하였도다 그러므로 너 곤고하며 포도주가 아니라도 취한 자여 이 말을 들으라. (사51:19-21)

이사야 선지를 통해 전한 말씀으로 황폐와 멸망을 당하니 내 말을 들으라 하며 책망과 인도를 하고 있다.

(3) 그러므로 나 주 여호와가 말하노라 내가 나의 삶을 두고 맹세하

노니 네가 모든 미운 물건과 모든 가증한 일로 내 성소를 더럽혔은즉
나도 너를 아껴 보지 아니하며 긍휼을 베풀지 아니하고 미약하게 하리
니 너의 가운데서 삼분지 일은 온역으로 죽으며 기근으로 멸망할 것이
요 삼분지 일은 너의 사방에서 칼에 엎드러질 것이며 삼분지 일은 내
가 사방에 흩고 또 그 뒤를 따라 칼을 빼리라. (겔5:11-12)

이의 내용도 마찬가지다, 잘못을 지적하고 과오에 대해 심판을 하시
는데 어떤 사람은 질병인 홍역으로 죽고 기근으로 죽고 칼에 맞아 죽
을 것이라고 말하고 있다. 이는 말이 죽을 것이지 하나님께서 이렇게
하시리라는 뜻이다. 책망이란 단순하게 꾸짖는 것만이 아니라 무서운 심
판임을 알 수가 있다.

이러한 사례에서 알 수 있듯이 책망한다는 의미는 선지자가 하나님으
로부터 책망의 말씀을 받아 이를 사람들에게 알린다는 뜻이다. 관련 문
장에서 '보혜사가 세상을 책망하리라' 는 의미는 보혜사가 예수님으로
부터 책망의 말씀을 받아 이를 사람들에게 알린다는 의미이다. 왜냐하
면 보혜사는 예수께서 보내기로 약속하신 인물이기 때문이다.

5. 근거문장의 해석

예수재림을 알 수 있는 관계 문장을 나열하여 이를 해석하여 과연 실
제로 예수재림이 실현되었는지 그 진위여부를 확인해 본다. 또한 재림
사실뿐 아니라 예수께서 약속했던 예언의 실현에 대해 알 수 있는데 이
는 본 문장을 해석함으로서 가능하다. 이에는 재림실현을 비롯하여 책
망과 인도 심판과 가르침 등이 있다.

이제 보혜사의 사역을 나타내는 문장을 해석해 본다.

1) 내가 아버지께 구하겠으니 그가 또 다른 보혜사를 너희에게 주사 영원토록 너희와 함께 있게 하시리니 저는 진리의 영이라. 세상은 능히 저를 받지 못하나니 이는 저를 보지도 못하고 알지도 못함이라 그러나 너희는 저를 아나니 저는 너희와 함께 거하심이요 또 너희 속에 계시겠음이라. (요14:16-17)

이는 예수께서 또 다른 보혜사를 보낸다는 뜻으로 세상에 속한 사람은 그를 수용 못하지만 하나님께 속한 사람은 이 사람을 이해하고 받아들인다는 의미이다. 또 다른 (another Counselor) 이란 말에서 예수도 스스로를 보혜사로 말하고 있는데, 이는 예수와 같은 또 다른 사람을 보낸다는 의미이다. '저는 진리의 영이라' 는 문구는 보혜사가 진리를 아는 사람이라는 것은 이미 설명했다.

2) 보혜사 곧 아버지께서 내 이름으로 보내실 성령 그가 너희에게 모든 것을 가르치시고 내가 너희에게 말한 모든 것을 생각나게 하시리라.[43] (요14:26)

But the Counselor, the Holy Spirit, whom the Father will send in my name, will teach you all things and will remind you of everything I have said to you.

(1) 모든 것

영문으로 확인해보면 내가 너희에게 말한 모든 것과 동일한 것으로 이를 복문이 아니고 단문으로 나타내면 이렇다. 내가 너희에게 말

---

43) But the Counselor, the Holy Spirit, whom the Father will send in my name, will teach you all things and will remind you of everything I have said to you.

한 모든 것을 가르치고, 생각나게 할 것이다. 이를 다시 전체적으로 나타내면 이렇다.

내 이름으로 아버지께서 보내고 성령의 소유자인 보혜사가 내가 너희에게 말한 모든 것을 가르치고 생각나게 할 것이다.

즉 이 말은 너희들에게 한 말을 보혜사가 와서 다시 알게 하고 생각하게 하리라는 말이다. 그런데 에수께서 한 말은 무엇인가? 이는 문장의 전후관계를 살펴보면 알 수가 있다.

요한복음 14장은 예수께서 하신 가르침으로 시작되어 제자들의 질문 이에 대한 답변 다시 가르침 이런 식으로 진행이 된다. 그런데 이때 질문한 사람은 모두 세 사람인데 도마와 빌립이 질문한 내용은 답변을 해주었다. 맨 마지막으로 유다가 질문한 내용에 대해서는 답변을 안하고 하던 말씀을 마저 하신 후 다시 이 말씀을 정리하여 무언가 말씀을 하려고 생각하시다가 보혜사가 오면 알게 할 것이다 하고 다시 다른 말씀을 하고 계시다. 그런데 유다기 한 질문은 이렇다.

예수께서 자신의 계명을 갖고 지키는 사람에게 자신을 나타내리라 하고 말하자, 대뜸 유다가 따지듯이 말을 했다.

"주여, 어찌하여 자기를 우리에게는 나타내시고, 세상에게는 아니하려 하시나이까?"

이 말의 의미는 이렇다. 왜 세상사람 모두에게 공개적으로 모습을 나타내지 아니하시고 일부 사람에게만 모습을 보이십니까? 믿는 사람에게만 보이지 말고 세상사람 모두에게 보이십시오 라는 의미이다. 어찌하여 라는 말투에서 유다의 불만스러운 심기가 느껴진다.

그러나, 예수께서는 이에 대답을 안하고 하던 말을 계속하고 난 다음에

"내가 지금 말한 것은"

하며 무언가 말을 하시려다가 보혜사를 언급하였다.

그렇다면 보혜사가 가르치고 생각나게 하리라고 한 의미는 보혜사가 유다의 질문에 대한 답변을 해 준다는 의미이다. 가르친다는 말은 모르는 것을 알게 한다는 의미로 여기서 모르는 것은 질문에 대한 답변을 말한다.

즉 이를 다시 요약하면 이렇다. 예수께서는 왜 자신의 모습을 세상에 공개적으로 나타내지 않고 믿는 사람에게만 모습을 보이느냐 인데 이에 대한 답변을 보혜사가 한다는 뜻이다.

이의 내용을 성경문장과 영어문장을 비교해 가며 파악하면 다음과 같다.

나의 계명을 가지고 지키는 자라야 나를 사랑하는 자니 나를 사랑하는 자는 내 아버지께 사랑을 받을 것이요 나도 그를 사랑하여 그에게 나를 나타내리라. 가룟인 아닌 유다가 가로되 주여 어찌하여 자기를 우리에게는 나타내시고 세상에게는 아니하려 하시나이까 예수께서 대답하여 가라사대 사람이 나를 사랑하면 내 말을 지키리니 내 아버지께서 저를 사랑하실 것이요 우리가 저에게 와서 거처를 저와 함께 하리라 나를 사랑하지 아니하는 자는 내 말을 지키지 아니하나니 너희의 듣는 말은 내 말이 아니요 나를 보내신 아버지의 말씀이니라. 내가 아직 너희와 함께 있어서 이 말을 너희에게 하였거니와 보혜사 곧 아버지께서 내 이름으로 보내실 성령 그가 너희에게 모든 것을 가르치시고 내가 너희에게 말한 모든 것을 생각나게 하시리라.[44] (요14:21-26)

(2) 내가 아직 너희와 함께 있어서 이 말을 너희에게 하였거니와

문장으로 번역되어 있는데 영문으로 보면 이는 명사 단어로 '내가 아직 너희와 함께 있어 너희에게 말한 이 모든 것을' 하고 무언가 생각을 하는 그런 문구이다. 영문표기는 이렇다. All this I have spoken while still with you. 이것을 다시 아래 문구에서 '내가 말한 모든 것'으로 다시 말하고 있다.

(3) 가르치시고

보혜사가 와서 예수재림 사실과 진리를 알게 하리라는 의미로 본문을 통하여 지금 예수께서는 이를 말씀하고 계신 것이다. 즉 자신의 모습이 보혜사를 통하여 널리 세상에 알려지는데 예수를 사랑하는 사람들은 이를 받아들일 것이라는 의미이며, 지금 예수께서 하시는 말씀은 진리의 주요 내용인데 보혜사가 이를 다시 말씀하신다는 의미이다.

지금 예수께서는 먼 장래 일을 말씀하고 있다. 보혜사를 보내고 재림을 애기하며 자신의 가르침을 순종하라고 강조하고 있는데 유다가 이런 말씀내용을 이해하지 못하는 상태에서 엉뚱한 질문을 하자 똑같이 이해하기 어려운 대답을 하신 것이다.

'너희의 듣는 말은 내 말이 아니요 나를 보내신 아버지의 말씀이니

---

44) Whoever has my commands and obeys them, he is the one who loves me. He who loves me will be loved by my Father, and I too will love him and show myself to him. Then Judas (not Judas Iscariot) said, But, Lord, why do you intend to show yourself to us and not to the world? Jesus replied, If anyone loves me, he will obey my teaching. My Father will love him, and we will come to him and make our home with him. He who does not love me will not obey my teaching. These words you hear are not my own; they belong to the Father who sent me. All this I have spoken while still with you. But the Counselor, the Holy Spirit, whom the Father will send in my name, will teach you all things and will remind you of everything I have said to you. (JN14:21-26)

라' 라는 문구에서 예수께서 보낸다고 약속한 보혜사가 예수님의 말씀을 갖고 오리라는 것을 알 수가 있다. 왜냐하면 예수님은 하나님의 말씀을 갖고 왔는데 본문에서와 같이 하나님이 자신을 보냈다고 표현하기 때문이다.

3) 내가 아버지께로서 너희에게 보낼 보혜사 곧 아버지께로서 나오시는 진리의 성령이 오실 때에 그가 나를 증거하실 것이요. 너희도 처음부터 나와 함께 있었으므로 증거하느니라[45] (요15:26-7)

진리의 성령에 대해서는 이미 설명을 했는데 이 문장에서도 마치 성령이 무슨 행위를 하는 것같이 되어있는데 이 문장의 주체는 보혜사이다.

이 말씀은 제자들에게 하신 말로 예수께서 세상에 하나님의 말씀을 전하는 사역을 하실 때 제자들과 함께 행동하며 전도를 하셨다. 이때 제자들이 스승의 언행을 글로 기록해 선생의 업적을 사람들에게 나타내며 증거하게 되었는데, 제자들이 이렇게 했듯이 보혜사도 예수의 행적을 보고 이를 사람들에게 나타내며 증거 할 것이란 뜻이다.

예수초림은 제자들에 의해 세상에 알려졌지만 예수재림은 보혜사에 의해 알려진다. 보혜사는 예수의 행적을 기록하여 세상에 알리는데 이분의 모습, 자태, 음성, 영광, 말씀 등을 문서를 통해 알리며 또한 예수께서 약속하신 말씀을 실현하게 된다.

4) 그러하나 내가 너희에게 실상을 말하노니 내가 떠나가는 것이 너

---

45) "When the Counselor comes, whom I will send to you from the Father, the Spirit of truth who goes out from the Father, he will testify about me. And you also must testify, for you have been with me from the beginning.

희에게 유익이라 내가 떠나가지 아니하면 보혜사가 너희에게로 오시지 아니할 것이요 가면 내가 그를 너희에게로 보내리니 그가 와서 죄에 대하여, 의에 대하여, 심판에 대하여 세상을 책망하시리라 죄에 대하여라 함은 저희가 나를 믿지 아니함이요 의에 대하여라 함은 내가 아버지께로 가니 너희가 다시 나를 보지 못함이요 심판에 대하여라 함은 이 세상 임금이 심판을 받았음이니라 내가 아직도 너희에게 이를 것이 많으나 지금은 너희가 감당치 못하리라 그러하나 진리의 성령이 오시면 그가 너희를 모든 진리 가운데로 인도하시리니 그가 자의로 말하지 않고 오직 듣는 것을 말하시며 장래 일을 너희에게 알리시리라 그가 내 영광을 나타내리니 내 것을 가지고 너희에게 알리겠음이니라 무릇 아버지께 있는 것은 다 내 것이라 그러므로 내가 말하기를 그가 내 것을 가지고 너희에게 알리리라 하였노라.[46] (요16:7-15)

문장 내용 중 주요문구를 나누어 구분하면 설명하면 이렇다.

---

46) But I tell you the truth: It is for your good that I am going away. Unless I go away, the Counselor will not come to you; but if I go, I will send him to you. When he comes, he will convict the world of guilt in regard to sin and righteousness and judgment: in regard to sin, because men do not believe in me; in regard to righteousness, because I am going to the Father, where you can see me no longer; and in regard to judgment, because the prince of this world now stands condemned. I have much more to say to you, more than you can now bear. But when he, the Spirit of truth, comes, he will guide you into all truth. He will not speak on his own; he will speak only what he hears, and he will tell you what is yet to come. He will bring glory to me by taking from what is mine and making it known to you. All that belongs to the Father is mine. That is why I said the Spirit will take from what is mine and make it known to you.

4-1) 내가 그를 너희에게로 보내리니 그가 와서 죄에 대하여, 의에 대하여, 심판에 대하여 세상을 책망하시리라 죄에 대하여라 함은 저희가 나를 믿지 아니함이요 의에 대하여라 함은 내가 아버지께로 가니 너희가 다시 나를 보지 못함이요 심판에 대하여라 함은 이 세상 임금이 심판을 받았음이니라

이는 예수께서 보혜사를 보내는데 그가 세상을 책망한다는 내용이다. 그런데 보낸다는 의미는 예수도 아버지께서 나를 보내셨다고 말씀하셨듯이 그냥 보내는 것이 아니라 말씀을 주어 보냈는데 예수께서 보낸다는 의미는 보혜사에게 말씀을 주신다는 의미이다. 그런데 그 말씀이라는 것이 먼저 선지자들의 사례에서 알 수 있듯이 그 내용이 거의 다 책망과 인도임을 알 수가 있다. 그런데 책망이란 잘못을 지적하고 이에 따른 결과나 심판이다. 즉 보혜사는 예수님으로부터 말씀을 받아오는데 그 내용은 세상을 책망하는 것이다. '죄에 대하여' '의에 대하여' '심판에 대하여'는 책망의 원인과 그 결과를 말씀하고 계시다.

즉, 책망의 원인은 사람들이 예수를 안 믿기 때문이고, 이 책망의 결과로 더 이상 나를 못 볼 것이다 이고 또한 이 책망의 결과로 세상이 심판을 받을 것이라는 의미이다.

(1) 세상을 책망하시리라

보혜사가 예수로부터 보냄을 받고 예수께로 받아와 세상을 책망하신 말씀의 내용은 이렇다.

"세상은 너무도 험악하여 구할 수 없으니 쓰러지기 전에 알라."

이 말씀은 예수께서 하신 말씀으로 나는 이 말씀의 뜻을 해석하는 데만 수십 년이 걸렸다.

위 내용을 성경에 기록된 예수의 말씀과 연계하여 파악하면 이렇다. 심판의 내용은 세상은 구할 수 없다 인데, 이의 의미를 성경관련 문구를 통해 파악해보면 그 의미가 굉장히 심각하다.

관련 문구는 요3:16-17[47] 인데 이에 따르면 '세상이 구원을 받는다' (to save the world) 는 의미는 '사람이 멸망치 않고 영생을 얻는다' (shall not perish but have eternal life) 이다. 그러나 이에 반하는 말은 '영생을 얻지 못하고 멸망한다' 는 말인데, 여기서 멸망한다는 말은 책망의 말씀 중 '쓰러지기' 라는 단어와 연계됨을 알 수가 있다.

(2) 저희가 나를 믿지 아니함이요

이는 책망의 원인을 말하는데 책망이란 꾸짖는 말로 책망이 있을 때는 반드시 잘못이 있거나 과오가 있기 마련이다. 특히 세상을 책망한다는 말씀에 따르면 세상 사람 모두가 그 대상이고 예수를 안 믿는다는 말은 올바르게 믿지 않는다는 말이다.

이는 예수를 신봉하는 신자가 세계에서 제일 많은데 세상 사람들이 예수를 믿지 않는다는 것은 잘못된 것이 아닌가라고 반문할 수 있는데 이는 그런 의미가 아니고 예수께서 가르친 방법으로 예수를 믿고 따르지 않는 다는 것이다.

이러한 사실을 검증하려면 본서에서 진리라고 주장하는 존재원리를 기준으로 교인들의 신앙생활을 판단해보면 즉시 알 수가 있다. 예수께서는 자신의 가르침에 따라 하나님이 각 개인에게 부여하신 역할 또는

---

47) 하나님이 세상을 이처럼 사랑하사 독생자를 주셨으니 이는 저를 믿는 자마다 멸망치 않고 영생을 얻게 하려 하심이니라 하나님이 그 아들을 세상에 보내신 것은 세상을 심판하려 하심이 아니요 저로 말미암아 세상이 구원을 받게하려 하심이라. (요3;16-17)

사명을 다 하라고 하셨는데 이를 수행하는 사람이 없다라는 의미이다

(3) 너희가 다시 나를 보지 못함이요

지금 이후로 더 이상 예수를 볼 수 없다는 뜻으로 예수께서 약속하신 재림이 실현되었음을 의미한다.

더 이상 (No longer) 이라는 말에서 미래에는 볼 수 없지만 현재는 보았거나 볼 수 있음을 알 수 있는데 이 말의 시점은 보혜사가 세상을 책망할 때이다. 이때 사람들이 예수를 보았거나 볼 수 있지만 이때 이후로는 두 번 다시 예수를 볼 수 없다는 의미이다.

따라서 이때 본 예수의 모습은 재림예수의 모습이다. 이 모습은 '낙원의 그림자' 라는 도서를 통하여 이미 시중에 소개되었다.

예수를 보는 방법은 여러 가지가 있다. 물론 직접 만나 상면하고 대화를 해보면 좋겠지만 그가 모든 사람을 일일이 찾아가 만날 수는 없는 일이다. 또한 그렇게 한다고 그를 인정하고 환대할 사람이 누가 있겠는가? 이것은 현실적으로 불가한 일이다.

그러나 신문기자나 방송인들이 가서 이분을 만나 인터뷰를 하고 신분을 확인하여 예수의 모습이나 말씀을 글로 적어 소개를 한다면 일반인들은 예수를 인정하고 또한 그의 말씀을 인정할 것이다.

이천 년이 지났지만 사람들이 그를 알 수 있는 것은 그의 제자들이 기록한 그분의 행적과 말씀 때문이다. 그러나 이들은 아무나 되는 것이 아니라 예수께서 선택하여 제자를 삼으신 것인데 학식이 많고 믿음이 굳고 뛰어난 사람들이 아니었다. 오히려 그 반대라고 할 수 있었던 사람들인데 이들이 전한 말씀과 기록은 오랜 기간이 지났어도 예수를 증거하고 있는 것이다.

재림 때도 마찬가지이다. 예수께서 선택하고 보낸다고 약속한 보혜사

라는 사람이 예수의 행적과 말씀을 기록하여 사람들에게 알리는 방법으로 모든 사람이 예수를 볼 수 있게 하는 것이다.

그리고 보혜사라는 대리인도 그의 모습과 말씀을 글로써 기록하여 이를 시중에 소개하였지만 이것이 예수의 재림이란 사실을 모르고 있다가 수년이 지난 후 본 문구를 해석하면서 재림 사실을 알게된 것이다. 본 문구는 예수께서 직접 재림의 실현을 말씀하신 중요한 내용이다.

(4) 세상임금 the prince of this world

세상사람을 대표하는 사람이란 뜻으로 보통 한 국가의 대표자를 왕 또는 대통령으로 칭하는데 세상의 대표자란 의미로 세상임금이란 말을 사용하였다. 이는 어떤 특정인물이 있는 것이 아니라 심판을 받을 때 보통 법정에 서서 재판관으로부터 판결을 언도 받게 되는데 이러한 모습을 그리며 세상의 대표자가 법정에 서서 판결을 받는 모습으로 표현을 하고 있다. (the prince of this world now stands condemned.) 이는 결국 세상사람 모두가 심판을 받는다는 의미이다.

4-2) 내가 아직도 너희에게 이를 것이 많으나 지금은 너희가 감당치 못하리라

지금 내가 많은 말을 하였는데 지금은 이를 이해하고 알 수 없을 것이라는 것이다.

먼저 14장에서의 경우를 보면 예수께서 말씀을 하실 때 제자들이 여러 질문을 한다. 예를 들어 도마가 질문을 하는데 이는 선생님이 어디로 가신다고 하는데 우리는 선생님이 어디로 가는지도 모르고 있습니다. 그런데 어떻게 그 가는 길을 우리가 어떻게 알겠습니까? 이다. 이

말은 어렵게 또는 일방적으로 말씀하시지 말고 우리가 알아들을 수 있게 자세히 좀 알 수 있게 말씀을 해 주십시요라는 뜻이다. 이에 대해 예수는 내가 곧 길이요 진리요 생명이니라고 답변을 하는데 이는 곧 그 길이라는 것은 진리를 통하여 이를 실천하면 영생으로 갈 수 있다는 설명이다.

다시 빌립이 요구를 하는데 이는 선생님 하나님을 우리에게 보여주십시오 그러면 우리가 충분히 말씀하시는 바를 이해하고 알겠습니다 이었다. 이에 대해 답변을 하자 다시 또 유다가 질문을 한다. 선생님 어찌하여 자신을 우리에게는 나타내시고 세상에는 공개적으로 나타내지 않으십니까?

그러나 이러한 질문이라는 것은 완전히는 모르더라도 어느 정도 말씀의 내용을 이해하고 알 수 있을 때 가능한 것이다. 전혀 이해를 못하거나 알 수 없는 내용이라면 질문조차 할 수 없는 것이다.

지금 예수께서는 먼 장래 일을 이야기하고 있다. 재림을 하고 심판을 하고 세상을 책망하고 그러나 이를 듣는 사람들은 이 말이 무슨 의미인지 도저히 이해를 할 수 없는 것이다. 이에 제자들이 질문도 못하고 묵묵히 듣기만 하자 예수께서 하신 말씀으로 지금은 알 수 없지만 보혜사가 오면 이를 알게될 것임을 말씀하시고 있다.

즉 보혜사가 아니면 지금 한 말의 뜻을 알기 어렵다는 의미이다.

지금 예수께서는 제자들을 통하여 사람들에게 교훈을 주고 있는데 지금 한 말을 함부로 해석하거나 알려고 하지 말라는 의미이다. 왜냐하면 지금은 아무리 해도 이를 알 수 없기 때문이고 단지 보혜사가 와야만 이를 알게된다는 말씀이다.

4-3) 진리의 성령이 오시면 그가 너희를 모든 진리 가운데로 인도하

시리니 But when he, the Spirit of truth, comes, he will guide you into all truth.

진리가 무엇인지 알고 있는 보혜사가 오면 그가 모든 진리 가운데로 사람들을 인도하리라는 의미이다.

이 문장에서도 진리의 성령이 무슨 행위를 하는 것 같이 착오되기 쉬운데 이는 잘못됐고 보혜사가 주관됨은 먼저 누차 설명이 되었다.

이 말씀은 보혜사가 사람들을 진리로 인도하리라는 뜻이다. 모든 진리라는 말에서 그 내용이 수 개임을 알 수가 있다. 예수께서 보혜사의 특징을 설명할 때 '진리를 알고 있는 사람' the Spirit of truth 으로 소개를 하였는데 그의 특징은 다른 것은 언급이 없고 오직 진리를 안다는 점만 강조를 하였다.

(1) 모든 진리

상당히 광범위한 내용으로 우선 문맥상으로는 지금까지 말씀하신 내용들을 해석하고 알리며 또한 기타 장래 일 등 예수께서 말씀하신 여러 일 등을 알린다는 의미이다. 이를 상세하게 나타내면 다음과 같다.

첫째 : 예수께서 지금 말씀하신 이해하기 어려운 내용들을 이해시키고 이를 알게 한다는 의미이다.

즉 예수께서는 지금 장래 일을 말씀하고 계신데 이 내용을 너희들이 감당할 수 없지만 보혜사가 오면 이를 해명하고 알게 한다는 의미이다. 여기서 예수께서 말씀하신 내용은 보혜사의 사역을 나타낸 말씀으로 요 16:7-11까지의 말씀이다.

이의 내용은 예수께서 보혜사를 보내고 보혜사가 와서 죄와 의와 심판에 대하여 세상을 책망하고, 죄에 의에 심판에 대해서란 무엇이다하며 말씀하신 부분이다. 이에 대해 예수께서는 사람들이 이의 의미를 알수 없고 오직 보혜사가 오면 이를 알 수 있으리라고 하며 보혜사가 이를 설명하고 해명시킨다는 뜻이다.

이를 쉽게 말하자면 이렇다. 지금 예수께서 보혜사가 할 일을 말씀하고 계신데 보혜사의 사역 내용에 대해 보혜사가 와서 이를 설명하고 알게 할 것인데 사람들은 이 말의 뜻을 도저히 알 수 없다는 뜻이다. 또한 보혜사가 와서 이를 해석하고 알게 할 것이니 이를 함부로 해석하거나 알려고 하지 말라는 의미도 내포되어 있다.

둘째 : 진리란 영생을 얻는 이치요 방법이다. 진리가 구체적으로 무엇인지 제시하고 어떻게 하면 이를 실천할 수 있는지 가르쳐 안내한다는 의미이다.

진리라는 것은 내용이 있고 용도가 있다. 예를 들어 물이 위에서 아래로 흐른다던가 지구는 태양을 돈다 라는 식이다. 사람들은 이러한 사실을 이용하여 저수지를 만들고 수력발전을 일으켜 전기를 얻기도 하고 별자리를 연구하고 행성의 주기를 파악하여 계절의 변화라던가 기후를 예측하여 생활에 이용을 한다. 즉 진리란 내용이 있는 것이다. 그것도 생활에 유익하고 사람들에게 소용이 되는 그런 유익한 내용이어야 한다.

예수께서 말씀하신 진리란 영생을 얻게 하는 것으로 이를 따라 실행했을 때 영생이 가능하게 되는 방법 또는 이치를 의미한다.

자판기에 동전을 넣고 버튼을 누르면 커피가 나오듯이 이 진리를 믿고 실행한 사람은 영생을 얻게 되는 것이다. 그러나 커피를 뽑을 때 동전을 넣는 것이 중요하지 넣는 사람의 신분은 중요하지 않다. 또한 남녀노소를 막론하고 종교의 유무 기타 죄가 있느냐 없느냐 하는 것은 전혀 문제가 안된다.

그러면, 여기서 말하는 모든 진리(All Truth) 란 무엇이고, 그 내용은 무엇일까? 모든(All) 이란 단어에서 낱개의 사실이 아니고 여러 개로 된 이치임을 알 수 있는데 나는 이 모든 진리가 본서에서 제시하는 존재원리 임을 주장한다..

모든 진리는 곧 존재원리 라는 뜻이다.

존재원리는 여러 개의 원리로 구성되어 있으며 그 주요 내용은 사명이다. 모든 사람은 필요하기 때문에 존재하고 부여된 역할이 있다. 인간을 창조한 또 다른 세계가 있는데 사람은 이 인간창조의 세계로부터 주어진 역할이 있다. 부여된 역할을 수행하면 이상적인 사람이 될 수 있고 계속 존재 가능하지만 주어진 역할을 거부하거나 태만하다면 불행하거나 벌을 받게될 것이다.

이러한 원리는 사람이나 사물도 마찬가지이고 존재하는 모든 대상은 이 법칙을 적용할 수 있다. 이를 간단히 요약하면 사명이라고 할 수 있는데 이는 신으로부터 부여된 역할을 의미한다.

또한, 이러한 존재원리의 현실적용은 창세기로부터 시작하여 계속 반복되어 온 신과 인간의 역사를 통해서도 알 수가 있다. 신은 인간에게 역할을 주고 이에 따른 능력과 필요한 모든 것을 준비해 준다. 이를 수행하면 문제가 없지만 이를 어기고 따르지 않으면 괴롭게 되는 것인데 이러한 내용이 계속 반복되어 왔다.

존재원리는 일종의 나침반과 같다고 할 수 있다. 나침반 따라 항해를 할 수 있듯 이 원리를 적용해 인생을 맡길 수가 있는 것이다. 나는 이 원리를 증명한다는 신념으로 좋은 직장에 있다가, 어느 날 갑자기 어렵고 힘든 일을 하게 되었는데 예수님도 마찬가지다. 그것은 이러한 진리를 따라 행하게 되면 부활과 영생이 가능함을 몸소 체험을 통해 증명하신 것이다.

　영생은 재림을 통해 증명되었는데 이분 재림의 의미는 사람이 영생할 수 있음을 믿음이 아니라 실제로 증명하는 것이다.

　예수께서 가르친 교훈의 내용과 존재원리를 비교해 보면 거의 유사함을 알 수가 있는데 이에 대한 비교나 검토는 본서 진리란 무엇인가? 장에서 별도로 한다.

　일단 여기서는 예수께서 말씀하신 모든 진리의 내용이 존재원리이고 이 원리의 주요 내용은 사명이다 라는 것이다.

　이를 다시 쉽게 설명하면 주위 모든 사물에 주어진 역할이 있듯이 사람에게도 누구나 다 하나님으로부터 부여된 역할이 있는데 사람은 이를 찾아서 해야 한다는 내용이다.

(2) 인 도

　　인도라는 말은 안내하거나 무리를 이끈다는 의미이다. 모세에 의해 유대인이 애굽에서 나와 가나안으로 인도되었는데 이때 유대인들은 애굽에서 노예 신분으로 힘겨운 생활을 하고 있었다. 그러나 모세에 의해 노예생활에서 벗어나 젖과 꿀이 흐르는 땅으로 인도되었는데 이 과정에서 많은 고난과 어려움을 극복하였음은 말할 것도 없다.

　보혜사도 마찬가지이다. 진리를 모르고 노예생활을 하듯 어렵게 살아가는 현실에서 진리를 알게 하고 이를 실천하여 영생으로 인도한다는 의미이다. 모세의 경우와 마찬가지로 무리를 인도하는데 이때 고난과 어려움이 있었듯이 진리인도에도 많은 어려움이 예상되지만 영생의 새 땅으로 보혜사가 인도한다는 의미이다.

　보혜사가 제시하고 예수께서 강조하는 진리는 오직 한 가지이다. 모든 사람 각자에게 부여된 창조주로부터의 역할을 찾아 이를 실행하라는 것이다. 이것이 영생을 얻을 수 있는 유일한 길이다.

그리고 이를 알고 실천하는 것은 상당히 쉬운데 마치 사람들이 모세가 인도하는대로 따라하면 신분이 해방되고 새 땅으로 갈 수 있었듯이 진리를 실천하는 것도 아주 쉽다.

이는 존재원리라는 진리를 이해하면 되는데 이 원리를 이해하면 각자 스스로 판단할 수 있고 행동하며 진리를 실천할 수 있다.

진리라는 것은 누가 강요하는 것이 아니다. 또한 식별하기 어렵고 이해하기 난해한 것이 아니다. 누가 강요하거나 누구로부터 지시 받는 것도 아니다. 이를 이해하기 위해 별도 경전이 필요한 것도 아니고 많은 지식이 요구되는 것도 아니다. 가장 쉽고 편하며 이상적인 생활원리인데 이는 모든 사람을 영생으로 인도하는 중요한 열쇠이다.

이 존재원리는 본서에서도 소개되었지만 본인이 먼저 소개한 '낙원의 그림자' 책에는 보다 더 상세하게 소개되어 있다.

4-4) 그가 자의로 말하지 않고 오직 듣는 것을 말하시며 장래 일을 너희에게 알리시리라.

He will not speak on his own; he will speak only what he hears, and he will tell you what is yet to come.

이는 보혜사가 본인 의견이 아니라 예수님으로부터 받은 말씀을 전한다는 의미이다. 그러니까 보혜사는 자기 마음대로 판단하고 말하는 것이 아니라 예수님으로부터 들은 것만 사람들에게 전한다는 뜻이다.

즉 많은 선지자들이 하나님의 말씀을 받아와 이를 그대로 전달하였듯이 보혜사도 그리 한다는 의미이다. 그러나 보혜사는 단순하게 말씀만 전하는 사람이 아니고 여러 가지 많은 사역을 해야되는 사람이다. 세상을 책망하고 가르치고 진리로 인도도 하고 예수도 증거 하는 등 많은 일을 해야 되는데 이러한 일을 할 때 판단 근거나 일 추진의 기준을 예수님 말씀에 따라 추진한다는 의미이다.

본서에서는 보혜사 사역에 대한 근거를 예수님 말씀에 따라 그 근거를 명확히 제시하였으며 사역의 범위를 초월하거나 부족함이 없이 일을 추진하였다.

(1) 장래 일 what is yet to come

예수께서 장래 실현되리라고 말씀하신 내용은 여러 가지가 있는데, 십자가처형, 죽음과 부활, 재림, 보혜사, 세상책망, 진리인도 등 그러나 이중 일부는 실현이 됐고 나머지는 실현이 안됐는데 이 아직 실현이 안된 일을 의미한다.

(2) 장래 일을 너희에게 알리시리라 will tell you what is yet to come

예수께서 말씀하신 예언 중 아직 실현이 안된 약속 곧, 재림, 보혜사 파송, 세상책망, 진리인도 등을 알린다, 말씀하신다, 또는 실현한다는 의미이다.

다시 요약을 하면 보혜사는 세상에 와서 예수님께서 말씀하신 것만 전도하는데 특히 예언 내용 중 아직 실현이 안된 재림, 보혜사 파송, 세상책망, 진리인도 등을 모두 다 실현한다는 의미이다.

4-5) 그가 내 영광을 나타내리니 내 것을 가지고 너희에게 알리겠음이니라 무릇 아버지께 있는 것은 다 내 것이라 그러므로 내가 말하기

를 그가 내 것을 가지고 너희에게 알리리라 하였노라

보혜사가 예수님의 말씀을 갖고 이를 사람들에게 널리 알리는데 예수님의 이름으로 실행함으로 예수님을 영화롭게 한다는 의미이다. 이는 예수께서 하나님의 말씀을 갖고 와 이를 세상에 알려 하나님을 영화롭게 하였듯이 예수께서 보내는 보혜사도 똑같이 하리라는 의미이다. 성경관련 예문을 보면 쉽게 알 수가 있다.

"아버지께서 내게 하라고 주신 일을 내가 이루어 아버지를 이 세상에서 영화롭게 하였사오니" (요17:4)

이는 예수께서 하늘을 우러러보며 하나님께 기도를 드리는 말씀 중 일부인데, 이를 위 문장과 비교하면 쉽게 판단이 된다.

5) 세상은 너무도 험악하여 구할 수 없으니 쓰러지기 전에 알라.

예수께서 하신 세상 책망의 말씀을 해석해본다. 이는 예수께서 본인을 찾아와 내게 직접 하신 말씀이다. 나는 이 말을 해석하기 위하여 많은 노력을 하였는데 특히 '세상은' 이란 뜻을 알려고 국어사전, 한자사전, 신학사전 등 여러 관련서적을 찾아보았으나 알 수가 없었고 직접 해석을 한다며 한자와 중국어를 배웠는데 이것 또한 실패하였다. 수많은 사람들에게 의미를 물어보기도 하였으나 아무도 답변해 주는 사람이 없었고, 그러다 결국에 알게 된 것이 성경을 통해서였는데 성경에는 많은 유사 문장 또는 문구가 있어 이를 참조하여 의미파악이 가능하였다.

(1) 세상은

세상사람 즉 인류를 의미함. 즉 장소를 나타내는 지명이 지명과 관련된 모든 사람을 의미하는 경우임. 세상사람 또는 인류에게 고한다는 의미임. 예문은 다음과 같다.

대한민국은 : 대한민국 국민을 의미함.[48]

이스라엘은 : 이스라엘 백성을 의미함.[49]

유다는 : 유대 백성을 의미함.[50]

(2) 구할 수 없으니

세상은 구원 할 수 없다라는 의미이다. 요3:17[51] 에서는 예수님으로 인하여 세상을 구원받게 하려고 한다는 내용이 있는데 이를 연결하여 해석하면 예수님을 보내 세상을 구원하려 했는데 구원할 수가 없다라는 의미이다. 즉, 세상사람 모두는 구원받을 수 없다라는 말이다.

(3) 쓰러지기

세상을 멸망시킨다는 의미로 이는 전 인류를 무차별하게 학살하겠다는 뜻임. 성경관련 문구는 창6:5-7[52] 이다. 문구에서 나오는 '쓸어

---

48) 대한민국은 통일을 지향하며, 자유민주적 기본질서에 입각한 평화적 통일 정책을 수립하고 이를 추진한다. (대한민국헌법 1장4조)
49) 이스라엘은 여호와께 구원을 입어 영원한 구원을 얻으리니 영세에 부끄러움을 당하거나 욕을 받지 아니하리로다. (사45:17)
이스라엘은 자기를 지은 자를 잊어버리고 전각들을 세웠으며 유다는 견고한 성읍을 많이 쌓았으나 내가 그 고을들에 불을 보내어 그 성들을 삼키게 하리라. (호8:14)
50) 온 이스라엘과 유다는 다윗을 사랑하였으니 그가 자기들 앞에 출입함을 인함이었더라. (삼상18:16)
51) 온 이스라엘과 유다는 다윗을 사랑하였으니 그가 자기들 앞에 출입함을 인함이었더라. (삼상18:16)

버리되’는 쓸어버린다는 말로 이를 수동태로 바꾸면 ‘쓰러지다’가 된
다.

(4) 알라

단순하게 알다, 인지하다 라는 의미가 아니고 ‘알아서 하라’라
는 의미로 판단됨.

전체적인 의미는 이렇다. 세상사람 모두는 너무 악하여 구원해 줄 수
없으니 멸망되기 전에 알아서 해라.

---

52) 여호와께서 사람의 죄악이 세상에 관영함과 그 마음의 생각의 모든 계획
　　이 항상 악할 뿐임을 보시고 땅 위에 사람 지으셨음을 한탄하사 마음에
　　근심하시고 가라사대 나의 창조한 사람을 내가 지면에서 쓸어버리되 사람
　　으로부터 육축과 기는 것과 공중의 새까지 그리하리니 이는 내가 그것을
　　지었음을 한탄함이니라 하시니라. (창6:5-7)

Ⅲ. 예수재림의 실연

Ⅲ.

예수재림의 실현

존재원리에 따라 나의 할 일을 찾아 이를 실천하고자 노력하던 중 나는 예수재림에 대하여 중요한 사실을 알게 되었는데 그것은 예수께서 약속한 또 다른 보혜사가 예수재림 실현을 알린다는 사실이다. 이는 예수께서 직접 제자들을 통해 말씀하신 것이고 성경에 기록되어 이를 확인할 수 있다. 원문을 기준으로 예수재림 계획을 알아보고 이 사실이 어떤 방법으로 어떻게 증거 되고 사람들에게 알려지는지 확인하고, 예수재림의 의미를 알고 우리 인간에게 전하는 하나님의 메시지가 무엇인지 살펴본다.

1. 예수재림에 대한 예언

재림이란 예수께서 처형을 당한 후 부활하여 승천 후 다시 세상에 오신다는 약속을 하였는데 이에 대한 약속의 실현을 말한다. 기록된 원문은 이렇다.

(1) 인자가 자기 영광으로 모든 천사와 함께 올 때에 자기 영광의 보좌에 앉으리니. (마25:31)[53]

(2) 그때에 인자의 징조가 하늘에서 보이겠고 그때에 땅의 모든 족속들이 통곡하며 그들이 인자가 구름을 타고 능력과 큰 영광으로 오는 것을 보리라. (마24:30)[54]

(3) 그러나 그 날과 그 때는 아무도 모르나니 하늘의 천사들도, 아들도 모르고 오직 아버지만 아시느니라. (마24:36)[55]

(4) 예수께서 가라사대 네가 말하였느니라 그러나 내가 너희에게 이르노니 이후에 인자가 권능의 우편에 앉은 것과 하늘 구름을 타고 오는 것을 너희가 보리라 하시니. (마26:64)[56]

(5) 사람이 만일 온 천하를 얻고도 제 목숨을 잃으면 무엇이 유익하리요 사람이 무엇을 주고 제 목숨을 바꾸겠느냐 인자가 아버지의 영광으로 그 천사들과 함께 오리니 그때에 각 사람의 행한 대로 갚으리라. (마16:26-27)[57]

(6) 그때에 인자가 구름을 타고 큰 권능과 영광으로 오는 것을 사람

---

53) When the Son of Man comes in his glory, and all the angels with him, he will sit on his throne in heavenly glory. (MT25:31)

54) At that time the sign of the Son of Man will appear in the sky, and all the nations of the earth will mourn. They will see the Son of Man coming on the clouds of the sky, with power and great glory. (MT24:30)

55) No one knows about that day or hour, not even the angels in heaven, nor the Son, but only the Father. (MT24:36)

56) In the future you will see the Son of Man sitting at the right hand of the Mighty One and coming on the clouds of heaven. (MT26:64)

57) What good will it be for a man if he gains the whole world, yet forfeits his soul? Or what can a man give in exchange for his soul? For the Son of Man is going to come in his Father's glory with his angels, and then he will reward each person according to what he has done. (MT16:26-27)

들이 보리라. (막13:26)

(7) 예수께서 이르시되 내가 그니라 인자가 권능자의 우편에 앉은 것과 하늘 구름을 타고 오는 것을 너희가 보리라 하시니. (막14:62)[58]

(8) 그때에 사람들이 인자가 구름을 타고 능력과 큰 영광으로 오는 것을 보리라. (눅21:27)[59]

이와 같이 기록된 근거에 따라 내용을 요약하면 오실 때 구름을 타고, 권세와, 천사와 함께, 큰 영광으로 오며, 그 시기는 하나님만 아신다 이런 내용이다.

2. 예수재림에 대한 보혜사의 기록

그러나, 관련자료를 조금 더 확인해보면 이러한 사실이 예수께서 보낸다고 약속한 보혜사에 의해서 사람들에게 증거 되고, 말함으로 알려지리라는 기록이 있다. 이들 원문을 통해 확인 해 본다.

(1) 보혜사 곧 아버지께서 내 이름으로 보내실 성령 그가 너희에게 모든 것을 가르치시고 내가 너희에게 말한 모든 것을 생각나게 하시리라. (요14:26)

(2) 내가 아버지께로서 너희에게 보낼 보혜사 곧 아버지께로서 나오시는 진리의 성령이 오실 때에 그가 나를 증거하실 것이요 너희도 처

---

58) "I am," said Jesus. "And you will see the Son of Man sitting at the right hand of the Mighty One and coming on the clouds of heaven. (MK14:62)
59) At that time they will see the Son of Man coming in a cloud with power and great glory. (LK21:27)

음부터 나와 함께 있었으므로 증거하느니라. (요15:26-27)

(3) 의에 대하여라 함은 내가 아버지께로 가니 너희가 다시 나를 보지 못함이요. (요16:10)

(4) 그러하나 진리의 성령이 오시면 그가 너희를 모든 진리 가운데로 인도하시리니 그가 자의로 말하지 않고 오직 듣는 것을 말하시며 장래 일을 너희에게 알리시리라. (요16:13)

이 내용은 말씀의 의미를 설명할 때 이미 모두 언급된 내용으로 여기서는 결론만 요약하여 기술한다.

(1)번 내용은 예수께서 장래 일을 설명하며 자기를 사랑하는 사람에게 자신을 나타내리라고 말하자 유다가 따지듯이 질문을 했는데 왜? 우리한테만 모습을 드러내고 세상사람에게는 공개적으로 보이지 않으십니까? 라는 것이었다. 그러자 예수께서는 보혜사가 와서 지금 내가 말한 것을 가르치고 다시 생각나게 하리라 하고 말씀하셨는데 바로 이 문장이다.

이는 보혜사가 와서 그의 재림사실을 세상에 알리는데 그를 사랑하는 사람들만이 받아들인다는 의미가 내포되어 있다. 즉 보혜사가 예수의 모습을 세상에 알리지만 모두 받아들이지 않고 예수를 사랑하고 그를 믿고 따르는 신자들이 사실을 수용한다는 의미이다.

이 내용을 쉽게 풀어서 표현하면 이렇다. 신문에 기사를 써서 보도하면 그 내용에 대하여 관심 있는 사람이나 읽듯이 보혜사가 와서 예수재림을 알리고 보도해도 이에 관심 있는 사람이나 듣고 본다는 그런 의미이다.

(2)번 내용은 예수의 행적을 그의 제자들이 기록으로 또는 말씀으로 증거를 하고 전도를 하였는데 재림 때는 제자들이 했던 것처럼 재림 시 보혜사가 예수의 행적을 기록하고 또는 언행으로 증거하고 사람들에게 알린다는 의미이다. 예수의 제자들은 거의 모두 예수를 알리고 죽음과 부활을 증거 하였는데 예수재림은 보혜사가 알리고 증거 한다는 의미이다.

(3)번 내용은 보혜사가 세상을 책망하는 말씀을 선포할 때 이후로는 다시 예수를 볼 수 없다는 의미로 예수께서 재림실현 사실을 직접 말씀하고 있다.

(4)번 내용은 장래 일을 알리시리라 라는 문구에서 보혜사가 와서 예수재림을 포함하여 실현되지 않은 예언에 대해 말하리라는 내용이다. 이에는 세상책망, 진리인도 등 보혜사의 사역을 포함한다.

이러한 기록을 근거로 보혜사가 예수재림을 증거하고 가르치고 세상에 나타내고 말하리라고 판단하며 이를 요약하면 보혜사를 통해 예수재림 사실이 세상에 알려진다는 의미이다.

이를 다시 쉽게 설명하면 이렇다. 예를 들어 어떤 사람이 기자회견을 하면 그 내용은 신문이나 방송매체를 통해서 일반 시민에게 전달이 되는데 이와 마찬가지이다. 하나님은 그의 모습과 말씀을 선지자를 통해 사람들에게 나타내고 전달하셨는데, 예수님도 그의 재림사실을 사람들에게 직접 나타낸 것이 아니라 그가 보낸다고 약속했던 사람을 통해 모습과 말씀을 전달한 것이다.

3. 예수재림 확인

재림 사실을 위의 재림에 대해 기록된 예언들과 연계하여 파악하면 이렇다. 예수께서 오실 때 구름을 타고, 권세와, 천사와 함께, 큰 영광으로 오신다고 했는데 여기서 권세란 기적 또는 표적을 의미한다. 나는 본인의 저서인 '낙원의 그림자' 소설을 통하여 내가 본 예수의 모습을 상세히 나타내어 이를 소개했는데, 이 내용과 기록된 특징들을 연계시켜 설명하면 이렇다. 나는 예수님이 구름 타고 오시는 것은 못 봤다. 분명 땅위로 걸어 오셨고 설혹 구름을 탔는지 모르지만 분명 나는 구름은 볼 수 없었다. 혹시 이건 모르겠다. 분명 먼 거리에서 잠깐 사이에 내 앞으로 오셨는데 이때 구름을 타고 이동했는지. 천사란 예수 이외의 인물로 나에게 예수님이라며 일러주신 분이 있었는데 예수님의 말씀을 들을 때는 나 혼자였다.

여기서 권능을 보리라는 말은 시각적인 의미로 눈에 보이는 표적을 의미하는데 이는 내가 이분을 볼 때 우리 집 앞으로 산 동네가 없어지고 눈에 보이는 한 모두 평편한 평지가 넓게 펼쳐져 이를 이상하게 생각했는데 이것이 표적이라고 판단된다. 예를 들어 이스라엘의 선지자 모세의 경우 꺼지지 않는 불을 보며 이상하다고 생각하며

'떨기나무가 어찌하여 타지 아니하는고?'

하며 불에 접근을 하는데 이런 이상한 현상 또는, 말로 설명이 안되는 괴기한 상황을 의미한다. 큰 영광이란 내가 본 빛 기둥을 의미한다. 나는 이런 내용을 책을 통해 자세히 기록하여 이를 책으로 출간하였다.

책으로 출판할 당시 나는 예수재림이라는 사실은 몰랐고, 단지 예수께서 하신 말씀만 세상에 알린다는 목적으로 글을 쓰고 책을 출판하였다.

그러나, 결과적으로 예수 재림사실을 보혜사가 알린다는 내용은 나의 책을 통하여 실현되었다. 이로써 예수재림 사실과 이를 보혜사가 알린다는 내용이 모두 실현되었음을 알 수 있다.

이러한 기록과 사실들을 모두 종합하여 다시 나는 예수재림의 실현사실을 확인하고 이를 세상에 알리고자한다.

참고로 본인이 본 예수의 장면과 이사야서에 기록된 예언의 내용을 비교해 보면 거의 같음을 알 수가 있는데 이를 참조바라며 이 문장은 다음과 같다.

골짜기마다 돋우어지며 산마다, 작은 산마다 낮아지며 고르지 않은 곳이 평탄케 되며 험한 곳이 평지가 될 것이요 여호와의 영광이 나타나고 모든 육체가 그것을 함께 보리라 대저 여호와의 입이 말씀하셨느니라. (사40:4-5)

4. 예수재림의 의미

예수께서 왜 다시 와서 그의 재림사실을 확인하고 알리려고 하는지 그 이유를 나름대로 파악해 보면 결국 그의 약속실현이며 진리의 증거라고 판단되는데 이는 영생을 증거 했다는 의미이다.

예수는 재림을 통해 그가 약속했던 모든 내용을 실현하였다. 그가 보내기로 약속했던 보혜사를 보냈고 그를 통하여 약속하였던 내용도 실현이 되었다. 그리고 그가 가르쳤던 진리에 대해 그 의미가 확인되었고 또한, 이천 년이 지난 지금 재림함으로서 영생사실을 증거하였다. 그가 가르쳤던 교훈 중 천국의 의미라던가 진리, 하늘의 의 등 그 동안 비유로 숨겨왔던 모든 의미들도 다 확인하고 파악이 되었다.

　이런 사실을 통하여 예수께서 다시 우리 인류에게 말씀하시는 바는 진리를 알고 진리를 실천하는 것인데 이는 각 개인에게 하나님으로부터 부여된 일을 찾아 수행하라는 의미이다.

Ⅳ. 진리란 무엇인가?

IV.

진리란 무엇인가?

　보혜사가 모든 진리로 인도를 한다고 하였는데 그렇다면 진리란 무엇이고 어떻게 이를 알 수 있으며 어떻게 이를 실천할 수 있는지 이의 내용이 규명되어야 한다. 이를 설명하기 위하여 모세와 예수를 비교하며 그들의 업적을 파악하였고 예수께서 가르친 교훈과 존재원리를 나열하고 이를 비교하여 이의 내용이 과연 진리인지 판단할 수 있게 하였으며 기독교리와 진리를 비교하여 그 차이를 식별할 수 있도록 했다.

　진리란 일반적으로 참된 이치를 말하는데 이를 이용하여 사람들은 현실적인 많은 이득을 얻게된다. 이에는 과학적, 사회적, 예술적 등 각 분야별로 많이 있는데 이들 이치가 공통적인 것은 항상 일정한 사실이 있고 이 사실을 이용하거나 활용한다는 점이다. 예를 들면 물은 위에서 아래로 흐른다는 사실을 이용하여 수차를 만들어 활용하고 물을 끓이면 수증기가 발생한다는 사실을 이용해 증기기관차를 만들어 활용하기도 한다. 이러한 일정한 사실, 물이 흐른다던가 수증기가 발생한다는 것은 바로 알고 확인 할 수가 있는데 바로 이러한 이치를 진리라 한다.

그러나, 세상에는 사실확인만 하는데 평생이 걸리는 경우도 있고 수대에 걸쳐 확인이 이루어지는 경우가 있다.

성경에 나타난 경우를 보면 하나님이 인간에게 어떤 말씀을 하시는데 장차 이러하리라 하고 예언한 내용이 실현되고 다시 또 이러한 일들이 반복되면서 사람들은 아! 하나님의 말씀은 참되구나, 진리로구나 하고 알게된다.

예수께서 말씀하신 진리를 파악하기 위하여 예수와 모세의 업적을 비교해 가며 평가하고 진리의 내용인 존재원리와 예수님의 가르침을 비교하며, 다시 이 진리를 기준으로 판단한 기독교 교리와의 차이점을 파악해 본다.

1. 모세와 예수의 행적

모세와 예수는 유대민족을 대표하는 두 선지자로 손꼽을 수 있는데 모세는 민족을 해방시키고 가나안 지역으로 인도하여 나라를 세우는데 큰 역할을 했다. 하나님으로부터 율법을 받아 이를 백성들에게 선포하였고 정치적 종교적 지도자였다. 예수는 하나님의 말씀을 선포하다 종교지도자들에 붙잡혀 처형을 받고 죽었다. 지도자도 아니고 이단시되었으며 지금도 유대인들은 예수를 구원자로 생각하지 않는다.

그러나, 이들 두 사람의 공통점은 똑같은데 그것은 하나님으로부터 말씀을 받아 하나님의 일을 했다는 사실이다.

이들의 출생, 신분, 직업, 생애, 하나님에게서 사명을 받은 경위, 하나님 말씀, 업적 등을 비교해 가며 이들이 무엇을, 어떻게, 왜 했고 예수께서 말씀하신 진리란 무엇인가 파악을 해본다.

1) 출생과 신분

성경에 나타난 모세의 출생은 보잘 것 없다. 부모에 대한 기록이 없고 그냥 한 사람이 여자에게 장가들었더니 여자가 잉태하여 아들을 낳았다[60] 라고 되어 있다. 출생 때는 이름도 없었고 커서 물에서 건져냈다는 의미를 가진 모세라는 이름을 받았다.[61]

그러나 예수의 경우는 다르다. 마태복음의 경우 그의 혈통족보가 상세하게 나온다. 누가 누구를 낳고 하며 그의 조상 중에는 다윗 왕도 있고 솔로몬도 있다. 아브라함에서부터 마리아의 남편 요셉까지 무려 사십이 대에 대한 족보가 상세하게 나온다.[62] 또한, 예수는 성령으로 잉태되었고 꿈에 하나님의 사자가 나타나 예수의 이름을 일러준다. 출생 시 동방으로부터 세 박사가 그의 출생을 축하하기 위해 방문하였으며 아기에게 경배하고 황금과 유황과 몰약을 예물로 드리게 된다. 하늘에서 내려온 천사들이 양치는 목자들 앞에 나타나 예수의 탄생 소식을 알린다.[63]

모세는 출생하자마자 축하는커녕 강에 버려져 죽어야 할 운명이었다. 왜냐하면 애굽 왕 바로의 명으로 새로 나는 아기 중 남자는 강에 버려야 했고 여자는 살렸기 때문이다. 부모가 노예신분으로 이름도 족보도 기록이 없다. 그러다 결국 강에 버려지는데 이를 누가 주워다 기르게되

---

60) 레위 족속중 한 사람이 가서 레위 여자에게 장가 들었더니 그 여자가 잉태하여 아들을 낳아 그 준수함을 보고 그를 석달을 숨겼더니. (출2:1)

61) 그 아이가 자라매 바로의 딸에게로 데려가니 그의 아들이 되니라 그가 그 이름을 모세라 하여 가로되 이는 내가 그를 물에서 건져 내었음이라 하였더라. (출2:10)

62) 그런즉 모든 대 수가 아브라함부터 다윗까지 열 네 대요 다윗부터 바벨론으로 이거할 때까지 열 네 대요 바벨론으로 이거한 후부터 그리스도까지 열 네 대러라. (마1:17)

어 겨우 목숨을 부지하게 된다. 이에 비해 예수는 전혀 다르다, 족보 있는 정통 유대 가문으로 부모는 정혼을 한 사이였고 출생 시 하늘과 땅에서 여러 징조가 있었는데 특히 예수가 태어난 베들레헴에 커다란 별이 나타나 아기 위에 머물게 된다.[64]

즉 이를 요약하면 이렇다. 출생 시 모세는 노비의 자식으로 태어나 겨우 목숨을 부지하게 된다. 반면 예수는 유대 정통 가문의 정혼한 부모 사이에서 출생 해 주위 사람으로부터 축복을 받고 멀리 동방에서조차 사람이 찾아와 탄생을 경하하고 예물을 올린다. 위기가 있을 때는 주의 사자가 나타나 예수를 보호한다.

2) 직업과 생애

모세는 애굽 왕 바로 딸의 아들로 성장하여 살인을 하고 도망을 다닌다. 애굽에서 멀리 떨어진 광야에 들어가 거기서 결혼을 하고 아들을 낳고 양을 치며 살았다. 하나님의 부름을 받고 애굽에 내려가 그의 민족을 노예상태에서 해방시켜 가나안 땅으로 인도한다. 이 과정에서 홍해바다를 건너는 등 많은 고난이 있었지만 그의 민족을 무사히 새로운 땅으로 인도하였다.

---

63) 그 지경에 목자들이 밖에서 밤에 자기 양떼를 지키더니 주의 사자가 곁에 서고 주의 영광이 저희를 두루 비취매 크게 무서워하는지라 천사가 이르되 무서워 말라 보라 내가 온 백성에게 미칠 큰 기쁨의 좋은 소식을 너희에게 전하노라 오늘날 다윗의 동네에 너희를 위하여 구주가 나셨으니 곧 그리스도 주시니라 너희가 가서 강보에 싸여 구유에 누인 아기를 보리니 이것이 너희에게 표적이니라 하더니 홀연히 허다한 천군이 그 천사와 함께 있어 하나님을 찬송하여 가로되 지극히 높은 곳에서는 하나님께 영광이요 땅에서는 기뻐하심을 입은 사람들 중에 평화로다 하니라. (눅2:8-14)
64) 박사들이 왕의 말을 듣고 갈쌔 동방에서 보던 그 별이 문득 앞서 인도하여 가다가 아기 있는 곳 위에 머물러 섰는지라. (마2:9)

형과 누이가 있고 처와 자식이 있으며 장인이 있다. 일백이십 세에 모압 땅에서 죽었는데 이스라엘 백성이 삼십 일을 애도하였고 여호수아가 모세의 뒤를 이어 민족 지도자가 된다.

예수는 성장하여 요한에게 세례를 받고 그가 받은 하나님의 말씀을 전하였는데 전도 도중 동족인 유대인들에 의해 잡혀서 로마군인들에게 처형을 받고 죽는다. 처형 당시 모친과 동생들이 있었고 열두 명의 제자들이 있었다. 전도 당시 떠돌이 생활을 하였다.

3) 사명을 받은 경위

어느 날 하나님의 사자가 모세 앞에 나타나 애굽에 들어가 그의 민족을 구출해 오라고 말씀을 하고 모세는 이에 따른 어려움과 문제점을 얘기하자 하나님은 또 이에 대한 방법을 일러준다. 예를 들어 던지면 뱀으로 변하는 지팡이라던가 손이 문둥병자 손처럼 하얗게 변하는 그런 표적의 능력을 받는다.

또한, 하나님이 모세와 함께 하시리라는 중요한 약속을 받는다.[65] 그리고 하나님의 말씀에 따라 그의 일을 추진하는 과정에서 장애가 있거나 어려움이 있는 때마다 그는 하나님을 찾았고 주는 이에 대한 문제를 해소시켜 주었다. 예를 들어 모세가 애굽에 내려가 바로 왕에게 말씀을 전하나 오히려 더 히브리 족속을 학대하자 모세는 이를 하나님께 고하고 하나님은 이에 대한 방법을 일러준다. 이에 대한 문구는 출5:22-23, 6:1[66], 출7:14-18[67] 이다. 이런 과정이 반복되며 마침내 하나님이 주

---

65) 모세가 하나님께 고하되 내가 누구관대 바로에게 가며 이스라엘 자손을 애굽에서 인도하여 내리이까 하나님이 가라사대 내가 정녕 너와 함께 있으리라 네가 백성을 애굽에서 인도하여 낸 후에 너희가 이 산에서 하나님을 섬기리니 이것이 내가 너를 보낸 증거니라. (출3:11-12)

신 일을 성취하게 된다.

　이러한 경위를 전체적으로 파악해보면 하나님이 모세에게 어떻게 하라고 지시를 하고 모세가 이에 따라 일을 수행하다 장애가 있거나 문제가 있으면 이를 하나님께 고하고 다시 하나님은 이를 풀어주는 과정이 반복되며 마침내는 하나님의 일을 완수한다. 즉 하나님과 모세는 지시와 보고의 과정을 되풀이하며 일을 하는 것이다. 여기서 우리가 알 수 있는 중요한 것은 일 추진의 주체가 모세가 아니라 하나님이고 하나님이 일을 하신다는 사실이다.

　예수도 하나님의 말씀을 받아 이를 사람들에게 널리 알렸다. 그러나, 그가 어떻게 말씀을 받고 하나님을 상면하였는지는 기록이 없고 오직 그의 말씀 내용에 나오는 사실을 근거해 알 수 있는데, 그는 이상하게 전체적인 상황에 대한 언급이 없이 단순하게 하나님을 보았다.[68] 또는 안다[69] 라고 표현하였으며 하나님으로부터 보냄을 받았는데[70] 이에 대한

---

66) 모세가 여호와께 돌아와서 고하되 주여 어찌하여 이 백성으로 학대를 당케 하셨나이까 어찌하여 나를 보내셨나이까 내가 바로에게 와서 주의 이름으로 말함으로부터 그가 이 백성을 더 학대하며 주께서도 주의 백성을 구원치 아니하시나이다. (출5:22-23)
　여호와께서 모세에게 이르시되 이제 내가 바로에게 하는 일을 네가 보리라 강한 손을 더하므로 바로가 그들을 보내리라 강한 손을 더하므로 바로가 그들을 그 땅에서 쫓아 내리라. (출6:1)
67) 여호와께서 모세에게 이르시되 바로의 마음이 완강하여 백성 보내기를 거절하는도다 아침에 너는 바로에게로 가라 그가 물로 나오리니 너는 하숫가에 서서 그를 맞으며 그 뱀 되었던 지팡이를 손에 잡고 그에게 이르기를 히브리 사람의 하나님 여호와께서 나를 왕에게 보내어 이르시되 내 백성을 보내라 그들이 광야에서 나를 섬길 것이니라 하였으나 이제까지 네가 듣지 아니하도다 여호와가 이같이 이르노니 네가 이로 인하여 나를 여호와인줄 알리라 하셨느니라 볼찌어다 내가 내 손의 지팡이로 하수를 치면 그것이 피로 변하고 하수의 고기가 죽고 그 물에서는 악취가 나리니 애굽 사람들이 그 물 마시기를 싫어하리라 하라. (출7:14-18)

일을 하며[71] 하나님으로부터 받은 말씀을 제시하기도 하였는데[72] 하나님
께서 친히 지시했다는 발언도 하였다.[73]

모세와 마찬가지로 하나님이 예수와 함께 한다는 발언도 했는데[74] 이
러한 사실을 연결 해 보면 예수도 모세와 마찬가지로 하나님의 지시에
따라 그의 일을 이루고자 사역을 한 사실을 알 수가 있다.

예수도 모세와 마찬가지로 그의 일을 하다 어려움이 있거나 장애가
있을 때 하나님께 이를 고하고 문제를 풀었는데 이때는 하나님께 기도
를 하였다.[75]

이러한 내용을 개관하면 예수도 모세와 마찬가지로 하나님의 지시를
받고 하나님의 일을 추진하였으며 일의 과정 중 어려움이 있으면 보고

---

68) 이는 아버지를 본 자가 있다는 것이 아니라 오직 하나님에게서 온 자만
   아버지를 보았느니라. (요6:46)
69) 예수께서 대답하시되 내가 내게 영광을 돌리면 내 영광이 아무 것도 아
   니어니와 내게 영광을 돌리시는 이는 내 아버지시니 곧 너희가 너희 하나
   님이라 칭하는 그이시라 너희는 그를 알지 못하되 나는 아노니 만일 내가
   알지 못한다 하면 나도 너희 같이 거짓말장이가 되리라 나는 그를 알고
   또 그의 말씀을 지키노라. (요8:54-55)
70) 살아계신 아버지께서 나를 보내시매 내가 아버지로 인하여 사는것 같이 나
   를 먹는 그 사람도 나로 인하여 살리라. (요6:57)
71) 내가 하늘로서 내려온 것은 내 뜻을 행하려 함이 아니요 나를 보내신 이
   의 뜻을 행하려 함이니라 나를 보내신 이의 뜻은 내게 주신 자 중에 내
   가 하나도 잃어버리지 아니하고 마지막 날에 다시 살리는 이것이니라. (요
   6:38-39)
72) 나를 사랑하지 아니하는 자는 내 말을 지키지 아니하나니 너희의 듣는 말
   은 내 말이 아니요 나를 보내신 아버지의 말씀이니라. (요14:24)
73) 내가 내 자의로 말한 것이 아니요 나를 보내신 아버지께서 나의 말할 것
   과 이를 것을 친히 명령하여 주셨으니. (요12:49)
74) 만일 내가 판단하여도 내 판단이 참되니 이는 내가 혼자 있는 것이 아니
   요 나를 보내신 이가 나와 함께 계심이라. (요8:16)
   나를 보내신 이가 나와 함께 하시도다 내가 항상 그의 기뻐하시는 일을 행
   하므로 나를 혼자 두지 아니하셨느니라. (요8:29)

를 하고 하나님은 다시 문제를 해소하는 과정을 반복하며 결국에는 하나님의 일을 성취하였다는 사실을 알 수가 있다.

2. 모세와 예수의 업적

이는 하나님이 어떤 지시를 하였고 이 지시에 따라 모세와 예수는 어떤 일을 하였는지 비교를 하여 이들이 추진하고자 했고, 전하고자 했던 하나님의 뜻을 파악해 본디.

1) 모세의 업적

하나님께서 모세에게 지시하신 내용은 애굽에 있는 유대 족속을 해방시키고 가나안 땅으로 인도하라는 것이었는데 이를 시행하는 과정에서 많은 문제가 있었다. 그 중 큰 문제가 애굽에서 나온 많은 사람들이 광야를 거쳐 홍해를 건너는 대이동을 하는데 식량문제가 있었고 또 미신을 믿는 사람들이 많이 있었다.

이에 대해 모세는 하나님께 보호를 요청하고 하나님은 만나와 메추라기를 보내 식량문제를 해결한다. 모세는 미신 믿는 사람들을 책망하고 그들의 우상을 파괴하여 오직 하나님만 경배하게 한다. 또 하나님으로부터 받은 십계명을 선포하고 이를 엄격히 지킬 것을 요구한다. 이를

---

75) 돌을 옮겨 놓으니 예수께서 눈을 들어 우러러 보시고 가라사대 아버지여 내 말을 들으신 것을 감사하나이다 항상 내 말을 들으시는 줄을 내가 알았나이다 그러나 이 말씀 하옵는 것은 둘러선 무리를 위함이니 곧 아버지께서 나를 보내신 것을 저희로 믿게 하려 함이니이다 이 말씀을 하시고 큰 소리로 나사로야 나오라 부르시니 죽은 자가 수족을 베로 동인채로 나오는데 그 얼굴은 수건에 싸였더라 예수께서 가라사대 풀어 놓아 다니게 하라 하시니라. (요11:41-44)

추진하는 과정에서 많은 기적과 이사를 일으켰는데 이는 일을 하기 위해 일시적으로 하나님의 도움을 받아 일으킨 것으로 이런 것을 업적으로 평가할 수는 없다. 예를 들어 모세는 말했다

"나보고 이런 일을 하라고 하시는데 내가 아무리 얘기해도 그들이 믿겠습니까?"

그러자, 하나님은 그에게 기적을 일으키는 능력을 주어 지팡이를 던지면 뱀이 되고 꼬리를 잡으면 다시 지팡이로 변하게 한다.[76]

이렇게 보면 모세가 한 일은 민족해방으로 요약이 가능하다. 이를 위하여 그가 일으킨 기적과 이사, 십계명 돌판, 율법, 민족 대이동 등 모든 것이 보조적으로 이루어졌음을 알 수가 있다.

즉 모세는 하나님의 지시에 따라 애굽에서 노예생활을 하던 유대민족을 해방시켰다.

2) 예수의 업적

예수의 행적은 좀 애매하다. 예수 당시 유대민족은 로마제국의 식민지배하에 있었고 과다한 세금이라던가 헤롯왕의 폭정에 시달리고 있었다. 이에 사람들은 애굽에서와 마찬가지로 하나님이 보내신 구세주가 와서 우리를 구원하시리라는 믿음을 갖고 이를 기다리고 있었으며 예수가 많은 기적과 이사를 보이자 예수를 메시야로 기대하고 자신들을 폭

---

76) 모세가 대답하여 가로되 그러나 그들이 나를 믿지 아니하며 내 말을 듣지 아니하고 이르기를 여호와께서 네게 나타나지 아니하셨다 하리이다 여호와께서 그에게 이르시되 네 손에 있는 것이 무엇이냐 그가 가로되 지팡이니이다 여호와께서 가라사대 그것을 땅에 던지라 곧 땅에 던지니 그것이 뱀이 된지라 모세가 뱀 앞에서 피하매 여호와께서 모세에게 이르시되 네 손을 내밀어 그 꼬리를 잡으라 그가 손을 내밀어 잡으니 그 손에서 지팡이가 된지라. (출4:1-4)

정의 지배에서 벗어나게 하리라 예상하고 있었다.

그러나, 그는 사람들을 실망시켰는데 원수를 사랑하라[77] 또는 오른 뺨을 맞으면 왼 뺨도 내 밀라[78] 는 등의 가르침으로 오히려 지배자들을 옹호하는 입장을 고수한 이유였다. 물을 포도주로 만든다던가 병자를 고치는 등의 기적을 보고 예수를 구세주로 믿었던 사람들은 크게 실망하였고 이틈을 타 기존의 종교지배자들이 그를 구속하였는데 마침내는 로마군인들에 의해 처형을 당하여 죽었다. 죽음 후 부활하여 제자들 앞에 나타났다가 다시 승천하였다.

이렇게 그의 행적을 보면 도대체 사람들에게 전하고자하는 하나님의 뜻이 무엇인지 알 수가 없다. 물을 포도주로 만들고 병자를 고치고 죽은 사람을 살려내기도 하였는데 이러한 기적과 이사는 목적을 이루기 위한 한 방편이지 이것 자체가 목적이 될 수는 없다. 또한 부활이나 승천도 마찬가지다. 예수는 하나님과 인간 사이에서 중개 역할을 했던 사람이다. 당연히 인간에게 전하라고 한 하나님의 뜻을 그의 백성들에게 전달할 의무가 있는 것이다. 그렇다면 사람들이 알기 쉽게 이를 나타내고 알려야 한다.

예수의 업적을 여러 관점에서 파악해 보자.

(1) 보통 선지자는 하나님의 말씀을 통해 책망과 인도를 하였는데 이런 관점에서 보면 그는 기존의 종교지도자들을 책망하였고 인도의 관

---

77) 또 네 이웃을 사랑하고 네 원수를 미워하라 하였다는 것을 너희가 들었으나 나는 너희에게 이르노니 너희 원수를 사랑하며 너희를 핍박하는 자를 위하여 기도하라. (마5:43-44)

78) 또 눈은 눈으로, 이는 이로 갚으라 하였다는 것을 너희가 들었으나 나는 너희에게 이르노니 악한 자를 대적지 말라 누구든지 네 오른편 뺨을 치거든 왼편도 돌려 대며. (마5:38-39)

점에서는 천국과 영생을 제시하였다.

(2) 그의 행적을 이분의 말씀대로 진리를 증거하려한다는 관점에서 본다면 그의 사역이 그의 생애로서 끝나는 것이 아니라 죽음과 부활, 재림과 영생이 서로 연계되어 그의 말씀 결과를 증거한다고 판단할 수 있다.

(3) 기타 인류원죄 대속설이 있는데 이는 인류를 구원하기 위하여 예수께서 자신의 몸을 하나님께 제물로 드려 인류의 죄를 대속함으로 인류가 죄에서 벗어나 의의 삶을 영위할 수 있으며 죽음 후에도 영은 부활하여 천국에 들어가 영생을 누린다는 주장이다.

그러나 이 주장은 예수의 말씀과 행적에 근거한 판단이 아니고 죽음과 부활의 의미가 서로 상충이 된다, 즉 자신의 몸을 제물로 드렸으면 계속 죽어 있어야지 왜? 다시 살아나 다른 데로 가버리느냐 하는 것이다. 그리고 하나님은 식인종이 아니다. 산사람을 제물로 받으신 적이 없고 이런 것을 말씀하신 적도 없다.

그리고 이 주장은 예수의 주요 사역을 죽음에서 찾고 있는데 중요한 것은 그의 죽음이나 부활이 아니라 그를 통해 인간에게 전달된 하나님의 메세지이다.

(1) 번과 (2) 번을 중심으로 그의 행적을 다시 면밀히 파악해 보자.

2-1) 책망

책망의 관점에서 예수의 업적을 파악해 본다. 책망이란 먼저 언급되었듯이 하나님이 선지자를 통해 잘못을 지적하고 이에 따른 심판이 포함된다는 사실을 확인하였다. 예수께서 하신 책망의 말씀을 예문을 통해 본다.

고라신, 벳새다, 가버나움 고을 전체를 책망하셨는데 이는 고을 사람

전체를 책망하였음을 의미한다.[79] 서기관과 바리새인을 책망하셨다.[80] 예루살렘을 책망하심.[81]

이들 책망의 내용을 요약해 보면 우선 화가 있을 것이라는 말이 많이 나오는데 이는 재앙이 있을 것이라는 그런 의미이다. 그 재앙 중에는 소돔과 고모라를 불로 멸망했듯이 심판 날에 그와 같이 멸망시키리라는 뜻이다. 천국에 못 들어 갈 것이라는 말도 있고, 지옥의 판결과 도시의 황폐, 그리고 독사의 새끼들아 하고 경우에 따라서는 욕도 하였다.

결국 이러한 말씀은 지적된 잘못을 회개하고 고치라는 그런 의미이다. 이러한 지적 자체가 부족한 것이 많은 사람들에게는 도움이 되고

---

79) 예수께서 권능을 가장 많이 베푸신 고을들이 회개치 아니하므로 그 때에 책망하시되 화가 있을찐저 고라신아 화가 있을찐저 벳새다야 너희에게서 행한 모든 권능을 두로와 시돈에서 행하였더면 저희가 벌써 베옷을 입고 재에 앉아 회개하였으리라 내가 너희에게 이르노니 심판날에 두로와 시돈이 너희보다 견디기 쉬우리라 가버나움아 네가 하늘에까지 높아지겠느냐 음부에까지 낮아지리라 네게서 행한 모든 권능을 소돔에서 행하였더면 그 성이 오늘날까지 있었으리라 내가 너희에게 이르노니 심판 날에 소돔 땅이 너보다 견디기 쉬우리라 하시니라. (마11:20-24)

80) 화 있을찐저 외식하는 서기관들과 바리새인들이여 너희는 천국 문을 사람들 앞에서 닫고 너희도 들어가지 않고 들어가려 하는 자도 들어가지 못하게 하는도다 화 있을찐저 외식하는 서기관들과 바리새인들이여 너희는 교인 하나를 얻기 위하여 바다와 육지를 두루 다니다가 생기면 너희보다 배나 더 지옥 자식이 되게 하는도다 화 있을찐저 소경된 인도자여 너희가 말하되 누구든지 성전으로 맹세하면 아무 일 없거니와 성전의 금으로 맹세하면 지킬찌라 하는도다 우맹이요 소경들이여 어느 것이 크뇨 그 금이냐 금을 거룩하게 하는 성전이냐 너희가 또 이르되 누구든지 제단으로 맹세하면 아무 일 없거니와 그 위에 있는 예물로 맹세하면 지킬찌라 하는도다 소경들이여 어느 것이 크뇨 그 예물이냐 예물을 거룩하게 하는 제단이냐 그러므로 제단으로 맹세하는 자는 제단과 그 위에 있는 모든 것으로 맹세함이요 또 성전으로 맹세하는 자는 성전과 그 안에 계신 이로 맹세함이요 또 하늘로 맹세하는 자는 하나님의 보좌와 그 위에 앉으신 이로 맹

큰 힘이 되는 것이다. 그러나 이러한 책망의 이면에는 잘못을 회개하지 않으면 재앙을 받는다는 의미가 내포되어 있다. 그러므로 이러한 책망은 인간에게 아주 유익한 하나님의 말씀이다.

지적된 잘못에 대해서는 책망의 말씀 내용을 읽어보면 충분히 알 수가 있다.

그렇다면 하나님의 말씀을 통한 율법사들에 대한 책망은 업적으로 평가가 가능하다. 즉 이분의 주요 행적은 먼저 선지자들이 그랬듯이 책망의 말씀을 갖고 온 것이다.

2-2) 인도

예수의 업적을 인도 측면에서 파악해보자.

예수는 이에 대해 천국과 영생을 제시하였는데 이는 어떠한 의미인지

세함이니라 화 있을찐저 외식하는 서기관들과 바리새인들이여 너희가 박하와 회향과 근채의 십일조를 드리되 율법의 더 중한바 의와 인과 신은 버렸도다 그러나 이것도 행하고 저것도 버리지 말아야 할찌니라 소경된 인도자여 하루살이는 걸러 내고 약대는 삼키는도다 화 있을찐저 외식하는 서기관들과 바리새인들이여 잔과 대접의 겉은 깨끗이 하되 그 안에는 탐욕과 방탕으로 가득하게 하는도다 소경된 바리새인아 너는 먼저 안을 깨끗이 하라 그리하면 겉도 깨끗하리라 화 있을찐저 외식하는 서기관들과 바리새인들이여 회칠한 무덤 같으니 겉으로는 아름답게 보이나 그 안에는 죽은 사람의 뼈와 모든 더러운 것이 가득하도다 이와 같이 너희도 겉으로는 사람에게 옳게 보이되 안으로는 외식과 불법이 가득하도다 화 있을찐저 외식하는 서기관들과 바리새인들이여 너희는 선지자들의 무덤을 쌓고 의인들의 비석을 꾸미며 가로되. (마23:13-29)
뱀들아 독사의 새끼들아 너희가 어떻게 지옥의 판결을 피하겠느냐. (마23:33)
81) 예루살렘아 예루살렘아 선지자들을 죽이고 네게 파송된 자들을 돌로 치는 자여 암탉이 그 새끼를 날개 아래 모음 같이 내가 네 자녀를 모으려 한 일이 몇번이냐 그러나 너희가 원치 아니하였도다 보라 너희 집이 황폐하여 버린바 되리라. (마23:37-38)

말씀을 통해 파악해보면 우선 천국과 관련된 문구는 이렇다.

(1) 사람이 거듭나지 아니하면 하나님의 나라를 볼 수 없느니라. (요 3:3)

(2) 사람이 물과 성령으로 나지 아니하면 하나님의 나라에 들어갈 수 없느니라. (요3:5)

(3) 하나님의 나라가 이미 너희에게 임하였느니라. (마12:28)

(4) 약대가 바늘귀로 들어가는 것이 부자가 하나님의 나라에 들어가는 것보다 쉬우니라. (마19;24)

(5) 너희는 먼저 그의 나라와 그의 의를 구하라. (마6:33)

(6) 하나님 나라가 가까웠으니 회개하고 복음을 믿으라 하시더라. (막1:15)

(7) 하나님의 나라는 사람이 씨를 땅에 뿌림과 같으니. (막4:26)

(8) 하나님의 나라를 어떻게 비하며 또 무슨 비유로 나타낼꼬 겨자씨 한 알과 같으니. (막4:30)

(9) 하나님의 나라가 권능으로 임하는 것을 볼 자들도 있느니라. (막9:1)

(10) 하나님 나라의 비밀을 너희에게는 주었으나. (막4:12)

(11) 하나님의 나라는 볼 수 있게 임하는 것이 아니요 또 여기 있다 저기 있다고도 못하리니 하나님의 나라는 너희 안에 있느니라. (눅17:20-21)

(12) 하나님의 나라 복음을 전하여야 하리니 나는 이 일로 보내심을 입었노라. (눅4:43)

(13) 가난한 자는 복이 있나니 하나님의 나라가 너희 것임이요. (눅6:20)

(14) 하나님의 나라를 위하여 집이나 아내나 형제나 부모나 자녀를
버린 자는 금세에 있어 여러 배를 받고 내세에 영생을 받지 못
할 자가 없느니라. (눅18:29-30)
(15) 하나님의 나라 잔치에 참석하리니 보라 나중 된 자로서 먼저 될
자도 있고 먼저 된 자로서 나중 될 자도 있느니라. (눅13:29-30)

이 내용을 종합하여 파악해 보면 천국은 마음속에 있으며 진리를 알
고 진리를 실천하는 것을 의미한다. 진리의 주요 내용은 사명인데 이를
위 천국비유에 대비하여 파악하면 이렇다.

사명이란 하나님의 뜻을 알고 실천하는 것인데 이들 몇 개 문장을 해
석해 보자

(1) 사람이 거듭나지 아니하면 하나님의 나라를 볼 수 없느니라.
사람이 거듭난다는 의미는 진리를 안다는 의미로 진리를 아는 사
람은 하나님 나라를 본 것이라는 의미다.
(2) 약대가 바늘귀로 들어가는 것이 부자가 하나님의 나라에 들어가
는 것보다 쉬우니라.
많은 재물을 버리고 하나님의 뜻에 따라 일하기가 어렵다는 의미
이다.
(3) 너희는 먼저 그의 나라와 그의 의를 구하라.
진리에 따라 지신에게 주어진 역할을 찾으라는 의미이다.
(4) 하나님의 나라는 너희 안에 있느니라.
진리를 아는 사람을 의미한다.
내세에 영생을 받지 못할 자가 없느니라. 진리를 알고 실천한 자
는 모두 영생한다는 의미이다.

이러한 내용을 모두 종합하여 파악해보면 결국 천국이란 하나님의 나라 또는 하나님에 속한 나라라는 의미로 진리를 알고 실천하면 그것이 곧 하나님의 나라임을 의미한다.

결국 천국이란 진리를 의미하며 천국에 들어간다라는 의미는 진리를 깨달아 안다는 의미이다.

다음 영생과 관련된 문구는 이렇다.

(1) 영생은 곧 유일하신 참 하나님과 그의 보내신 자 예수 그리스도를 아는 것. (요17:3)
(2) 아들을 믿는 자는 영생이 있고 아들을 순종치 아니하는 자는 영생을 보지 못하고. (요3:36)
(3) 이는 저를 믿는 자마다 영생을 얻게 하려 하심이니라. (요3:15)
(4) 믿는 자는 영생을 가졌나니. (요6:47)
(5) 나는 그의 명령이 영생인줄 아노라. (요12:50)
(6) 저를 믿는 자마다 멸망치 않고 영생을 얻게 하려. (요3:16)
(7) 영생하도록 있는 양식을 위하여 하라. (요6:27)
(8) 나 보내신 이를 믿는 자는 영생을 얻었고. (요5:24)

영생관련 문구를 요약하면 이렇다 예수께서는 진리를 말씀하셨는데 이 진리를 알고 이를 실천하면 죽지 않고 영생한다는 의미이다. 예수를 믿는다는 의미는 그의 가르침을 믿고 실천한다는 의미로 가르침의 주요 내용은 진리이고 진리의 핵심 내용은 사명이다. 즉 이 내용을 요약하면 다시 하나님이 각 개인에게 부여하신 역할을 찾아 이를 수행하라는 의미이다.

책망과 인도라는 관점에서 예수의 행적을 파악해보면 그는 기존의 종교지도자와 에루살렘의 잘못을 지적하고 책망하였으며 인도적인 측면에서는 천국과 영생을 말씀하였는데 이는 진리를 알고 진리를 실천할 때 가능하다는 의미이다.

2-3) 진리증거

예수의 업적을 진리를 증거 하는 관점에서 파악해 본다.

진리를 증거 한다는 말은 예수께서 처형 직전 유대지역 로마총독인 빌라도와의 대담 때 하신 말로 자신의 주요 언행 목적이 진리의 증거임을 나타내고 있다. 이를 성경원문을 통해 확인해 본다.

"내가 이를 위하여 났으며 이를 위하여 세상에 왔나니 곧 진리에 대하여 증거하려 함이로라. 무릇 진리에 속한 자는 내 소리를 듣느니라." (요18:37)[82]

이의 내용을 영문 해석해 음미해 보면 그 내용이 더욱 자세히 알 수가 있다.

사실, 이러한 이유로 내가 태어나서 이를 위하여 세상 사람들에게 왔는데 진리를 증거 하려 함이다. In fact, for this reason I was born, and for this I came into the world, to testify to the truth

이 말씀의 내용을 음미하면 태어나 세상에 오신 이유가 진리를 증거 하기 위함이라고 한다. 여기서 '증거 한다' 는 말은 TESTIFY 인데 이는 시험 TEST을 하여 입증함을 말한다. 그리고 진리란 어떤 유익한 내용이 있게 마련이다.

어떤 내용을 자신이 직접 시험하여 증명한다는 것일까?

---

82) In fact, for this reason I was born, and for this I came into the world, to testify to the truth. Everyone on the side of truth listens to me." (JN18:37)

이는 처형되기 직전에 하신 말씀으로 그의 생을 정리하는 듯한 광대한 내용이다. 그리고 그는 처형을 받고 "다 이루었다."[83] 말씀하시고는 운명을 한다. 이 두 말을 연계하여 파악하면 이렇다. 무언가 증거 하려고 하면 처형 전에 평소에 이미 했어야지 왜 운명 직전에 완수했다는 말을 하실까? 그의 하고자 하는 일과 죽음과 어떤 상관이 있는 것은 아닐까?

나는 이러한 여러 사실을 종합하여 판단한 결과 그가 평소에 했던 그의 가르침과 하나님 말씀에 따라 그를 믿으면 죽어도 살리라[84] 라는 말을 했는데 이 말에 대해 본인이 직접 시험하여 증거 하는 것이고 또한 자신을 믿고 따르면 영생한다[85] 는 말을 했는데 이는 재림으로서 증명한 것으로 판단이 된다.

이를 통하여 예수의 행적을 판단하면 그는 하나님의 뜻에 따라 세상에 왔고 그가 전하고 이루고자 했던 바는 사람이 멸망치 않고 영생하는 것이다. 그런데 그것은 진리를 알고 진리를 실천할 때 가능하다. 이러한 가르침과 교훈은 검증되지 않은 가설 또는 이론인데 예수는 직접 자신이 선례를 보임으로서 이러한 사실을 시험 입증한 것이다.

그러니까, 이렇게 되는 것이다. 유대인들은 예수가 원수를 사랑하라며 가르치자 이는 우리를 로마의 속박에서 구원하려는 사람이 아니구나 하며 실망을 했는데 이는 사람들이 이해를 못해서 그렇지 예수께서 하시고자 했던 일은 그보다 더 크고 놀라운 일을 추진했던 것이다.

---

83) 예수께서 신 포도주를 받으신 후 가라사대 다 이루었다 하시고 머리를 숙이시고 영혼이 돌아가시니라. (요19:30)
84) 예수께서 가라사대 나는 부활이요 생명이니 나를 믿는 자는 죽어도 살겠고 무릇 살아서 나를 믿는 자는 영원히 죽지 아니하리니 이것을 네가 믿느냐. (요11:25-26)
85) 이는 저를 믿는 자마다 영생을 얻게 하려 하심이니라. (요3:15)

모세가 그의 민족을 애굽에서 노예해방을 시켰다면 예수는 그의 민족을 죽음에서 해방시키려 했고, 모세가 앞장서서 홍해바다를 건너자 사람들이 그를 따라 바다를 건넜듯이 예수는 앞장서서 죽음의 바다를 건너고 영원의 언덕에 닿아 실제로 사람들이 건너고 닿을 수 있는지 확인하고 이를 입증하고자 했던 것이다.

그렇다면 예수의 업적은 영생이라고 할 수 있는데 이를 위하여 책망도 하고 가르침도 주고 몸소 죽음과 부활, 영생과 재림을 하신 것이다. 그리고 단순한 믿음이 하니라 몸소 체험으로 실제 이를 검증하고 입증하신 것이다.

3) 모세와 예수의 업적비교

모세와 예수의 업적을 요약하면 이렇다

하나님의 말씀에 따라 모세는 그의 족속을 애굽에서 노예해방을 시켜 가나안으로 인도하였고, 예수는 세상사람들을 죽음에서 벗어나 영생으로 인도하고자 하였다.

모세가 먼저 홍해바다를 건너 저편 언덕에 닿았듯이 예수도 몸소 죽음의 바다를 건너 부활을 하였고 사람들이 모세를 따라 바다를 건넜듯이 예수를 따라 죽음을 건너 부활을 할 수 있다. 모세를 따라 이스라엘 족속이 광야에서 오랜 기간 생활하였듯이 예수를 따라 영원한 삶을 누릴 수 있다. 그러나 모세는 수십 년에 거쳐 일을 완수하지만 예수는 수천 년에 거쳐 자신의 일을 증명하고 마무리하게 된다.

그런데 사람들 입장에서는 어떻게 하면 노예해방이 되고 새로운 땅으로 가고 거친 바다를 건널 수 있었을까? 그것은 간단하다 모세의 가르침에 따라 그가 가르치는 대로 따라 했던 것이다. 어떻게 하면 구원을 받고 영생을 얻을 수 있을까? 이는 간단하다 예수의 가르침에 따라 진리를 알고 진리를 실천하면 되는데 이것도 아주 간단하다. 진리의 핵심 내용은 사명인데 이는 모든 사람은 하나님으로부터 부여된 역할이 있는데 이를 완수하는 것이다. 예수도 하나님의 일을 실천하며 수십 번이나 아버지가 나를 보냈고 그의 일을 하고자 함을 강조하였다. 즉 예수는 예수에게 주어진 사명을 다함으로써 죽음의 바다를 건넌 것이고 이를 따르는 사람은 자신에게 주어진 사명을 찾아 이를 수행해야 한다.

즉 예수를 믿고 따른다는 의미는 예수가 그랬듯이 자신에게 주어진 하나님의 사명을 다하는 것이다. 예수에게는 선지자로서의 역할이 주어졌기에 그는 그의 일을 충실히 하고자 했던 것이다. 그러나 모든 사람에게는 각기 다른 자신의 역할이 있다.

3. 예수교훈과 존재원리의 비교

예수는 말씀을 통해 많은 교훈을 남겼는데 예를 들면, '네 이웃을 사랑하라' 든지, '좁은 문으로 들어가라', 또는 '구하라 구할 것이요, 두드리라 열릴 것이요' 과 같은 말씀을 뜻한다.

그러나 중요한 것은 이러한 교훈들이 영생과 어떻게 연계되는지 무슨 상관이 있는지를 알아야하고 또 교훈과 진리는 어떻게 연관되고 상관되는지 파악이 되어야 한다.

먼저 예수의 업적을 파악할 때 그냥 파악하기 보다 책망과 인도, 또는 진리증거 같은 어떤 기준을 갖고 이를 비교하면 접근이 용이하듯이 진리를 파악 할 때도 존재원리라는 기준을 갖고 비교하면 판단이 상당히 수월해 진다.

우선 존재원리에 대해서 기술하고 이를 기준으로 말씀을 비교하여 다시 전체적인 내용과 문제점을 검토해 본다.

우선 존재원리는 저자가 발견하여 정리하고 '낙원의 그림자'라는 책을 통해 알린 내용인데 이는 사람이 왜 존재하고 어떻게 살아야 하는 문제를 해결하고자 하는 취지에서 시작하였다. 사람이 왜 살아가는가? 또는 왜 존재하는가? 하는 문제는 인류 고대로부터의 의문이며 정답이 없는 질문이다. 그러나 나는 자신을 돌아보지 않고 주위 사물을 보고 관찰하며 나 자신을 다시 바라보는 방법으로 자신의 존재이유와 방법을 알아냈는데 이것이 존재원리이다. 이를 간단히 정리하면 이렇다.

모든 사물은 필요하기 때문에 존재한다. 만약 불필요하다면 쓰레기통이나 소각장에 버려질 것이다. 사람도 마찬가지다. 사람도 필요하기 때문에 존재한다.

모든 사물이 필요한 이유는 무엇인가 그것은 사물마다 고유의 역할이 있고 그 역할을 수행하기 때문이다. 그렇다면 사람에게도 고유 역할이 있다.

사물의 역할은 어떻게 부여되었는가 그것은 누군지 모르지만 사람이 만들었고 그 제조자에 의해서 부여되었다. 사람은 어떤가 스스로 태어난 사람이 없듯이 사람도 피조되었고 인간을 만든 인간창조세계가 있다. 이 세계에 의하여 사람에게 부여된 역할이 있다. 확실히는 모르지만 인간을 창조한 세계가 있구나하는 사실을 나는 이때 알았다.

사물의 역할은 어떻게 수행되는가 그것은 제조자에 의해 역할에 맞게끔 부여가 된다. 책상은 책상대로 의자는 의자대로 그 역할에 따라 모든 능력과 기능이 부여된다. 인간은 어떤가 인간도 마찬가지다 부여된 자신의 역할을 알고 이를 수행하고자 한다면 필요한 능력이나 기능은 주어지는 것이다.

사물이 주어진 역할을 안하거나 못한다면 어떻게 될까? 이런 경우 사용자가 고쳐서 쓰던가 아니면 소각장이나 어디다 버릴 것이다. 사람도 마찬가지다.

이런 과정을 거쳐 내린 결론은 나는 무언지 모르지만 주어진 역할이 있다. 그리고 그 역할을 찾아 수행한다면 나는 이상적인 삶을 살아갈 수가 있다. 그런데 그 역할은 무엇인가하고 찾다 예수께서 나에게 하신 말씀을 기억해냈고 이를 해석하다 나의 할 일을 알아냈는데 나는 나에게 주어진 역할이 현실과는 맞지 않아 이를 기피하려고 하였다. 그러나 결국에는 존재원리의 내용에 따라 주어진 일을 안할 수 없다는 판단을 하였고 또한 이 원리에 따라 자신에게 주어진 일을 수행한다면 생활은 할 것이다 라는 판단아래 직장도 자퇴하고 나의 역할에 전념하고자 하였다. 역할만 알면 필요한 모든 기능과 능력이 주어질 것이다라는 판단 아래 역할 추진을 하였는데 결국에는 신학연구원에서 공부도 하고 졸업도 하게 되었다.

예수교훈과 존재원리를 비교하여 그 차이를 밝히고 문제점을 알아내 본다. 또한 교훈과의 동질성을 파악하여 과연 존재원리가 예수께서 말한 영생을 얻을 수 있는 진리가 맞는지 확인해본다.

1) 교훈과 원리의 비교
존재원리의 내용과 예수교훈을 비교하면 이렇다.

(1) 나더러 주여 주여 하는 자마다 천국에 다 들어갈 것이 아니요 다만 하늘에 계신 내 아버지의 뜻대로 행하는 자라야 들어가리라. (마 7:21)

사명 또는 부여된 역할에 충실할 때 사람은 존재 가능하다. 아버지의 뜻을 행한다는 의미는 하나님으로부터 부여된 역할을 실천한다는 의미이다. 즉 주어진 사명을 실천하라는 의미이다.

(2) 구하라 그러면 너희에게 주실 것이요 찾으라 그러면 찾을 것이요
문을 두드리라 그러면 너희에게 열릴 것이니. (마7:7)

본인에게 주어진 역할을 찾으라는 의미이다.

(3) 그러므로 내가 너희에게 이르노니 목숨을 위하여 무엇을 먹을까
무엇을 마실까 몸을 위하여 무엇을 입을까 염려하지 말라 목숨이 음식
보다 중하지 아니하며 몸이 의복보다 중하지 아니하냐 공중의 새를 보
라 심지도 않고 거두지도 않고 창고에 모아 들이지도 아니하되 너희 천
부께서 기르시나니 너희는 이것들보다 귀하지 아니하냐 너희 중에 누
가 염려함으로 그 키를 한 자나 더할 수 있느냐 또 너희가 어찌 의복
을 위하여 염려하느냐 들의 백합화가 어떻게 자라는가 생각하여 보라
수고도 아니하고 길쌈도 아니하느니라 그러나 내가 너희에게 말하노니
솔로몬의 모든 영광으로도 입은 것이 이 꽃 하나만 같지 못하였느니라
오늘 있다가 내일 아궁이에 던지우는 들풀도 하나님이 이렇게 입히시
거든 하물며 너희일까보냐 믿음이 적은 자들아 그러므로 염려하여 이
르기를 무엇을 먹을까 무엇을 마실까 무엇을 입을까 하지 말라 이는 다
이방인들이 구하는 것이라 너희 천부께서 이 모든 것이 너희에게 있어
야 할 줄을 아시느니라 너희는 먼저 그의 나라와 그의 의를 구하라 그
리하면 이 모든 것을 너희에게 더하시리라. (마6:25-33)

자신에게 주어진 역할을 찾아 이를 수행하면 모든 생활문제가 해결되
니 이런 의식주 문제에 연연하지 말고 사람은 먼저 자신의 역할, 하나

님으로부터 자신에게 부여된 사명이 무엇인지 이를 먼저 찾으라고 말씀하시고 있다.

(4) 말하던 사람에게 대답하여 가라사대 누가 내 모친이며 내 동생들이냐 하시고 손을 내밀어 제자들을 가리켜 가라사대 나의 모친과 나의 동생들을 보라 누구든지 하늘에 계신 내 아버지의 뜻대로 하는 자가 내 형제요 자매요 모친이니라 하시더라. (마12:48-50)

먼저와 똑 같다 아버지의 뜻대로 한다는 것은 자신에게 주어진 역할을 실천한다는 의미이다.

(5) 예수께서 또 가라사대 너희에게 평강이 있을찌어다 아버지께서 나를 보내신 것 같이 나도 너희를 보내노라. (요20:21)

예수께서 스스로 온 것이 아니라 하나님에 의해서 왔음을 말씀하시는데 이는 역할이란 창조주로부터 부여되고 사람은 이에 따라 실천을 하게 되는데 예수는 지금 자꾸만 하나님을 거론하면서 자신의 역할 근거를 제시하고 있다. 이렇게 함으로써 하나님의 뜻을 실천하고 있음을 강조하고 있다.

(6) 아버지께서 내게 하라고 주신 일을 내가 이루어 아버지를 이 세상에서 영화롭게 하였사오니. (요17:4)

'아버지께서 내게 하라고 주신 일' 이란 예수에게 주어진 사명임은 즉시 판단이 된다. 즉 사명을 다함으로 하나님을 영광스럽게 하였다는 의미이다.

(7) 오직 내가 아버지를 사랑하는 것과 아버지의 명하신대로 행하는 것을 세상으로 알게 하려 함이로라 일어나라 여기를 떠나자 하시니라. (요14:31)

여기서는 조금 상세하게 진리에 대해 언급을 하고 있다. 즉 하나님께서 명령하신 것, 즉 사명에 따라 행하는 것을 세상사람에게 전하려고 한다라는 의미이다.

(8) 예수께서 대답하여 가라사대 사람이 나를 사랑하면 내 말을 지키리니 내 아버지께서 저를 사랑하실 것이요 우리가 저에게 와서 거처를 저와 함께 하리라 나를 사랑하지 아니하는 자는 내 말을 지키지 아니하나니 너희의 듣는 말은 내 말이 아니요 나를 보내신 아버지의 말씀이니라. (요14:23-24)

내 말을 지킨다는 의미는 진리를 실천한다는 뜻이고 이는 결국 자신의 역할을 찾아서 하라는 말씀인데 이런 경우 역할자에게 능력과 기능이 부여되듯 하나님께서 저를 도우실 것이라는 의미이다.

(9) 내가 진실로 진실로 너희에게 이르노니 나의 보낸 자를 영접하는 자는 나를 영접하는 것이요 나를 영접하는 자는 나를 보내신 이를 영접하는 것이니라. (요13:20)

나의 가르침을 따르는 것이 결국은 하나님의 뜻을 따르게 되는 것이라는 의미 즉 예수는 자신의 역할근거를 자신이 아닌 하나님으로부터 부여되었음을 강조하고 있다.

(10) 내가 내 자의로 말한 것이 아니요 나를 보내신 아버지께서 나의 말할 것과 이를 것을 친히 명령하여 주셨으니 나는 그의 명령이 영생인줄 아노라 그러므로 나의 이르는 것은 내 아버지께서 내게 말씀하신 그대로 이르노라 하시니라. (요12:49-50)

존재원리에서는 역할을 다 하는 한 계속 존재 가능한 것으로 전제하는데 예수께서는 사명을 다할 때 영생한다고 주장하고 있다.

2) 교훈과 원리의 차이점

이런 식으로 성경의 주요 문구를 파악해 보면 예수께서 얼마나 많이 이 진리에 대하여 말씀을 하고 강조를 하고 또한 자신의 몸을 바쳐 시험까지 하여 이를 증거하려고 하였는지 충분히 이해가 될 것이다.

다음은 예수께서 가르치신 진리와 존재원리의 차이점을 비교해 본다.

(1) 우선 예수는 하나님을 아버지(The Father) 라고 명명하여 숭배나 두려움의 대상이었던 하나님이란 호칭보다 인간 창조주임을 강조하였고 인간과 가깝고 친밀한 하나님임을 나타내었다. 존재원리에서는 분명 인간을 창조한 또 다른 세계가 있음을 확인하였고 이를 원인세계, 또는 인간창조세계로 명명하고 정의하였다. 존재원리를 파악할 당시 나는 하나님이 누구인지 또한 세상을 누가 창조했는지 성경지식이 전혀 없던 상태였다.

(2) 예수께서 말씀하신 진리는 사명을 다함으로 천국에 들어가고 영생에 이를 수 있다고 주장하나 존재원리에서는 천국이나 영생은 크게 문제를 삼지 않았는데 이런 것은 장래 문제이기 때문이다. 또한 나는 이런 것은 염두에도 없었고 알지도 못했었다. 원리에서는 오직 현재의 상태에서 당면한 어려움을 해소하고 가장 이상적인 삶을 지향하며 존재이유와 방법을 제시하였기에 이는 현실기준이다.

이들 말씀과 원리를 전체적으로 판단하면 존재원리는 현실을 기준으로 할 때 계속 존재 가능하다고 전제하였는데 예수께서는 이런 계속이 영생으로 이어진다는 주장이다.

(3) 진리는 사명을 실천함으로 영생에 이를 수 있다고 주장하는 반면 존재원리에서는 사명을 수행할 때 존재가능 함을 나타내고 있다. 즉 진리는 자신의 역할 수행을 안 할 때는 영생에 이를 수 없다고 주장하는데 존재원리에서는 당장 존재하기가 어렵거나 불가함을 의미한다.

(4) 진리는 아버지의 말씀을 따르지 않고 나의 계명을 지키지 않을 때 심판에 이른다고 하는데 존재원리에서는 자신에게 주어진 역할 또는 사명을 수행하지 않고 기피하거나 나태할 때 원인 또는 인간창조 세계로부터 외면 당하고 버림받게된다고 표현한다.

(5) 진리는 종교적이고 기독교 중심적이지만 존재원리는 범용적이고 철학적이며 과학적인 이론이다.

(6) 진리는 인간 중심적이지만 존재원리는 인간, 사물, 자연, 또한 우주에 존재하는 모든 사물을 그 적용 대상으로 할 수 있다.

(7) 진리는 교훈으로 전달되어 이를 분산해 놓으면 구체적으로 무엇을 어떻게 하라고 하는지 파악이 어렵다 그러나 이를 종합하고 서로 연계하여 전체적으로 보면 파악이 가능한데, 반면에 존재원리는 논리가 단순하고 요점을 즉시 알 수 있어 누구나 이해가 쉽고 실천하기가 용이하다.

(8) 진리는 죽음을 초월하고 영생을 지향하며 천국을 이야기하지만 존재원리는 현실에 충실하고 어떠한 상황에서든 존재 가능한 상태를 전제하되 현실적인 이상상태를 지향하였다.

이상 예수께서 말씀하신 진리와 존재원리와의 차이점을 비교하였는데 그 차이라는 것이 어떤 용어나 적용범위 등의 차이지 본질적인 간격이 있는 것은 아니다. 오히려 이 존재원리를 알고 진리를 바라본다면 이를 확연히 구분할 수 있어 진리를 파악하는데 필수적인 원리라고 할 수 있다.

4. 기독교리와 진리와의 비교

현행 기독교에서 주장되고 실행되고 있는 교리와 진리를 비교하면 내용의 차이구분이 가능하다. 왜냐하면 예수께서는 진리를 증거 한다고 말씀하였듯이 진리는 증거 가능하고 또 증거를 해야 된다. 존재원리는 그 내용에 있어 이론적으로는 완벽하지만 다른 사람에게 이를 알리기 위해서는 검증절차를 거쳐야한다는 판단으로 나는 직장을 자퇴하고 나와 어려운 생활을 하였지만 그 근본적인 이유는 존재원리를 시험하고 이를 증거하려는 의도였다. 기독교리와 존재원리를 비교하여 그 차이를 파악해 본다.

우선 기독교에서 주장하는 교리에는 인간원죄에 대한 주장이 있다. 사람은 누구나 다 출생 시부터 원죄를 갖고 태어난 죄인이다. 이러한 죄로 인해 힘들고 어려운 삶을 영위해야 하고 결국에는 사망에 이르게 되는데 이러한 죄를 대속하기 위하여 예수께서 십자가에 못 박혀 돌아가셨다. 이로 인하여 세상은 구원을 얻고 영생할 수가 있으며 죽으면 바로 천국에 들어 갈 수 있다는 믿음을 갖게된다. 이로 인해 교인은 세례를 받고 안식일을 거룩하게 지켜야하며 종교집회에 출석하여 성직자를 통해 성경에 적힌 하나님의 말씀을 듣고 종교지식을 배우며 신앙을 키워나간다.

그러나 이러한 내용을 진리와 비교하면 많은 차이가 있음을 알게 된다.

(1) 교리에서 인간은 출생 시부터 죄인이고 미천한 존재이며 티끌만도 못한 자로 장차 죽어 없어질 사람으로 인식하는데 진리는 이와 전혀 다르다. 사람뿐만이 아니라 모든 존재는 필요하기 때문에 존재하고, 사람은 하나님으로부터 부여된 역할이 있는 귀한 존재이다. 이는 사람을 보는 관점에 따른 차이이다.

(2) 교리에서는 인간의 죄를 대속하기 위하여 예수께서 십자가에서 처형되었다고 주장하는데 진리는 예수의 말씀대로 진리를 증거하기 위해 돌아가셨다고 본다. 그리고, 진리를 증거하기 위해 부활했으며 재림도 했다고 판단한다. 왜냐하면 증거란 것은 말한 내용을 실제로 실천하여 주장한 결과가 나타났는지 확인하는 방법인데 예수는 자신을 믿고 따르는 사람들을 영생으로 인도하고자 했기 때문이다.

만약 죄를 대속하기 위해 죽었다면 대속 제물답게 계속 죽은 상태로 있어야 한다. 죽은 제물이 다시 살아나 다른 데로 가버린다면 이를 받으신 하나님은 얼마나 불쾌하실 것인가. 그리고 먼저도 언급되었지만 하나님은 식인종이 아니다. 산 사람을 제물로 받은 적도 없고 그런 지시를 한 적도 없다.

그러나, 진리는 부활의 의미를 명백하게 설명하고 있다. 그는 아버지의 말씀이 영생인 줄 아노라 또는 죽어도 살리라 라는 그의 교훈대로 자신이 몸소 죽음을 체험했고 부활하여 모범을 보인 것이다. 이 내용도 보는 시각에 따라 많은 차이가 있다.

(3) 교리에서는 세상이 구원받았다고 주장하는데 진리는 예수를 통해 세상을 구원하고자 하였으나 결과적으로 구원받을 수 없게 되었다고 책망의 말씀을 통해 분명히 나타내고 있다. 오히려 말씀을 통해 세상이 심판 받았음을 나타내고 있다. 왜냐하면 교리와 진리는 예수를 믿는다는 의미에서 차이가 있는데 교리는 믿음과 신앙을 중시하는데 진리는 실천을 중시하기 때문이다. 믿음과 신앙이란 정신적인 면을 강조하지만 실천한다는 것은 행동하는 것을 의미하기 때문이다.

(4) 교리는 예수를 믿으면 영생할 수가 있고 죽으면 바로 천국에 갈 수 있다고 주장하는데 진리는 아버지의 뜻대로 행한 자 또는 하나님으로부터 주어진 사명을 다한 자가 영생할 수 있고 천국에 들어갈 수 있음을 나타낸다.

(5) 교리는 삼위일체를 주장하며 성부, 성자, 성령이 모두 일체인 하나님이라고 주장하는데 진리 또는 존재원리로 파악해보면 성부, 성자, 성령은 각각 다른 존재임을 알 수가 있다.

특히 성령이란 어떤 실체가 있는 것이 아니라 표현방법의 한 수단임은 먼저 설명이 되었고 이의 정확한 사용법은 하나님의 성령 같이 누구의 성령 이렇게 표현하는데 이는 결국 하나님을 또는 누구를 의미한다. 나의 영혼이란 바로 나고, 한 사람의 영혼이란 한 사람이다.

이의 기록 예를 성구기록을 통해 확인해 본다.

요한이 또 증거하여 가로되 내가 보매 성령이 비둘기 같이 하늘로서 내려와서 그의 위에 머물렀더라. (요1:32)

예수께서 세례를 받으시고 곧 물에서 올라 오실쌔 하늘이 열리고 하나님의 성령이 비둘기 같이 내려 자기 위에 임하심을 보시더니. (마 3:16)

여기서 보면 똑같은 경우인데 한 사람은 성령으로 또 한 사람은 하나님의 성령으로 표기하였다. 이 내용은 결국 하늘에서 하나님이 빛을 보내 예수를 비추었다라는 의미이다.

이런 식으로 성령에 대해 소유주가 없이 생략한 적이 있는데 이는 영의 소유주가 누구인지에 따라 그 주체가 달라진다. 보혜사를 설명 할 때 나오는 진리의 영 또는 성령은 보혜사의 영으로 이는 곧 보혜사를 말한다. 또한 예수께서 운명하실 때 '영혼이 돌아가시니라'[86] 에서 영혼은 예수의 영혼으로 이는 곧 예수를 의미한다.

(6) 교리는 예수의 주요 업적을 십자가 죽음으로 평가하는데 진리는 그의 가르침 또는 진리로 판단한다. 가르침과 진리의 주요 결과는 영생

---

86) 예수께서 신 포도주를 받으신 후 가라사대 다 이루었다 하시고 머리를 숙이시고 영혼이 돌아가시니라. (요19:30)

이다.

(7) 교리는 교육을 중시한다. 이는 성경을 비롯하여 찬송, 기도, 암송 등 예를 들어 창세기로부터 기록된 문서를 통해 성경지식을 교육받고 또한 예배를 하고 기도를 하지만 진리는 다르다. 이는 오직 자신에게 주어진 역할을 알고 이를 실천하면 이것이 곧 하나님께 경배하게 되는 것이다. 교리는 이론 중심이나 진리는 실천을 중요시한다.

(8) 교리는 믿음에 기초하는 경우가 많은데 진리는 검증 가능하고 증거 할 것을 요구한다. 즉 예수는 자신의 가르침에 대하며 몸소 죽음과 부활 그리고 영생의 과정을 입증하였는데 진리는 이러한 검증을 필요로 한다. 이는 종교뿐만이 아니라 거의 모든 경우에 있어 적용을 받는데 정치, 경제, 사회, 모든 분야에서 이러한 과정을 요구받고 있다.
예수를 따르고 믿는다는 의미는 실천하며 행동하는 것이지 어떤 사실을 안다 또는 믿는다하는 정신적, 마음의 상태는 아니다.

(9) 교리는 검증 안된 것으로 믿음에 근거하는 경우가 많으나 진리는 검증할 수 있다.
예를 들어 교리에서는 언제 어디서든 예수를 믿는 신자는 죽어도 천국 간다는 믿음을 갖고 있는데 진리의 관점으로 보면 이는 검증 안된 가설일 뿐이다. 진리는 예수의 말씀과 실천 같이 나를 믿고 따르면 죽어도 살리라는 가설을 예수께서 몸소 실천하고 증거하였다.

이외에도 진리를 기준으로 했을 경우와 어떤 교리 또는, 검증 안된 가설 등을 상호 비교하면 이의 사실여부 등을 즉시 알 수가 있다.

예를 들어 종교계에서는 자신이 하나님이요 또는 재림예수라고 주장하는 사람이 있을 수 있다. 그러나 이런 경우에도 진리를 기준으로 파악해 보면 이의 진위 여부를 증명할 수 있는데, 진리 또는 존재원리는 스스로 증거하는 능력이 있기 때문이다.

그리고 이러한 진리와 존재원리는 스스로 힘이 있어서 사람을 행동하고 움직이게 만든다. 예수께서 설파하신 진리에 대하여 더 알아보도록 하자.

진리를 알찌니 진리가 너희를 자유케 하리라. (요8:32)

진리 스스로의 능력이 있어 사람을 판단할 수 있고, 사람에게 희망을 주며, 사람을 인도하며, 형식과 틀에 얽매이지 않고 사람을 편하게 할 수 있다는 내용이다.

Ⅴ. 성경에 나타난 심판의 사례

V.

성경에 나타난 심판의 사례

본서에서 주장하는 내용대로 예수께서 세상에 대해 책망하신 말씀에 따라 실제로 세상멸망이 실현될 수 있는지 파악해 본다. 이는 성경에 기록되어 있는 인간에 대한 하나님의 심판 사례를 파악함으로서 알 수 있는데 이를 통하여 실제로 인간에게 이와 유사한 고난이 닥칠 수 있는지 파악해보고 종국적으로는 장래 닥칠 어려움으로부터 벗어날 수 있는 방법을 모색해 본다.

이에는 노아의 홍수, 소돔과 고모라, 니느웨 성읍 사건을 예로 들 수 있다.

1. 노아의 홍수

이는 창세기에 기록된 인류멸망 사건으로 인간의 타락이 극에 달하자 인류를 멸하기 위해 하나님이 40일간 계속하여 비를 내리자 온 세상이 물로 뒤덮여 땅위의 모든 사람과 짐승과 육축, 하늘의 새 까지도 모두

전멸을 하고 오직 노아와 그의 식구 그리고 그들이 하나님의 말씀에 따라 준비했던 짐승들만이 살아 남았다.

이를 실행할 때는 사람들에게 알리지 않고 어느 날 갑자기 실현되었는데 이러한 사실에서 우리 인간이 알 수 있는 것은 하나님의 엄청난 능력과 그 범위이다 감히 상상을 불허하는 엄청난 일을 하실 수 있다는 사실과 무자비하고 악랄하게 얼마든지 인간을 대량 학살할 수 있다는 현실이다.

보통 우리가 알기로 하나님은 대자대비 하시고 관대하셔서 부족한 인간을 너그럽게 용서하시고 사랑으로 감싸주시는 것으로 알고 있지만 이러한 사례에서 볼 수 있는 것은 상상을 초월하는 초월자로서의 모습이다.

홍수가 나자 전 인류가 몰살되었는데 남녀노소, 빈부귀천, 이유불문하고 무차별하게 사람을 학살하였다는 사실이다. 이를 성경원문을 통해 확인해 본다.

여호와께서 사람의 죄악이 세상에 관영함과 그 마음의 생각의 모든 계획이 항상 악할 뿐임을 보시고 땅위에 사람 지으셨음을 한탄하사 마음에 근심하시고 가라사대 나의 창조한 사람을 내가 지면에서 쓸어버리되 사람으로부터 육축과 기는 것과 공중의 새까지 그리하리니 이는 내가 그것을 지었음을 한탄함이니라 하시니라. (창6:5-7)

칠일 후에 홍수가 땅에 덮이니 노아 육백세 되던 해 이월 곧 그 달 십칠일이라 그 날에 큰 깊음의 샘들이 터지며 하늘의 창들이 열려 사십 주야를 비가 땅에 쏟아졌더라. (창7:10-12)

물이 땅에 더욱 창일하매 천하에 높은 산이 다 덮였더니 물이 불어
서 십 오 규빗이 오르매 산들이 덮인지라 땅위에 움직이는 생물이 다
죽었으니 곧 새와 육축과 들짐승과 땅에 기는 모든 것과 모든 사람이
라 육지에 있어 코로 생물의 기식을 호흡하는 것은 다 죽었더라
　지면의 모든 생물을 쓸어버리시니 곧 사람과 짐승과 기는 것과 공중
의 새까지라 이들은 땅에서 쓸어버림을 당하였으되 홀로 노아와 그와
함께 방주에 있던 자만 남았더라 물이 일백 오십일을 땅에 창일하였더
라 (창7:19-24)

　이 내용을 보면 '쓸어버린다' 또는 '쓸어버림을 당한다' 는 말이 얼
마나 무서운 말인지 알 수가 있다. 물이 천하의 높은 산을 다 덮었다
고 하는데 이는 산맥을 덮었다는 의미로 예를 들어 히말라야 산맥이나
백두산 천지도 물 속에 침수되었다는 의미이다. 얼마나 엄청난지 도저
히 예측불허의 상황이다. 또한 진멸하실 때 사람뿐만이 아니라 죄 없는
동물까지 몰살됐는데 이는 쓸다라는 말의 범위가 얼마나 광범위한지 알
수 있다.
　그러나, 하나님도 너무했다 싶었는지 다시는 이런 물에 의한 재앙은
내리지 않겠다고 말씀을 하심으로[87] 노아의 홍수와 같은 일이 두 번 다
시는 없음을 알 수가 있다.
　하나님은 인간에게 얼마든지 무서운 재앙을 내릴 수 있는 존재임을
이를 통해 판단할 수 있다.

2. 소돔과 고모라

소돔과 고모라는 성읍으로 성읍이란 성으로 둘러 쌓여진 도시를 말하

는데 하나님이 멸망시켜 사라져 버렸다. 이를 멸망시키기 전에 하나님의 사자가 사전에 아브라함에게 성읍을 진멸시키겠다는 계획을 말하자 그는 사자에게 말하길 그곳에는 악인도 있지만 선한 사람도 있는데 어떻게 그들을 함께 멸하시렵니까? 하고 이의 불가함을 호소하였다. 사자가 말하길 의인 오십 명을 찾으면 용서하리라 하나 결국 의인 열 명을 찾지 못하고 두 성읍은 멸망하게 된다. 하늘에서 유황과 불을 비같이 내리게 하여 성읍과 온 들, 그리고 성에 거하는 모든 백성과 땅에 난 것을 다 엎어 멸하였다.

이 사건에서 우리가 알 수 있는 것은 하나님은 물뿐만이 아니라 불로도 심판을 하실 수 있다는 사실이다. 땅에 난 것을 다 엎어 멸하였다하는데 여기서도 '엎다'는 의미가 얼마나 무서운지 느낄 수 있다.

여기서도 하나님께서 하시는 일은 상상을 초월한다. 하늘에서 불과 유황이 비처럼 내렸다고 하는데 이럴 경우 아수라장이 되고 용광로 같은 불 속이 되는 것은 말할 것도 없다.

원문에 나타난 상황을 확인해 본다.

여호와께서 하늘 곧 여호와에게로서 유황과 불을 비 같이 소돔과 고모라에 내리사 그 성들과 온 들과 성에 거하는 모든 백성과 땅에 난 것을 다 엎어 멸하셨더라. (창19:24-25)

소돔과 고모라와 그 온 들을 향하여 눈을 들어 연기가 옹기점 연기 같이 치밀음을 보았더라. (창19:28)

---

87) 내가 너희와 언약을 세우리니 다시는 모든 생물을 홍수로 멸하지 아니할 것이라 땅을 침몰할 홍수가 다시 있지 아니하리라. (창9:11)

이 내용을 먼저 홍수 때와 비교해 보면 먼저는 숨쉬는 생물을 대상으로 멸하였는데 여기서는 동식물 모두 즉, 지상에 있는 모든 것을 멸망시켰음을 알 수가 있다.

3. 니느웨 성읍

니느웨 성 읍민들의 죄가 극에 달하자 하나님이 이를 멸하시기로하고 요나 선지자를 보내 이러한 사실을 알리게 하자 성읍의 모든 백성과 왕이 회개함으로 재앙을 피할 수 있었다.

이 경우에는 하나님이 선지자를 미리 보내 멸망 계획을 알렸고 이에 따라 화를 면할 수 있었는데 먼저 경우와 구별이 된다. 먼저 사실과 비교해 본다면 선지자를 보내는 것이 얼마나 다행인지 알 수가 있다.

원문을 통해 관련문구를 확인해 본다.

요나가 여호와의 말씀대로 일어나서 니느웨로 가니라 니느웨는 극히 큰 성읍이므로 삼일길이라 요나가 그 성에 들어가며 곧 하룻길을 행하며 외쳐 가로되 사십일이 지나면 니느웨가 무너지리라 하였더니 니느웨 백성이 하나님을 믿고 금식을 선포하고 무론 대소하고 굵은 베를 입은지라 그 소문이 니느웨 왕에게 들리매 왕이 보좌에서 일어나 조복을 벗고 굵은 베를 입고 재에 앉으니라 왕이 그 대신으로 더불어 조서를 내려 니느웨에 선포하여 가로되 사람이나 짐승이나 소떼나 양떼나 아무 것도 입에 대지 말찌니 곧 먹지도 말 것이요 물도 마시지 말 것이며 사람이든지 짐승이든지 다 굵은 베를 입을 것이요 힘써 여호와께 부르짖을 것이며 각기 악한 길과 손으로 행한 강포에서 떠날 것이라 하나님이 혹시 뜻을 돌이키시고 그 진노를 그치사 우리로 멸망치 않게 하시리라 그렇지 않을줄을 누가 알겠느냐 한지라 하나님이 그들의 행한 것 곧 그 악한 길에서 돌이켜 떠난 것을 감찰하시고 뜻을 돌이키사 그들에게 내리리라 말씀하신 재앙을 내리지 아니하시니라. (욘3:3-10)

4. 심판사례의 비교

이번에는 이들 사건을 상호 비교함으로써 공통점과 차이점을 파악해 본다.

첫째, 우선, 이들 사건 모두는 하나님께서 작정하고 하나님께서 실행한 사건이다. 두 경우는 멸망을 시켰는데 나머지는 멸망시키지 않았고 멸망시킨 것 중 하나는 물 다른 하나는 불로 집행되었다.

둘째, 사전 통보 또는 인지에 대하여 파악해보면 홍수인 경우 노아에게 하나님이 그의 계획을 말씀하시되 노아는 자신의 가족 외에 다른 사람을 구출하지 못한다. 소돔과 고모라의 경우는 아브라함과 롯이 사전에 성읍이 멸하리라는 사실을 알고 아브라함은 이를 막으려고 하였으나 이를 피할 수 없었고 롯은 가족들을 피신 시켰으나 다른 사람들을 구하지는 못했다. 특히 그의 사위들은 롯의 말을 듣고도 농담으로 알고 그의 말을 따르지 않았다.
두 경우와 달리 니느웨 성읍의 경우 요나 선지자를 보내 사람들에게 사전에 이를 알렸다.

셋째, 일정지역 또는 세상을 멸하고자 할 때 하나님은 그의 사자를 보내 멸망계획을 선포하기도 하고 안하기도 했는데 세상사람들 입장에서 그의 사자는 상당히 고마운 존재가 된다. 또한 하나님께서 사전에 선지자를 통해 그의 계획을 전한다는 의미는 그의 계획을 변경할 수도 있다는 뜻이 내포되어 있음을 알 수가 있다.

넷째, 노아의 홍수나 소돔과 고모라의 경우에서 알 수 있듯 그 대상은 모든 사람이지 별도 구별이 없었다. 이는 남녀노소, 구분없이 또는 신앙의 유무에 상관없이. 악인과 의인을 똑같이 차별 없이 멸했다는 사실이다.

다음은 하나님께서 하신 말씀 중 멸망을 의미하는 용어들을 정리해 본 것이다.

1) 쓸어버리다 WIPE : 나의 창조한 사람을 지면에서 쓸어버리되[88]
2) 멸하리라 DESTROY : 내가 그들을 땅과 함께 멸하리라.[89]
   우리가 멸하리라.[90]
3) 무너지리라 BE OVERTURNED : 니느웨가 무너지리라.[91]

이상의 사용된 용어를 정리해보면 세상에 대해서는 '쓸어버리다' 라는 표현을 일정 지역에 대해서는 '멸하다' 또는 '무너지리라' 라는 용어를 사용했음을 알 수 있다.

---

88) I will wipe mankind, whom I have created, from the face of the earth. (GE6:7)
89) I am surely going to destroy both them and the earth. (GE6:13)
90) we are going to destroy this place. (GE19:13)
91) Nineveh will be overturned. (JNH3:4)

VI. 선지자

VI.

선지자

　선지자는 하나님의 말씀을 듣고 이를 일반 대중에게 전하는 사람으로 하나님의 사자인데 말씀을 전하기도 하고 지시에 따라 민족을 해방시켜 나라를 세우고 왕을 추대하기도 하였다. 그러나 단순히 말씀만 전한다는 측면에서는 일종의 신문기자와 같은 역할을 한다고 볼 수 있다.

　예를 들어 한 국가의 원수가 국민들에게 담화문을 발표한다면 국민 모두가 발표식장에 참석해 발표과정을 지켜보지는 않는다. 왜냐하면 이는 낭비이기 때문이다. 실제로 식장에 참석하는 사람들은 신문기지나 방송기지가 거의 전부이며 이들이 다시 기사를 쓴다던가 편집을 하여 신문이나 방송을 통해 국가원수의 말씀내용이 일반인에게 전달이 된다.

　하나님의 경우에도 마찬가지이다. 하나님이 아무나 한 사람을 불러 어떻게 하라고 지시하면 지시 받은 사람은 그의 뜻을 세상에 전하고자 말씀을 글로 써 문서로서 알리기도 하였고 경우에 따라 방송기자처럼 사람들 앞에 나서 크게 말씀을 외치기도 하였는데 이런 사람을 우리는 흔히 선지자라고 부른다.

성경에는 많은 선지자와 그들의 기록이 나오는데 이를 통해 하나님의 말씀이 어떻게 전달되고 이들이 어떤 일을 했는지 알아본다.

1. 행적

성경에 나오는 주요 선지자는 모세와 예수인데 이들 외에도 많은 선지자들이 보냄을 받아 하나님의 말씀을 유대 민족에게 전하며 하나님의 일을 실천하였다. 이제 이들의 행적을 통해 하나님이 살아서 인간에게 역사 하심을 확인해 본다.

1) **모세** : 그는 그의 민족을 애굽에서 구출하여 새로운 땅 가나안으로 인도하였는데 이 과정에서 그는 많은 기적과 이사를 행하게 된다. 그의 임무는 민족 해방이었다.

2) **사무엘** : 어려서 하나님의 음성을 듣고 성장해서는 정치, 종교 지도자가 되었는데 사울을 왕으로 세웠으며 다시 다윗을 새로운 왕으로 추대한다.

3) **엘리야** : 기도로서 비를 내리게 하기도 하였으며 제단에 제물로 올린 음식을 불로 태우기도 하였다.

4) **엘리사** : 그의 말을 듣고 강물에 몸을 씻은 나아만 장군의 문둥병을 고쳤고 예후라는 인물을 왕으로 추대한다.

5) **요나** : 니느웨 성읍민들에게 하나님의 말씀을 전해 이들이 회개함으로 닥칠 재앙으로부터 성읍 사람들을 구했다.

6) **아모스** : 양을 치던 목동이던 아모스 선지는 말씀을 통해 이스라엘의 미래를 예언하였다.

7) **요엘** : 메뚜기의 재앙을 통해 유다의 미래를 예언하였다.

8) **미가** : 유다와 이스라엘의 부자들을 몹시 책망하였다.

9) **이사야** : 예언을 통해 하나님의 심판과 구원을 말하였고

10) **나훔** : 앗수르 나라의 멸망을 예언하였다.

11) **스바냐** : 하나님이 이스라엘을 벌하시는 무서운 심판인 여호와의 날을 선포하였으며

12) **스가랴** : 메시야에 대해 자세히 이야기했다.

13) **느헤미야** : 예루살렘 성벽을 재건하였고

14) **말라기** : 제사장들과 백성들에게 말씀을 통해 경고하였는데 크고 두려운 심판의 날이 오기 전에 선지자 엘리야를 보낼 것을 말하였다.

15) **예수** : 예루살렘과 기존의 종교지도자들인 서기관과 바리새인들을 책망하였으며 진리를 전하고 이의 내용을 실제로 증거하여 사람들을 영생으로 인도하고자 했다.

2. 특징과 공통점

이들 선지자의 공통점과 특징을 살펴보면 다음과 같다.

1) 하나님의 말씀을 받아 와 이를 유대 민족에게 전하며 하나님의 일을 하였다. 말씀을 받는다는 의미는 하나님으로부터 직접 지시를 받았다는 의미로 단순히 말씀만 받아 전달하는 경우도 있었지만 민족해방이라던가 성전을 재건한다던가하는 식으로 하나님의 일을 수반하기도 하였다.

2) 선지자는 말씀을 통해 책망과 인도를 하였는데 책망은 잘못을 지

적하고 심판을 포함한다. 인도는 장래 희망을 통해 이루어 졌는데 주요
내용이 메시야를 보낸다는 것이었다.

  3) 하나님이 선지자를 보낸다는 의미는 무엇인가 사람들이 잘못을 하
고 있다는 의미로 보아도 거의 틀림없다. 왜냐하면 니느웨 성읍의 경우
처럼 무엇인가 죄를 지었거나 잘못이 있을 때 선지자를 보내 이를 책
망하시기 때문이다.

  4) 개인적으로 많은 선지자가 불행한 삶을 살았다. 왜냐하면 하나님
의 일이라는 것이 안정되고 편안하게 할 수 있는 일이 아니기 때문이
다. 오히려 위험하고 두렵고 무서운 일이기에 경우에 따라 이들은 생명
의 위협을 받기도 했다.
  엘리야 선지는 왕에게 하나님의 말씀을 전달하는 과정에서 미움을 사
죽음의 위협을 받자 몸을 숨겼는데 새가 음식을 날라다 준다.[92] 다니엘
선지는 사자 굴에 던져져서 죽을 뻔하였다.[93] 세례 요한은 목숨을 잃는
다. 예수도 목숨을 잃는다.[94]

---

92) 엘리야가 아합에게 고하되 나의 섬기는 이스라엘 하나님 여호와의 사심을
    가리켜 맹세하노니 내 말이 없으면 수년 동안 우로가 있지 아니하리라 하
    니라 여호와의 말씀이 엘리야에게 임하여 가라사대 너는 여기서 떠나 동
    으로 가서 요단 앞 그릿 시냇가에 숨고 그 시냇물을 마시라 내가 까마귀
    들을 명하여 거기서 너를 먹이게 하리라. (열상17:1-4)
93) 군중은 다니엘을 사자굴 속에 던져버렸다. 다니엘은 그 속에서 엿새 동안
    을 지냈다. 그 굴 속에는 사자 일곱 마리가 있었는데 매일 죽은 사람 둘
    과 양 두 마리를 먹이로 주곤 하였다. 그런데 그 때는 그 엿새 동안 사자
    들을 꼬박 굶겨, 틀림없이 다니엘을 잡아먹게 하였다. (단14:31-32)
94) 왕이 곧 시위병 하나를 보내어 요한의 머리를 가져오라 명하니 그 사람이
    나가 옥에서 요한을 목 베어 그 머리를 소반에 담아다가 여아에게 주니
    여아가 이것을 그 어미에게 주니라. (막6:27-28)

5) 말씀 전달 과정에서 기존의 종교 지도자들과 거의 충돌을 하게 되는데 이는 구조적으로 예측 가능한 결과이다. 기존의 지도자들은 과거에 받은 말씀을 기준으로 경배도 하고 설교도 하며 제사장 같은 직위를 얻어 안정된 생활을 하고 있었다. 그러나 보통 선지자들은 대부분이 성직 일을 하던 사람들이 아니고 전혀 다른 일을 하던 사람들로 보통 이들은 혼자였다.

하나님의 말씀 내용이 대부분 책망의 내용인데 권력자나 종교 기득권자들이 이를 좋게 생각할 리가 없다. 세례 요한은 헤롯왕에게 잡혀 죽임을 당하고 예수는 종교 기득권자인 대제사장과 바리새인들에 의해 잡혀 처형당한다.[95]

6) 선지자는 하나님에 의해서 선정되고 그의 지시에 따라 선지자가 언행하게 되는데 보통 부여되는 일이 어려운 것이었다. 그러다 보니 그의 지시를 받을 때 일의 어려움을 알고 이를 거부하고 회피하려 한 경우도 있었다. 그럼에도 이들이 일을 안할 수 없었던 것은 전지전능하신 하나님의 권능 때문이다. 이러한 사례를 기록된 원문을 통해 확인해 본

---

95) 유다가 군대와 및 대제사장들과 바리새인들에게서 얻은 하속들을 데리고 등과 홰와 병기를 가지고 그리로 오는지라. (요18:3)
96) 모세가 여호와께 고하되 주여 나는 본래 말에 능치 못한 자라 주께서 주의 종에게 명하신 후에도 그러하니 나는 입이 뻣뻣하고 혀가 둔한 자니이다 여호와께서 그에게 이르시되 누가 사람의 입을 지었느뇨 누가 벙어리나 귀머거리나 눈 밝은 자나 소경이 되게 하였느뇨 나 여호와가 아니뇨 이제 가라 내가 네 입과 함께 있어서 할 말을 가르치리라 모세가 가로되 주여 보낼 만한 자를 보내소서 여호와께서 모세를 향하여 노를 발하시고 가라사대 레위 사람 네 형 아론이 있지 아니하뇨 그의 말 잘함을 내가 아노라 그가 너를 만나러 나오나니 그가 너를 볼 때에 마음에 기뻐할 것이라. (출4:10-14)

다.

   (1) **모세** : 주여 보낼 만한 자를 보내소서[96]

   (2) **예레미야** : 여호와여 보소서 나는 아이라 말할 줄을 알지 못하
       나이다.[97]

   (3) **요나** : 요나가 여호와의 낯을 피하려고 일어나 다시스로 도망
       하려 하여[98]

요나 선지는 아예 도망을 가고, 모세는 하도 안하려고 하니까 하나님
이 화를 내기도 하였는데 오죽하면 이랬을까 하는 판단과 함께 하나님
께서 화를 내시는 모습이 눈에 선하다.

3. 책망과 인도

이들 선지자들의 업적을 간단히 요약한다면 책망과 인도라고 말할 수
있는데 이는 하나님의 말씀에 따라 책망과 인도를 한다는 의미이다. 책
망이란 잘못을 지적하고 이에 대한 벌을 주거나 듣기 싫은 말을 하는
것이다. 인도란 민족해방 또는 지도자를 선정해 왕으로 추대한다던가 하
는 식으로 사람들에게 유익한 일을 하는 것이다.

성경에 기록되어 있는 이들 주요 사례를 파악해 본다.

---

97) 내가 가로되 슬프도소이다 주 여호와여 보소서 나는 아이라 말할 줄을 알
    지 못하나이다. 여호와께서 내게 이르시되 너는 아이라 하지 말고 내가 너
    를 누구에게 보내든지 너는 가며 내가 네게 무엇을 명하든지 너는 말할찌
    니라. (렘1;6-7)
98) 그러나 요나가 여호와의 낯을 피하려고 일어나 다시스로 도망하려 하여 욥
    바로 내려갔더니 마침 다시스로 가는 배를 만난지라 여호와의 낯을 피하
    여 함께 다시스로 가려고 선가를 주고 배에 올랐더라. (욘1:3)

1) 책망

책망이란 꾸짖어 나무란다는 말인데 성경에 나온 책망의 말씀은 그 내용이 심각하다. 보통 잘못을 지적하고 이에 대한 경고가 포함되는데 사례를 통해 이를 확인해 본다.

(1) 여호와께서 가라사대 내가 지면에서 모든 것을 진멸하리라 내가 사람과 짐승을 진멸하고 공중의 새와 바다의 고기와 거치게 하는 것과 악인들을 아울러 진멸할 것이라 내가 사람을 지면에서 멸절하리라 나 여호와의 말이니라 내가 유다와 예루살렘 모든 거민 위에 손을 펴서 바알의 남아 있는 것을 그곳에서 멸절하며 그마림이란 이름과 및 그 제사장들을 아울러 멸절하며 무릇 지붕에서 하늘의 일월성신에게 경배하는 자와 경배하며 여호와께 맹세하면서 말감을 가리켜 맹세하는 자와 여호와를 배반하고 좇지 아니한 자와 여호와를 찾지도 아니하며 구하지도 아니한 자를 멸절하리라. (습1:2-6)

이 내용은 스바냐에 기록된 하나님의 말씀으로 유대와 이스라엘 백성을 멸망시킨다고 말씀하시는데 자세히 보면 그 책망의 원인을 지적하고 있으며 이를 회개할 시에는 용서하겠다는 의미가 내포되어 있음을 알 수가 있다.

이를 간략하게 요약하면 이렇다. 유대와 이스라엘 백성을 대상으로 경고를 하고 있는데 잘못을 지적하며 회개할 것을 촉구하고 있다. 하나님을 배반하지 말고 그를 의지하고 찾으러 그리고 그를 구하라 그렇지 아니하면 너희 모두를 멸망시키겠다는 의미이다.

(2) 야곱 족속의 두령과 이스라엘 족속의 치리자 곧 공의를 미워하고

정직한 것을 굽게 하는 자들아 청컨대 이 말을 들을찌어다 시온을 피로, 예루살렘을 죄악으로 건축하는도다 그 두령은 뇌물을 위하여 재판하며 그 제사장은 삯을 위하여 교훈하며 그 선지자는 돈을 위하여 점치면서 오히려 여호와를 의뢰하여 이르기를 여호와께서 우리 중에 계시지 아니하냐 재앙이 우리에게 임하지 아니하리라 하는도다 이러므로 너희로 인하여 시온은 밭 같이 갊을 당하고 예루살렘은 무더기가 되고 성전의 산은 수풀의 높은 곳과 같게 되리라. (미3:9-12)

이는 미가에 나오는 책망의 말씀인데 이의 내용도 파악해 보면 말씀의 흐름이나 형식이 먼저 말씀과 유사함을 알 수가 있다. 유대와 이스라엘의 기득권자들에게 그 잘못을 지적하며 회개할 것을 촉구하고 있다. 그리고 만약 말을 듣지 않으면 벌을 받을 것이라며 경고를 하고 있다. 제사장은 삯을 위하여 교훈하고 그 선지자는 돈을 위하여 점친다는 말에서 종교지도자들에게도 질책하고 있음을 알 수가 있다.

(3) 화 있을찐저 외식하는 서기관들과 바리새인들이여 회칠한 무덤 같으니 겉으로는 아름답게 보이나 그 안에는 죽은 사람의 뼈와 모든 더러운 것이 가득하도다 이와 같이 너희도 겉으로는 사람에게 옳게 보이되 안으로는 외식과 불법이 가득하도다 화 있을찐저 외식하는 서기관들과 바리새인들이여 너희는 선지자들의 무덤을 쌓고 의인들의 비석을 꾸미며·가로되 만일 우리가 조상 때에 있었더면 우리는 저희가 선지자의 피를 흘리는데 참예하지 아니하였으리라 하니 그러면 너희가 선지자를 죽인 자의 자손 됨을 스스로 증거함이로다 너희가 너희 조상의 양을 채우라
뱀들아 독사의 새끼들아 너희가 어떻게 지옥의 판결을 피하겠느냐

그러므로 내가 너희에게 선지자들과 지혜 있는 자들과 서기관들을 보내매 너희가 그 중에서 더러는 죽이고 십자가에 못 박고 그 중에 더러는 너희 회당에서 채찍질하고 이 동네에서 저 동네로 구박하리라

예수께서 서기관들과 바리새인들을 책망하시는 말씀이다. 이 말씀도 잘못을 지적하고 회개할 것을 권고하시는데 만약 이를 듣지 않으면 지옥의 판결을 받는다는 그런 의미이다. 뱀들아 독사의 새끼들아 라는 문구에서 예수님의 감정이 격앙되었음을 알 수가 있다.

2) 인도

인도란 일정 무리의 사람들을 이끌고 현재 있는 상태에서 다른 지역 또는 목적지로 안내한다는 의미로 이를 쉽게 말하자면 이렇다. 등산을 하거나 관광을 할 때 등산 안내라던가 안내관광이 있는데 이는 안내자가 앞에 서서 걸어가면 뒤로 다른 사람들이 따라가는 단순한 행동이 반복되는 것이다. 그러나 안내자는 만약의 경우에 대비해 무전기도 준비하고 의약품도 갖고 가는데 이는 사람들을 무사히 목적지까지 데려가기 위한 하나의 방편이다.

관광 안내를 할 때 보면 안내자가 깃발을 세우고 앞장 서 나가기도 하는데 이는 사람들이 길을 잃지 않게 하기 위한 배려로 멀리서 봐도 쉽게 사람을 찾을 수 있기 때문이다. 즉 여행지에 다니다 보면 수많은 사람들이 있고 다른 사람들과 섞여 길을 잃어버릴 수도 있기 때문이다.

관광과 산행을 안내하는데도 안내자가 여러 가지 준비를 해야하고 배려를 해야 하는데 수백만 명 또는 전 인류를 대상으로 안내를 한다고 상상을 하면 얼마나 엄청난 일인지 이해가 될 수 있을 것이다.

성경에서 말하는 인도란 바로 이런 것이다. 사례를 중심으로 파악해

본다.

(1) 가나안인도

애굽에서 노예신분으로 고생하던 유대민족이 모세에 의해 신분이 해방되어 홍해와 광야를 거쳐 가나안 땅으로 들어가 국가를 세운다. 즉 인도라는 것은 단순하게 안내만 하는 것이 아니라 신분 해방을 시켜야 하고 이를 위해서는 애굽의 바로 왕을 설득해야 되는데 이것이 또 쉽게 되는 일이 아니다. 우여곡절 끝에 광야로 나왔어도 수많은 사람들이 먹고 마실 음식이 있는 것도 아니고 또한 광야에는 수많은 위험이 도사리고 있다. 뱀과 전갈 같은 독충이 있고 또 어떤 때는 바로의 군사들이 이들을 잡으러 전차와 병기를 앞세워 추격을 하기도 하였다.

이런 사례에서 판단해 보면 인도라는 것이 인간으로서는 도저히 상상할 수 없는 엄청난 일임을 알 수가 있다.

그러나 이러한 일이 가능했던 것은 어떻게 보면 단순하다. 선지자 모세는 하나님의 말씀에 따라 안내자로서 역할을 했고 사람들은 모세가 가는 대로 따라갔을 뿐이다.

(2) 영생인도

모세에 의해 유대민족이 노예신분에서 벗어나 자유인이 되어 새로운 땅으로 들어갔듯이 사람들을 죽음에서 벗어나 영생으로 인도하려 하고 있으며 이 인도는 지금도 계속되고 있다. 예수는 이렇게 하면 영생을 얻을 것이라며 본을 보였는데 그것은 하나님께서 그에게 하라고 지시하신 바에 순종하여 그의 일을 이루는 것이었다. 그러자 그는 죽임을 당했어도 부활하였고 다시 재림하여 영생사실을 증거하고 있다.

그러나 여기에는 문제가 있다. 모세의 경우에는 앞장서 가는 모세를 단순하게 따라가면 되었는데 예수를 따라가기란 쉬운 일이 아니다. 가장 문제가 되는 것이 사람 각자에게 주어진 하나님의 말씀 또는 뜻을 알아야 하는데 이를 어떻게 알 수 있냐하는 문제가 있다.

　이에 대해 예수께서는 보혜사를 보낸다고 약속하였고 그가 모든 진리로 인도하리라고 말씀을 하셨는데, 이 보혜사는 진리가 무엇인지 또는 어떻게 해야 이를 알고 실천할 수 있는지 알고 있기 때문에 그가 모든 진리로 인도하리라고 말씀을 하신 것이다.

(3) 진리인도

　이는 예수께서 보낸다고 약속한 보혜사에 의해 추진된다고 예정되어있다. 노예에서 자유인으로 죽음에서 영생으로 사람들이 인도되듯이 무지에서 진리로 인도됨을 알 수가 있다.

　안내자가 영생으로 인도하려면 영생이 무엇이고 어떻게 해야 이를 얻을 수 있는지 그 내용과 방법을 명확히 설명해야 하는데 진리인도도 마찬가지이다. 진리가 무엇이고 어떻게 해야 이를 알고 실천 할 수 있는지 명확하게 제시해야 한다. 이에 대해 본서에서 누차 강조하는 것이 모든 사물에 주어진 역할이 있듯이 모든 사람에게도 창조주로부터 부여된 역할이 있다는 것이다. 이러한 사실을 알고 이를 찾아 실행하면 이것이 진리를 알고 실천하는 것이라고 주장하고 있다. 그리고 이러한 실행까지는 본서에서 주장하는 존재원리를 이해하면 충분히 실행이 가능하리라 판단한다.

　이를 쉽게 표현해보면 이렇다. 보통 회사에 입자해 회사에서 요구하는 일을 하면 생계에 필요한 생계비와 의료보험은 물론이고 주택융자도 해주며 생활에 필요한 지원을 회사에서 해주는데 이는 회사 일을 하기 때문에 이렇게 되는 것이다. 이렇게 일하다 보면 정년퇴직도 되는데 이때는 또 노후를 위해 연금이 나오고 생활할 수 있게 배려가 되어 있다. 그러나 만약 회사 일을 안하고 개인사업을 한다던가 회사와는 무관한 일을 한다면 회사는 아무런 지원을 하지 않는다.

하나님의 경우도 마찬가지이다. 하나님께서 인간을 창조하고 인간에게 부여한 역할이 있는데 이를 수행하면 복을 주고 영생을 얻게 하지만 이를 실행하지 않으면 전혀 배려를 하지 않겠다는 의미이다.

예수를 통해 본을 보였지만 예수는 선지자로서의 전도 역할을 받은 것이고 이를 하나님의 뜻에 따라 수행했기 때문에 부활과 영생이 가능했던 것이다. 그러나 문제는 모든 사람에게 예수와 똑같은 역할이 주어지지 않는다는 것이다. 어떤 사람은 교사로서 또 어떤 사람은 상인으로서 그 역할이 천차만별인데 이를 어떻게 식별할 수 있냐하는 것이다.

이에 대한 대안으로 제시한 것이 존재원리인데 이를 이해하고 현실에 적용한다면 자신에게 부여된 하나님의 역할을 찾아 실천할 수 있다고 보는 것이다.

Ⅶ. 진리의 실천

VII.

진리의 실천

이는 예수께서 말한 진리를 알고 어떻게 하면 이를 실천할 수 있을까? 하는 방법을 기술하는데 존재원리와 성경에 나타난 예수님의 말씀. 그리고 사례를 중심으로 파악해본다.

진리를 실천하기 위해서는 제일 먼저 존재원리를 충분히 이해해야 한다. 그래야 자신에게 부여된 역할을 알고자 노력하기 때문이다. 이를 충분히 이해한다면 다음 과정은 보다 수월하다.

존재원리가 숙지되면 다음은 예수님의 말씀을 보고 존재원리가 예수께서 말씀하신 진리라는 것을 충분히 알 수가 있다.

다음은 하나님께서 내게 부여한 일이 무엇인지 알고자 하는 마음이 있고 이를 알고자 노력을 하여야 한다. 그리고 비록 지금은 모른다고 해도 언젠가는 알게되리라는 확신을 갖고 있어야 한다.

중요한 것은 하나님의 사명은 자신이 노력한다고 해서 알 수 있고 획득되어 지는 것이 아니라 부여된다는 것이다. 이는 일방적으로 어느 날 갑자기 주어진다는 의미이다.

만약, 별도 지시가 없는 경우 기존의 방법에 따라 성실하게 생활을 하여야 한다. 예를 들어 어린아이가 부모 말을 들어야지 직접 하나님의 말씀을 기대할 수는 없다. 즉 하나님의 말씀이 부모를 통해 전달된다고 보는 것이다. 회사에서도 마찬가지다 최고 명령자는 물론 대표이사이지만 이의 명령과 지시는 직속상관을 통해 하달이 되지 사장이 집적 하급직원에게 작업 지시하는 경우는 거의 없다. 그러나 언젠가 경험이 쌓이고 직위가 올라가면 직접 지시를 받기도 하는데 이러한 경우와 유사하다고 할 수 있다.

하나님께서 주신 역할은 개인마다 다르며 개인만이 스스로 자기의 역할을 알 수가 있다. 이러한 역할은 재능과 무관하지 않은데 예를 들어 독수리는 날개가 있고 호랑이는 날랜 다리가 있듯이 부여된 역할과 능력이 서로 상관이 있다는 의미이다. 부모님이나 선생님은 이러한 역할을 알게 하고 이를 실천하게 하는데 도움을 주고 조력을 한다.

1. 존재원리의 적용

나의 경험을 기준으로 존재원리를 알고 이를 실천하게 된 경위는 이렇다.

나는 여러 어려움에 처해 세상만사가 귀찮고 의미를 모르던 중 내가 왜 살아야하는가? 하는 문제점을 안고 이를 알고자 주위 사물의 존재 이유를 관찰하며 정리한 것이 바로 이 원리이다. 이를 알고 나는 죽은 사람이 다시 살아나는 듯한 느낌을 체험하였는데 이는 원리를 알고 모르는 것이 얼마나 큰 차이가 있는가 하는 좋은 사례라 된다.

사람이 어려움에 처하면 모든 것이 비관적으로 보인다. 도와주려는 사람도 자기를 해하려는 사람으로 보이고 만사가 귀찮고 자꾸만 생각나는 것이 왜 살아야 하는가하는 스스로의 자문이다. 자신이 무능력하게 느껴지고 희망은 없어 보이며 가진 것은 없고 세상이 마치 지옥처럼 느껴진다. 나는 이를 극복하기 위하여 별짓을 다했다. 주위 사람들에게 자문도 받아보고 좋다는 책은 다 읽어보고 별걸 다 하였다.

그러나, 비관과 낙심에서 나를 구하고 꺼내준 것은 바로 이 존재원리였다. 이 원리는 어떤 상황에서도 존재할 수 있는 방법과 이상적인 상태를 일러준다. 이 원리의 핵심은 사명인데 이는 주어진 역할을 알고 이를 수행하는 것이다. 나는 내가 비록 지금은 모르지만 언젠가는 알게 되겠지 하는 판단을 하였고, 실제로 내가 받은 예수님의 말씀을 해석하려고 노력하던 중 알게되었는데 나의 할 일은 성경에 기록되어 있었다. 현실을 되돌아보며 이를 의심하고 회피하려 했는데, 이를 극복한 것도 존재원리에 따라서였다. 이는 즉 사물이 자기 기능을 안하면 사용자가 고쳐 쓰던가 버릴 것 아니냐는 판단아래 내가 이해 못하는 문제가 있어 나에게 주어진 일을 안한다면 나에게 일을 시킨 사람이 어떻게 하든지 이해시킬 것 아니냐하는 판단으로 해명을 기다렸고 이의 해명을 받고 또 많은 문제가 있었지만 나에게 주어진 일을 해야한다는 판단으로 나의 일에 전념하게 되었다.

진리를 알게 될 때도 그랬다. 나의 할 일을 알고 성경에 기록된 나의 할 일을 읽으며 하루는 생각을 했다. 기록내용대로라면 나는 진리를 아는 사람인데 내가 무슨 진리를 아나? 하고 자문을 하다가 존재원리에 대해 생각을 했다. 원리에 따르면 역할이 주어지고 이에 따라 기능이나 능력이 부여되게 되어있다. 그러면서 자문을 하였는데 내가 아는 것은 존재원리 밖에 없는데 혹시 존재원리하고 관련이 있는가? 하며 존재원리와 예수의 가르침을 비교하면서 깜짝 놀란 것이 거의 많은 부분을 이 존재원리를 설명하고 가르치고 있음을 알 수 있었다. 그렇게 하여 알게

된 사실이 예수께서 말씀하신 진리의 내용이 바로 존재원리구나 하는
사실을 알게되었다.

나는 또 내가 받은 예수님의 말씀을 세상에 전한다며 '낙원의 그림
자'[99] 라는 실화소설을 출간하여 말씀을 알리고자 했는데 이 판단도 원
리에 따른 것이었다. 모자라고 부족하고 어렵더라도 어떡하든 역할을 수
행해야 한다는 판단이었는데 비록 당장은 몰라도 언젠가는 세상에 널
리 알려지리란 생각을 하였다.

그리고 이 책으로 인해 나는 신학연구원에 입학하여 신학교육을 받았
는데, 이는 거의 기적이나 다름이 없다. 왜냐하면 이 책을 쓰고 출판할
당시 나는 교회를 나가지도 않았고 하나님에 대해서도 잘 모르는 상태
였기 때문이다.

이후 말씀을 해석할 때도 그렇고 이 원리는 여러모로 나를 깨우치고
알게 하고 인도를 하였다. 이를 요약하면 이렇다.

원리에 따라 나는 무엇인가 필요한 사람임을 알았다.

원리에 따라 하나님으로부터 나에게 부여된 일이 있음을 알았다.

부여된 일을 찾던 중 예수님 말씀을 기억하였고 이 말씀을 해석하려
고 노력하던 중 이상한 꿈을 꾸고 성경을 읽다 성경기록을 통해 나에
게 주어진 일을 알게되었다.

현실을 돌아보며 나의 일을 의심하지만 원리에 따라 이의 해명을 요
구한다.

해명을 받은 후 다시 현실을 돌아보며 할 일을 지체하지만 결국 원
리에 따라 일을 실행하기로 결심한다.

원리에 따라 원리를 증명한다며 준비 안된 상태에서 어느 날 갑자기

---

99) 낙원의 그림자, 김진석, 신세림, 2001

장기근속 직장을 자퇴한다.

원리에 따라 예수님 말씀이 들어있는 실화소설을 쓰고 발간한다.

원리에 따라 검토하던 중 예수께서 약속하신 진리를 알게된다.

이런 식으로 원리에 대한 응용과 현실적용은 계속 진행되고 있다.

이외에도 존재원리를 알게되면 여러 변화가 생기는데 이를 '낙원의 그림자' 책에 소개된 내용을 인용하여 소개해 본다.

첫째, 기존의 세상은 사람의 일생이 고되고 허무했다.

사람의 일생은 인생의 고해에서 죽도록 고생하다 생노병사하고 허무하게 생을 마감한다. 이를 피하려면 깨달음을 얻어야하고 깨달음을 얻기 위해서는 고행과 수도를 해야한다. 고행과 수도는 보통 인적이 드문 깊은 산 속이나 광야에서 남 모르게 이루어진다.

사람은 출생 시부터 죄인이고 죄 사함을 받기 위해서는 종교활동을 열심히 해야만 한다. 살기 위해서는 경쟁에 이겨야 하며 처세에 능해야 하고 모든 면에 뛰어나야 한다. 경쟁에 이기기 위해서는 남들보다 배가의 노력이 필요하며 배가의 노력을 하기 위해서는 잠도 적게 자야되고 먹고 싶은 것도 참아야하고 목표를 달성할 때까지는 어떤 일이 있어도 인내해야 한다. 높은 학력과 많은 재산, 건강한 신체, 높은 사회적 지위, 이런 것들 즉 객관적 평가가 사람의 성공 척도였다.

그러나 김진이 깨달은 것은 이와는 달랐다.

모든 사람은 필요하기 때문에 존재하고 주어진 자기의 역할을 다하고 보람되게 생을 마감한다. 장래 부여된 사명을 완수하기 위해 출생하며 당당한 인간창조주로부터의 자녀들이다. 출생 시부터 죄인이라는 것은 말도 안되고 살기 위해서 경쟁에 이기려고 열심히 노력할 필요가 없다. 왜냐하면 이미 경쟁에 이길 수 있는 능력이 부여되어 있어 이를 알고 활용하면 되기 때문이다.

또한 다방면에 뛰어날 필요가 없고 자기에게 주어진 역할만 수행하면 된다. 높은 학력, 많은 재산, 강한 신체, 높은 사회적 지위 이런 것들이 성공척도가 아니고 자신의 역할을 얼마나 충실하게 수행했느냐 하는 주관적 기준에 따라 성공여부를 판단하게 된다.

둘째, 기존의 세상을 왜 사는지 알 수가 없었다.

모든 사람이 부귀영화를 추구하지만 이것이 존재이유는 아니다. 보통 기존의 생활 관습으로 선인들에 의해 만들어진 일생계획에 따라 생활하면 된다. 존재이유 이런 것은 몰라도 상관이 없다. 천국 가고 극락왕생하기 위해 사는 사람도 있는 것 같은 데 이것은 착각이다. 이것은 바램이요 소망이고 미래의 문제지 현재의 문제가 아니다.

지금 문제는 왜 우리가 여기에 서있고 존재하느냐하는 현재의 당면 문제이다. 사랑이니 자비니 인덕이니 하는 것은 생존방법 또는 수단이지 김진이 판단 시 존재이유는 아니었다. 인간완성에도 있는 것 같았다. 군자, 선비, 보살, 진인, 도사는 이상적인 완성된 인간상이다. 그러나 이러한 완성된 인간상에서도 김진은 존재이유를 찾을 수는 없었다. 생존요령과 수단은 많이 있었다. 인덕을 쌓아야 하고 근면성실 해야되고 삼강오륜을 준수해야되고 그러나 왜 태어나고 존재하는지 문제는 알 수 없었다.

그러나 김진은 깨달았다. 사람은 스스로 태어나지 않았음을 알았고 스스로 태어나지 않았다는 것은 누군가 또는 또 다른 세계가 있음을 의미한다는 사실을, 이것을 인간창조의 세계라고 판단했고 자신의 존재이유를 명확하게 알았다. 그것은 사명이었다. (낙원의 그림자, P185-6)

이 내용을 읽어보면 존재원리를 알기 전후가 얼마나 달라지는지 충분히 짐작할 수 있다. 그러나 가장 중요한 것은 이러한 판단이나 변화가 노력해서 되는 것이 아니고 원리를 알면 스스로 깨닫게 된다는 것이다.

2. 존재원리와 예수교훈의 비교

예수께서 진리를 전하실 때 전체적으로 명확하게 가르칠 수 있는 것도 어떤 경우에는 알 듯 모를 듯 말씀하시곤 하였는데 이에 대한 사례를 원문을 통해 파악해 본다.

1) 너희가 알지 못하는 양식

존재원리를 기준으로 설명하면 자기에게 주어진 하나님의 일을 수행해야 즉 사명을 추진해야 계속 존재유지가 가능하다. 이를 이해하기 위해서는 자신에게 주어진 역할 또는 사명이 있음을 알아야 하고 이를 기피하거나 나태하면 벌을 받거나 버려지게 되는데 이를 이해하려면 전체적인 흐름을 알아야 이해가 가능하다. 그러나 예수께서는 이런 전체적인 내용에 대해서는 언급이 없이 설명을 하셨다. 원문을 통해 이를 음미해 보자.

가라사대 내게는 너희가 알지 못하는 먹을 양식이 있느니라 제자들이 서로 말하되 누가 잡수실 것을 갖다 드렸는가 한대 예수께서 이르시되 나의 양식은 나를 보내신 이의 뜻을 행하며 그의 일을 온전히 이루는 이것이니라. (요4:32-34)

2) 너희는 먼저 그의 나라와 그의 의를 구하라

이 말씀은 존재원리로 표현하자면 하나님으로부터 자신에게 부여된 역할을 찾아서 이를 수행하라는 내용인데 만약 이를 찾아 수행하면 필요한 능력과 기능이 부여되고 계속 존재 가능하다는 설명이다. 그러나 이것도 전체적인 내용을 모르면 이해하기가 어렵다 만약 이를 충분히 납득하도록 설명하려면 먼저 누구에게나 부여된 역할이 있음을 강조하고 이를 찾아서 하라고 말씀했어야 한다. 그러나 이를 설명할 때도 전체적인 흐름 없이 말씀하시고 있다.

원문을 통해 전후 사정을 파악해 본다.

그러므로 내가 너희에게 이르노니 목숨을 위하여 무엇을 먹을까 무엇을 마실까 몸을 위하여 무엇을 입을까 염려하지 말라 목숨이 음식보다 중하지 아니하며 몸이 의복보다 중하지 아니하냐 공중의 새를 보라 심지도 않고 거두지도 않고 창고에 모아 들이지도 아니하되 너희 천부께서 기르시나니 너희는 이것들보다 귀하지 아니하냐 너희 중에 누가 염려함으로 그 키를 한 자나 더할 수 있느냐 또 너희가 어찌 의복을 위하여 염려하느냐 들의 백합화가 어떻게 자라는가 생각하여 보라 수고도 아니하고 길쌈도 아니하느니라 그러나 내가 너희에게 말하노니 솔로몬의 모든 영광으로도 입은 것이 이 꽃 하나만 같지 못하였느니라 오늘 있다가 내일 아궁이에 던지우는 들풀도 하나님이 이렇게 입히시거든 하물며 너희일까보냐 믿음이 적은 자들아 그러므로 염려하여 이르기를 무엇을 먹을까 무엇을 마실까 무엇을 입을까 하지 말라 이는 다 이방인들이 구하는 것이라 너희 천부께서 이 모든 것이 너희에게 있어야 할 줄을 아시느니라 너희는 먼저 그의 나라와 그의 의를 구하라 그리하면 이 모든 것을 너희에게 더하시리라. (마6:25-33)

3) 자기 십자가

이는 자기에게 주어진 하나님의 역할을 의미하는데 그냥 역할이나 할 일 또는 사명이라고 표현하면 이해가 쉬운데 십자가라고 말씀하시니 이해가 어렵다. 이를 이해하기 위해서는 전체 상황을 알아야 알 수 있는 것은 당연하다. 원문을 음미해 보며 특히 여기서 말하는 '사단'이 무엇인지 원리를 기준으로 보면 쉽게 이해가 간다.

이때로부터 예수 그리스도께서 자기가 예루살렘에 올라가 장로들과 대제사장들과 서기관들에게 많은 고난을 받고 죽임을 당하고 제 삼일에 살아나야 할 것을 제자들에게 비로소 가르치시니 베드로가 예수를 붙들고 간하여 가로되 주여 그리 마옵소서 이 일이 결코 주에게 미치지 아니하리이다 예수께서 돌이키시며 베드로에게 이르시되 사단아 내 뒤로 물러가라 너는 나를 넘어지게 하는 자로다 네가 하나님의 일을 생각지 아니하고 도리어 사람의 일을 생각하는도다 하시고 이에 예수께서 제자들에게 이르시되 아무든지 나를 따라 오려거든 자기를 부인하고 자기 십자가를 지고 나를 좇을 것이니라 누구든지 제 목숨을 구원코자 하면 잃을 것이요 누구든지 나를 위하여 제 목숨을 잃으면 찾으리라. (마16:21-25)

4) 내가 곧 길이요 진리요 생명이니

진리를 통하여 영생에 들어갈 수 있다는 의미로 그냥 쉽게 말씀하시면 되는데 이상한 표현으로 듣는 사람이 바로 이해하기 어렵다. 이 말씀을 하신 배경과 의미를 확인해 보며 존재원리를 적용하면 어떻게 되는가 판단해 본다.

너희는 마음에 근심하지 말라 하나님을 믿으니 또 나를 믿으라 내 아버지 집에 거할 곳이 많도다 그렇지 않으면 너희에게 일렀으리라 내가 너희를 위하여 처소를 예비하러 가노니 가서 너희를 위하여 처소를 예비하면 내가 다시 와서 너희를 내게로 영접하여 나 있는 곳에 너희도 있게 하리라 내가 가는 곳에 그 길을 너희가 알리라 도마가 가로되 주여 어디로 가시는지 우리가 알지 못하거늘 그 길을 어찌 알겠삽나이까 예수께서 가라사대 내가 곧 길이요 진리요 생명이니 나로 말미암지 않고는 아버지께로 올 자가 없느니라 너희가 나를 알았더면 내 아버지도 알았으리로다 이제부터는 너희가 그를 알았고 또 보았느니라. (요14:1-7)

전체적인 말씀의 흐름은 이렇다 예수께서는 처형 직전에 제자들에게 장래 일을 설명하고 있는데 도마가 질문을 하였다.

"선생님이 어디 가신다고 하고 우리보고 거기 오는 방법을 안다고 말씀하시는데 우리는 선생님이 어디로 가는 지도 모르는데 어떻게 거기 가는 방법을 아느냐고 말씀하십니까? 좀 자세히 설명 해주십시오."

이에 대해 이 말씀을 하셨는데 이는 내가 그 방법을 설명해 주겠는데 그 방법은 진리를 실천하여 생명을 얻는다 라는 의미이다. 나로 말미암지 않고는 아버지께로 올 자가 없느니 라는 뜻은 모세가 그랬듯 그 자신이 먼저 시범적으로 아버지께 가니 이것이 증명되면 다른 사람들도 오게 되는데 이런 이유로 나로 말미암지 않고는 이란 표현이 사용되었다.

나를 알았더라면 내 아버지도 알았으리라는 말은 존재원리를 적용하면 즉시 이해가 되는데 이 말도 원리의 전체흐름을 모르면 파악이 불가하다.

이제부터는 너희가 그를 알았고 또 보았느니라 라는 말도 존재원리를 적용해 보면 이해가 가능한데 예문에서 보듯 이상하게 어렵게 말씀을 하셨다.

5) 그의 명령이 영생인줄 아노라

이는 조금 이해하기가 쉽다. 그러나 존재원리를 이해하지 못하면 이 말의 의미를 파악하기가 어렵기는 마찬가지이다. 이 말씀도 알기 쉽게 부여된 역할이 있고 이를 실천하면 영생할 수 있다. 이렇게 하면 쉬운데, 위의 표현도 존재원리를 이해 못하면 이해가 어렵다. 원문을 보며 확인해 본다.

내가 내 자의로 말한 것이 아니요 나를 보내신 아버지께서 나의 말할 것과 이를 것을 친히 명령하여 주셨으니 나는 그의 명령이 영생인줄 아노라 그러므로 나의 이르는 것은 내 아버지께서 내게 말씀하신 그대로 이르노라 하시니라. (요12:49-50)

위의 예문에서 보듯이 예수께서 설명하고 전달하시고자하는 내용은 결국 존재원리이고 이를 쉽게 말씀하시면 되는데 이상하게 어렵게 말씀하셨다. 이러한 유사 사례는 그의 말씀에 얼마든지 많이 있으며 존재원리를 이해하고 있으면 말씀의 이해가 빨리 된다.

6) 하나님의 나라

위의 사례와 유사한 경우인데 이 내용에 대해서는 일반인들이 판단하길 모두 사망한 뒤나 가는 곳으로 알고 있다. 그러나, 말씀의 내용을 면밀히 검토해보면 이는 곧 진리를 알고 진리를 실천하는 사람을 말한다. 이를 설명할 때도 이상하게 어렵게 또는 비유로 말씀을 하셨다. 그러나, 존재원리를 기준해서 파악해보면 이것도 정확하게 판단이 된다. 성경 예문을 보며 판단해 보자.

(1) 하나님의 나라는 볼 수 있게 임하는 것이 아니요 또 여기 있다 저기 있다고도 못하리니 하나님의 나라는 너희 안에 있느니라. (눅17:20-21)

(2) 하나님의 나라 복음을 전하여야 하리니 나는 이 일로 보내심을 입었노라. (눅4:43)

(3) 하나님의 나라를 위하여 집이나 아내나 형제나 부모나 자녀를 버린 자는 금세에 있어 여러 배를 받고 내세에 영생을 받지 못할 자가 없느니라. (눅18:29-30)

하나님 나라는 마음속에 있음과, 천국복음을 위하여 보내심을 받았다는 말씀으로 바로 천국이 진리임을 알 수가 있다. 하나님의 나라를 위한다는 말은 결국 진리를 실천한다는 뜻이며 이는 결국 자신에게 주어진 사명을 다 한다는 뜻이다. 결국 이는 사명을 실천했을 때 영생을 얻는다는 의미와 같다.

이를 종합해 보면 하나님의 나라, 천국복음, 진리, 하나님의 말씀, 하나님의 명령, 영생, 구원 이런 단어와 의미가 결국에는 같은 것이고 일맥 상통함을 알 수가 있다. 이를 요약하면 결국 자신에게 부여된 하나님의 역할을 찾아 이를 충실히 수행하라는 것이다.

하나님의 나라라는 단어는 진리를 알게되면 하나님의 일을 알고 이를 실천하게 되는데 하나님의 나라란 하나님이 주관하는 나라로 마치 천국백성들이 하나님의 일을 하는 듯한 상황을 설명하고 있다. 하나님의 일을 하면 하나님 나라의 백성이 되고 하나님 나라에 들어가는 것인데 이는 곧 하나님의 일을 알고 이를 수행함을 의미하며, 진리를 알고 이를 실천한다는 말과 같은 뜻이다.

Ⅷ. 본서와 기독교 주장과의 비교

VIII.

본서와 기독교 주장과의 비교

　본서의 주장을 기존의 종교에서 주장하는 내용과 비교하여 그 차이점을 파악하고 이에 따른 문제를 검토해 본다. 왜냐하면 이렇게 함으로써 상호 주장의 근거와 내용의 이해 정도를 높일 수 있기 때문이다.

　성경을 경전으로 하고 유일신 하나님을 믿는 종교는 크게 유대교, 이슬람교, 기독교가 있다. 그러나 이들은 조금씩 차이가 있는데 기독교는 예수를 신으로 신봉하나 유대교와 이슬람교는 신으로 인식하지 않고 하나님께서 인간에게 보낸 많은 선지자 중 한 사람으로 보고 있다.

　유대교는 모세 오경이 중심으로 된 내용을 경전 삼아 신앙생활을 하는데 이스라엘 국가의 유대민족이 믿는 종교이다. 이슬람교는 모하메드를 선지자로 한 코란을 경전으로 하여 종교활동을 하는데 이스라엘 국가 주변국 사람들이 많이 신봉하는 종교이다. 그러나 이들은 종교가 달라도 경전에 모두 모세 오경의 내용이 그들 경전에 공통적으로 들어가 있다.

　여기서 우리가 알 수 있는 것은 같은 신을 믿는 종교인데도 누구는 믿고 누구는 안 믿고 한다는 사실이다.

즉, 어느 종교에서는 예수를 신으로 신봉하며 경배를 하나 또 다른 종교에서는 선지자인 사람으로 존경하고 있는 것이다. 물론 이들이 존경과 숭배의 대상자가 신 또는 사람이든 그분의 가르침을 믿고 따르려고 하는 노력을 하는 것은 똑 같다.

그러나 이러한 차이와 그 발생 이유는 무엇일까?

그것은 사람이 불완전하기 때문이다. 또한 종교라는 것은 쉽고 단순한 것이 아니구나하는 판단을 우리는 할 수가 있다.

그렇다면 일반인들이 볼 때 무엇이 과연 옳은 지를 판단하려면 어떻게 해야될까? 그것은 이들 종교의 주장을 서로 비교하여 그 차이를 파악해 보면 쉽게 알 수가 있다.

예를 들어 기독교에서 주장하는 내용에 따라 예수가 신이라는 사실을 알려면 이에 대한 주장의 근거와 이슬람이나 유대교에서 주장하는 예수에 대한 견해를 비교해 보면 쉽게 무엇이 옳은지 판단할 수가 있는 것이다.

기독교에서 말하는 주장의 근거는 삼위일체설에 있다. 이는 성부, 성자, 성령이 본질적으로 같다는 논리로 하나님과 예수가 동일한 신이라고 보는 것이다. 특히 예수는 십자가 처형을 통하여 인간의 죄를 대속함으로 인류를 죄에서 구원하였는데 이는 구세주만이 할 수 있는 사역으로 당연히 신의 반열에 올라야 한다고 주장한다.

그러나 유대교와 이슬람교 입장에서는 전혀 다르다. 하나님은 그의 백성들에게 그의 말씀을 전하기 위해 많은 선지자를 보냈고 이에는 모세로부터 사무엘, 이사야, 예레미야, 요나 등 많은 사람이 있었는데 예수는 이들 선지자 중 한 사람이라는 것이다. 그리고 사람이 어떻게 신이 될 수 있냐는 주장으로 유대교는 이를 아예 논쟁의 대상으로 삼지 않는다.

　이슬람교도 유대교와 동일한 입장으로 이들도 예수를 선지자의 한 사람으로 인식하는데 기독교에서는 '하나님의 아들'로 표현하지만 이들은 '마리아의 아들 예수'로 나타내고 있다.

　이를 전체적으로 요약하면 이렇게 된다. 유일신인 하나님은 그가 창조한 인간에게 많은 선지자를 보내는데 이들은 하나님으로부터 받은 말씀을 인간에게 전하며 하나님의 일을 하였다. 모세는 애굽에서 유대민족을 해방시켜 가나안 땅으로 인도하여 유대국가를 세우는데 크게 공헌하였으며 예수는 하나님의 말씀을 통하여 인류를 구원하고자 하였다.

　그러나 이들 종교는 동일한 하나님을 신봉하면서도 어느 선지자를 중심으로 신앙생활을 하느냐에 따라 서로 달라지게 된다.

　유대교는 모세를 기독교는 예수를 회교는 모하메드를 중심으로 종교활동을 하는데 크게 보면 이들은 같은 신을 모시는 종교인 것이다.

　그런데 왜 이들은 다른 선지자를 중심으로 종교생활을 하는 것일까? 그 이유는 종교의 전래에서 찾아볼 수 있다.

　유대인들은 당연히 자신들을 해방시키고 인도한 사람을 따를 수밖에 없고 서방국에는 예수의 제자들에 의해 복음이 전파되었는데 이때 예수를 중심으로 한 기독교가 자연스럽게 형성된 것이고 회교 또한 모하메드에 의해 창시되어 그를 중심으로 한 종교가 발전된 것이다.

　예수에 대한 인식을 기준으로 종교가 달라지듯 기독교내에서도 성경내용에 대한 인식 또는 해석에 따라 많은 차이가 있으며 이에 따라 종파가 나뉘어지며 서로 구분을 하기도 한다.

　예를 들어 기독교내에서도 삼위일체설을 부인하는 종파는 이단이라고 하여 정통교파와 구분하며 이단을 적대시하기도 하는데 이러한 근본원인을 파악해 보면 주요 용어의 해설이나 인식에 있음을 알 수가 있다.

그렇다면 이러한 인식과 해석이란 무엇이며 왜, 어떻게 형성되었는지 알아볼 필요가 있다. 인식이란 예를 들어 호랑이를 산신으로 모신다던가 뱀 또는 악어를 신으로 숭배한다던가하는 것으로 보통 일반인들은 이들 동물들이 많은 동물 중 하나라고 생각하지만 어떤 특수한 상황에 있거니 그들만의 특별한 경험에 근거하여 이러한 일이 발생될 수 있으며 지금도 이러한 사례는 얼마든지 찾아볼 수 있다.

지금도 소를 신성시하는 나라가 있고 돼지를 경멸하여 그 고기섭취를 금하는 종교도 있는데 이런 것은 다 인식의 차이라고 할 수가 있다.

해석이란 의사전달 과정에서 발생하는 인식의 문제로 예를 들어 어느 사람이 신성한 동물 소라고 말을 했는데 악어를 신으로 숭배하는 사람은 이를 신성항 신 악어라고 인식을 하거나 해석을 하는 경우이다.

다른 사람이 이를 문제삼아 이의를 제기할 수도 있는데 원문에는 소라고 되어 있는데 왜 악어라고 해석했느냐하고 말하는 경우이다. 이에는 여러 원인을 가정할 수 있지만 해석자는 악어가 신성한 것만 알았지 소가 그렇다는 것은 아무래도 이해가 안되기 때문이다.

또한 표현의 차이도 있는데 이는 어떤 사실을 기록하거나 상태를 나타낼 때 나타내는 방법의 차이라고 볼 수 있다. 예를 들어 일반인은 보통 누가 말을 했다, 걸어갔다, 음식을 먹었다 라고 말하는데 이를 누구의 입에서 말씀이 나왔다, 다리가 앞으로 움직였다. 음식을 입으로 삼켰다 와 같이 표현하는 경우인데 이는 언뜻 보면 사람이 아니라 말씀, 다리 등이 별도 인격이 있어 행동하는 것처럼 인식되기도 한다.

이러한 인식과 해석의 문제를 극복하려면 인식은 어떤 특수한 것만이 아닌 유사사례를 비교해 봄으로써 이의 상황을 이해할 수 있고 해석은 원문과 번역문을 비교해 보면 보다 정확한 의미를 파악할 수가 있다.

위의 경우를 예로 든다면 어느 지역에서는 호랑이를 신성시 하지만 뱀, 악어, 또는 소를 신성시하는 사람들도 있구나하고 이해를 할 수가 있고, 해석의 경우에는 해석자의 생각이나 판단이 가미되었구나하는 것을 쉽게 알 수가 있다.

성경은 본래 히브리어 헬라어로 기록되었으나 후에 다시 헬라어, 라틴어, 독일어, 영어 등으로 번역되었는데 이 과정에서 이러한 인식과 해석의 문제가 발생될 수 있다. 특히 한글 번역성경은 중국어로 표기 된 한문성경을 번역한 것으로 보다 바른 의미를 파악하려면 원문을 이용해야 유리하다.

여기서는 본서의 주장에 대해 성경에 따른 판단근거를 제시하며 기존 기독교와의 주장을 비교하여 독자의 이해 폭을 넓히고자 한다.

1. 관련 문장의 개요

본서의 주장과 관련된 성경문구는 요14:16-17[100], 요14:26[101], 요15:26[102], 요16:7-14[103] 인데 이 문구의 주요 내용은 예수께서 생전에 그의 제자들을 통해 약속하신 내용으로 또 다른 보혜사를 보내는데 이 보혜사는 이러 이러한 일을 하리라고 말씀하신 내용으로 보혜사가 장래 실행하게 될 사역의 구체적인 내용을 나타내고 있다. 그러나 이 문장도 인식과

---

100) 내가 아버지께 구하겠으니 그가 또 다른 보혜사를 너희에게 주사 영원토록 너희와 함께 있게 하시리니 저는 진리의 영이라 세상은 능히 저를 받지 못하나니 이는 저를 보지도 못하고 알지도 못함이라 그러나 너희는 저를 아나니 저는 너희와 함께 거하심이요 또 너희 속에 계시겠음이라.
101) 보혜사 곧 아버지께서 내 이름으로 보내실 성령 그가 너희에게 모든 것을 가르치시고 내가 너희에게 말한 모든 것을 생각나게 하시리라.
102) 내가 아버지께로서 너희에게 보낼 보혜사 곧 아버지께로서 나오시는 진리의 성령이 오실 때에 그가 나를 증거하실 것이요.

해석의 차이에 따라 그 의미가 달라지는데 이를 비교하여 나타냄으로 오해의 소지를 없애고 내용의 이해를 높이도록 한다.

우선 문장의 개요에 대해 기독교와 본서의 내용에 대해 상호 비교해 본다.

1) 기독교의 견해

기독교에서는 보혜사를 사람이 아닌 성령으로 인식을 하는데 보혜사란 성령의 이름 또는 성령을 설명하기 위한 수식어라고 주장한다. 또한 예수가 처형을 받고 부활하여 승천한 이후 오순절날 마가의 다락방에서 그의 제자와 많은 사람들이 모인 자리에 이 성령이 강림하였으며 성령은 성삼위 중 제 삼위에 해당되는 하나님으로 신도들에게 모든 것을 가르치며 예수께서 말씀하신 모든 것을 생각나게 하시며 세상을 책망하고 신도들을 진리로 인도하시며 예수를 영광되게 한다. 성령은 영으로써 모든 사람들의 마음속에 들어와 영적으로 교통할 수 있는데 믿음이 깊은 사람은 성령의 은사를 받기도 한다. 은사란 사람에게 주어진 특별한 능력으로 이에는 병 고치는 은사, 능력을 행하는 은사, 예언의 은사 등이 있으며 방언의 은사도 있는데 이는 다른 사람이 알아듣지 못

---

103) 그러하나 내가 너희에게 실상을 말하노니 내가 떠나가는 것이 너희에게 유익이라 내가 떠나가지 아니하면 보혜사가 너희에게로 오시지 아니할 것이요 가면 내가 그를 너희에게로 보내리니 그가 와서 죄에 대하여, 의에 대하여, 심판에 대하여 세상을 책망하시리라.
죄에 대하여라 함은 저희가 나를 믿지 아니함이요 의에 대하여라 함은 내가 아버지께로 가니 너희가 다시 나를 보지 못함이요 심판에 대하여라 함은 이 세상 임금이 심판을 받았음이니라 내가 아직도 너희에게 이를 것이 많으나 지금은 너희가 감당치 못하리라 그러하나 진리의 성령이 오시면 그가 너희를 모든 진리 가운데로 인도하시리니 그가 자의로 말하지 않고 오직 듣는 것을 말하시며 장래 일을 너희에게 알리시리라 그가 내 영광을 나타내리니 내 것을 가지고 너희에게 알리겠음이니라.

하는 이상한 말을 하는 능력을 말하며 이러한 방언을 해석하는 능력의 은사도 있다.

성령은 교회를 탄생시키고 보호하며 성장시키고 교회 속에서 여러 형태의 활동을 하며 사명을 감당케 한다.

그런데 이 성령은 삼위일체 하나님 중 한 분인데 삼위일체란 성부, 성자, 성령이 동격이며 일체이시다라는 의미이다. 이에 따르면 하나님은 성부 하나님, 성자 하나님, 성령 하나님이 있는데 성령 하나님이란 곧 성령을 의미한다. 그런데 이 성령은 이미 강림하여 기독교 신자들을 이끌고 계신 것이다.

이를 요약하면 보혜사란 성령을 수식하는 말이고 성령은 곧 하나님이다. 이 성령은 강림절날 마가의 다락방에 강림하였고 현재 우리와 함께 계시다.

2) 회교의 견해

회교에서는 코란 본문에는 언급된 바가 없지만 주석을 통하여 이 문장을 해석하고 있는데 예수께서는 또 다른 보혜사라는 말을 함으로 자신도 보혜사임을 나타내었고 또 다른 이란 말에서 예수와 같은 또 다른 사람으로 인식하며 이 사람은 바로 회교를 창시한 교주 모하메드를 지칭한다는 주장이다.

3) 본서의 견해

보혜사란 역할을 지닌 사람을 말하는데 이는 의사, 약사, 변호사 등과 같이 사람을 가리키는 말이며, 진리의 영 또는 성령이란 사람의 능력이나 상태를 나타내는 수식어 또는 표현방법으로 실제 존재하는 것이 아니다. 본문에서는 진리의 영 또는 성령이 보혜사라는 사람을 설명하고

있는데 진리의 영이란 보혜사가 진리를 아는 사람임을 뜻하고 성령이
란 성인과 마찬가지로 가르침을 줄 수 있는 사람을 의미하는데 이에 따
라 보혜사가 진리로 인도를 하고 모든 것을 가르치고 생각나게 할 것
이라고 설명하고 있다.

진리의 영 또는 성령이란 사람을 수식하는 표현방법이고 실제로 존재
하는 것이 아님을 나타내기 위하여 구약에 나타난 유사사례와 문장을
제시하였다.

예수께서 보낸다고 약속하신 이 보혜사는 예수에게서 인간에게 전하
는 말씀을 받아오며 본 문장에 기록된 그의 사역을 실천하는데 이의
주요 내용은 예수님의 말씀에 따라 세상을 책망하게 된다. 이의 결과로
예수재림이 실현되고 세상이 심판을 받게된다. 그러나 이 보혜사는 심
판에 따른 재앙을 피하기 위해 사람들을 모든 진리로 인도하며 구체적
으로 진리의 내용을 제시하는데 이는 모든 사물에 주어진 역할이 있듯
사람에게도 창조주로부터 부여된 역할이 있는데 이를 찾아 실천하는 것
이 예수를 믿고 따르는 것이요 임박한 심판의 재앙을 피하고 영생을 얻
을 수 있는 유일한 방법이라고 주장한다.

그렇다면 이렇게 서로 상이한 인식과 해석을 일반인들이 어떻게 수용
해야 할까? 이는 먼저 제시된 방법으로 주장근거를 파악하여 이를 확
인해보고 이에 따른 유사사례나 원문과의 대조를 해본다면 상호간의 이
해를 높일 수가 있다. 다음은 주요 용어와 상기 본문을 어떻게 인식하
고 해석하는지 서로 비교해 본다.

2. 주요 용어의 해설

본문 해석과 관련된 주요 용어에는 보혜사, 진리의 영과 성령, 예수재림, 세상책망, 세상심판, 진리인도가 있는데 이를 서로 어떻게 인식하고 해석하는지 비교해보고 다시 본문을 기준하여 기독교와 본서의 주장하는 바를 나열하여 비교해본다.

1) 보혜사

이는 의사, 약사, 변호사와 같이 어떤 역할이 있는 사람을 나타내는데 예수께서는 또 다른 보혜사라는 표현을 통해 자신도 보혜사임을 나타내었다. 이는 신과 인간의 중개자로 선지자와 같은 사람으로 추정되며 영어로는 조력자(Helper), 상담자(Counselor) 또는 위로자(Comforter)로 번역된다.

(1) 기독교 : 보혜사는 사람이 아니고 성령을 수식하는 수식 단어로 인식을 하며 보혜사는 곧 성령이라고 주장한다.

(2) 회교 : 코란 61:6[104] 을 통하여 예수께서 '아흐맏' 이라는 선지자를 보내기로 약속하였는데 코란 해설서에는 바로 이 선지자가 요한복음에 기록된 보혜사라고 주장하며 이 사람이 바로 회교의 창시자 모하메드라고 주장하고 있다.[105]

---

104) 예수께서 아흐맏이 올 것이라고 예견하였는데 마리아의 아들 예수가 "이스라엘 자손들이여! 실로 나는 너희에게 보내어진 선지자로써 내 앞에 온 구약과 내 후에 올 '아흐맏' 이란 이름을 가진 한 선지자의 복음을 확증하느니라." 그러나 그가 분명한 예증으로 그들에게 임하였을 때 "이것은 마술이다" 라고 하였더라. (코란61:6)

105) 꾸란해설, 최영길, 송산출판사, 1988, P1073

(3) **본서** : 예수로부터 보냄을 받는다는 말에서 예수로부터 세상에
전할 말씀을 받아오는 신과 인간의 중개자로 보며 진리의 영 또
는 성령이란 실체가 없이 사람을 수식하는 단어로 본다.
구약에 나타난 유사사례를 통해 이를 확인해 본다.

(3-1) 유사단어로서 사람을 수식하고 있는 경우

And I will ask the Father, and he will give you another Counselor to
be with you forever-the Spirit of truth.

내가 아버지께 구하겠으니 그가 또 다른 보혜사를 너희에게 주사 영
원토록 너희와 함께 있게 하시리니 저는 진리의 영이라. (요14:16-17)

The Spirit of the LOAD will rest on him-the spirit of wisdom and of
understanding, the spirit of counsel and of power, the spirit of knowledge
and of the fear of the LORD-and he will delight in the fear of the
LOAD.

여호와의 신 곧 지혜와 총명의 신이요 모략과 재능의 신이요 지식과
여호와를 경외하는 신이 그 위에 강림하시리니 그가 여호와를 경외함
으로 즐거움을 삼을 것이며. (사11:2-3)

윗 문장은 보혜사를 나타내는 원문이고 아랫 문장은 유사 문장으로
이사야서에 나와 있는 내용이다. 이의 내용은 예수께서 오심을 예언한
대목으로 이새의 줄기에서 싹이 나와 결실을 하는데 주께서 그 사람
(him)에게 임하리니 그는 지혜롭고 총명하며 상통하고 재능이 있으며
여호와를 알고 두려워한다는 의미이다. 여기에 나오는 지혜와 총명의
신, 모략과 재능의 신, 지식과 여호와를 경외하는 신이 어떻게 사용되

었는지 비교해 보라.

보혜사는 진리의 영을 소유한 사람으로 진리를 알고 있다는 의미이고 유사문장에서 그 사람은 지혜와 총명의 영을 소유한 사람으로 곧 그 사람은 지혜롭고 총명하다는 의미이다.

(3-2) 유사 문장으로 사람을 수식하는 경우
뒤에 오는 명사단어가 앞에 나온 사람을 수식하는 문장이다.

Again the Israelites cried out to the LOAD, and he gave them a deliverer-Ehud, a left handed man, the son of Gera the benjamite.
이스라엘 자손이 여호와께 부르짖으매 여호와께서 그들을 위하여 한 구원자를 세우셨으니 그는 곧 베냐민 사람 게라의 아들 왼손잡이 에훗 이라. (삿3:15)

문장에서 보면 에훗, 왼손잡이, 베냐민 사람 게라의 아들 이란 명사는 모두 앞에 나온 구원자라는 사람에 대해 설명을 하고 있다. 즉 구원자 는 이름이 에훗이고 왼손잡이이며 베냐민 사람 게라의 아들이라는 뜻 이다.

(3-3) 기타
이는 원문과 같은 문장이나 사례가 없을 때 유사단어나 문장으로 대 비하여 그 의미를 추정하는 경우이다.

But the Counselor, the Holy Spirit, whom the Father will send in my name, will teach you all things and will remind you of everything I have said to you.

보혜사 곧 아버지께서 내 이름으로 보내실 성령 그가 너희에게 모든 것을 가르치시고 내가 너희에게 말한 모든 것을 생각나게 하시리라. (요 14:26)

위 문장은 보혜사가 성령의 소유자임을 설명하는 문장인데 위와 같이 사람이 나오고 바로 영으로 표기된 예문이 구약에는 없다 그래서 가장 유사한 문장이나 유사경우를 찾아 추정을 하는데

첫째, 영을 소유한 사람을 나타내어 그 사람의 능력이나 상태를 설명하는 경우를 파악했고,

둘째, 뒤에 나온 명사 단어가 바로 앞에 나온 명사 단어를 수식하는 경우를 예를 들어 나타내었다.

Finally, Daniel came into my presence and I told him the dream. (He is called Belteshazzar, after the name of my god, and the spirit of the holy gods is in him.)

그 후에 다니엘이 내 앞에 들어왔으니 그는 내 신의 이름을 좇아 벨드사살이라 이름한 자요 그의 안에는 거룩한 신들의 영이 있는 자라 내가 그에게 꿈을 고하여 가로되. (단4:8)

다니엘에 나오는 문장으로 다니엘이 거룩한 신들의 영을 소유한 자임을 나타내고 있다.

And Hannah answered and said, No, my lord, I am a woman of a sorrowful spirit: I have drunk neither wine nor strong drink, but have poured out my soul before the LORD

한나가 대답하여 가로되 나의 주여 그렇지 아니하니이다 나는 마음이 슬픈 여자라 포도주나 독주를 마신 것이 아니요 여호와 앞에 나의 심정을 통한것 뿐이오니. (삼상1:5)

사무엘 상권에 나오는 문장으로 슬픈 영을 소유한 여자(a woman of a sorrowful spirit) 라는 단어에서 이 여자의 심경이 슬픔에 잠겨 있음을 알 수 있듯 영이 사람의 상태를 나타내고 있다.

A man's pride brings him low, but a man of lowly spirit gains honor
사람이 교만하면 낮아지게 되겠고 마음이 겸손하면 영예를 얻으리라. (잠29:23)

보통 겸손한 사람이라고 표현하는데 영을 이용하여 겸손한 영을 소유한 사람으로 표현하고 있다.

When I consider your heavens, the work of your fingers, the moon and the stars, which you have set in place.
주의 손가락으로 만드신 주의 하늘과 주의 베풀어 두신 달과 별들을 내가 보오니. (시8:3)

내가 하늘을 보는데 그 하늘이란 바로 당신의 손길로 만든 작품이며 당신이 정한 자리에 있는 달과 별이 있다 라는 의미로 뒤에 나오는 명사 단어가 앞에 나온 명사를 수식하는 경우로 이런 사례는 많이 찾아 볼 수 있다.

이런 유사경우에 근거하여 the Counselor, the Holy Spirit 이란 문구를 보혜사는 성령을 소유한 사람으로 인식하는 것이다.

2) 진리의 영, 성령, 진리의 성령

(1) 기독교 : 진리의 영은 성령을 수식하는 말 또는 성령의 다른 이름으로 말하거나 성령과 같은 뜻이라고 주장한다. 그리하여 진리의 영을 진리의 성령으로 번역하기도 한다. 그리고 성령을 하나님인데 예수 승천 후 오순절날 제자들에게 영으로써 강림하였다고 주장한다. 즉 예수의 약속대로 성령이 이미 세상에 와 있는데 이 성령은 바로 예수라고 주장하는 사람도 있다.

(2) 본서 : 진리의 영, 또는 성령은 사람의 기능이나 상태를 나타내는 수식어로 보며 이에 대한 근거로 구약에 나오는 유사 단어와 문장을 제시한다.

진리의 성령이란 말은 없으며 이는 해석오류로 원문에 따르면 이는 진리의 영이다.

진리의 영과 유사단어는 지혜의 영, 모략의 영, 재능의 영, 지식의 영, 공포의 영, 음란의 영, 현기증의 영 등이 있는데 이는 모두 사람의 능력이나 상태를 나타내고 있다.

예를 들어 지혜의 영이란 어느 사람이 지혜의 영을 소유하고 있다, 또는 지혜의 영을 소유한 사람이라고 표현하는데 결국 이는 어느 사람이 지혜롭다라는 상태를 나타내고 있다.

성령과 유사단어는 악령, 거만령, 자원령, 심령, 귀머거리와 벙어리 영 등이 있다.

　유사사례에서 알 수 있듯이 이러한 영은 실존하는 것이 아니라 사람의 능력이나 상태를 설명하고 표현할 때 사용되는 용어인 것이다.

　따라서 진리의 영이란 보혜사가 진리가 무엇인지 알고 있다는 의미이고 성령이란 보혜사가 가르침을 줄 수 있는 사람임을 나타내는데 그래서 진리로 인도한다고 할 때는 진리의 영으로 보혜사를 수식하고 있고, 모든 것을 가르치고 생각나게 하리라 할 때는 성령으로 수식하고 있다. 세상 책망에는 이러한 진리나 가르침의 능력이 필요 없고 하나님의 말씀이 필요하므로 그냥 별도 수식 없이 보혜사가 하리라고 기록된 것으로 본다.

　그리고 진리의 성령이란 해석차이로 본다. 왜냐하면 영어 원문에는 진리의 영이지 진리의 성령이란 말은 없기 때문이다. 이는 두 개의 기능을 합한 단어로 구약에도 사용된 예가 없는데 영은 보통 한 가지 기능을 기준하여 표현되기 때문이다.

　이들 문장을 간단히 요약하여 나타내면 이렇다.

(2-1) 요14:16	보혜사	진리의 영	너희와 함께 있으리라.
(2-2) 요14:26	보혜사	성령	가르치고 생각나게 할 것이다.
(2-3) 요15:26	보혜사	진리의 성령	예수를 증거 할 것이다.
(2-4) 요16:13	보혜사	진리의 성령	모든 진리로 인도하시리라.

　그러나 이를 원문에 따라 나타내면 이렇다.

(2-1) 요14:16	보혜사	진리의 영	너희와 함께 있으리라.
(2-2) 요14:26	보혜사	성령	가르치고 생각나게 할 것이다.
(2-3) 요15:26	보혜사	진리의 영	예수를 증거 할 것이다.

이 표를 보면 4개의 문장 중에 보혜사는 4번 진리의 영은 3번 성령은 1번 사용되었는데 문장의 주체가 누구인지 쉽게 판단이 가능하다.

3) 예수재림

이는 부활 후 승천하신 예수께서 다시 이 땅에 내려온다는 뜻으로 예수께서 생전에 그의 제자들을 통하여 약속하신 내용이다.

그는 말하기를 구름을 타고 능력과 큰 영광으로 오는 것을 땅의 모든 족속들이 통곡하며 보리라, 그러나 그 때는 아버지만 아시느니라고 하였다.

(1) **기독교** : 예수재림이 실현되면 심판이 있는데 예수 믿고 구원받은 자는 하늘나라로 올라가 복된 삶을 누리게 되고 예수 불신자들은 환난 속에서 고통을 받게 된다. 그리고 예수께서 지상 재림을 하게 되면 이미 예수를 믿는 성도들은 세상에 없고 하늘나라에 가 있다는 것이다.

예수께서 재림하는 동안 대환난이 일어나고 적그리스도가 나타나며 죽은 자들이 부활하고 최후의 심판이 있다고 한다. 이러한 주장은 모두 예수의 말씀 이외에도 바울 서신서 같은 기타 성경자료를 기초하여 판단한 것이다.

이러한 내용을 요약하면 예수께서 재림하면 심판이 있고 심판결과에 따라 기독교 신자는 구원받아 천국 가고 불신자는 환난 속에서 고통을 받게될 것이다. 그리고 그 심판은 불로써 하는데 이는 하나님께서 다시는 물로 세상을 심판하지 않겠다고 약속했기 때문이다.

그리고 예수재림의 목적이 세상심판에 있는 것 같이 판단하기도 하는데 그래서 기독교 신자 중에는 예수재림을 기다리는 사람도 있다.

(2) **본서** : 그러나 본서의 주장은 이와 차이가 있다. 예수께서 재림하기로 약속을 하였는데 재림 시 재림사실에 대하여 보혜사가 증거하고 사람들에게 알린다는 것이다. 이의 근거로 제시하는 것이 보혜사의 사역 중 모든 것을 가르치고 생각나게 하리라.(요14:26), 예수를 증거 할 것이다.(요15:26), 세상을 책망할 것이다.(요16:8), 장래 일을 너희에게 알리시리라.(요16:13) 라는 보혜사의 사역 문구이다. 이의 주요 내용은 예수께서 보혜사를 보내기로 약속하였는데 이 보혜사가 와서 예수재림 사실을 알리고 증거하며 또 예수께서 말씀하신 일들을 한다는 것이다.

예수재림의 목적도 차이가 있는데 이는 예수께서 말씀하였듯이 그는 진리를 증거하기 위하여 이 땅에 온다고 본다. 진리를 증거한다는 의미는 생전에 그가 그의 말을 믿고 따르면 영생을 얻게된다고 하였는데 영생이란 영원한 삶을 의미한다. 이를 증거하려면 영원한 삶을 살고 난 후에 나는 이렇게 영원한 삶을 살았다라고 이야기할 수 있다. 그런데, 영원한 삶이란 수억 년이 지나도 이룰 수 없는 기간이다.

그러나, 실제로 예수께서는 이천 년이 지나 재림함으로 영생 사실을 증거하고 그가 보낸다고 약속했던 보혜사에게 말씀을 주어 그의 사역을 하게 한다. 따라서 재림의 목적은 영생을 증거하고 약속했던 장래 일을 실현시키기 위해서이다.

결국 예수재림의 목적은 영생을 증거하고 사람들을 영생으로 인도하기 위함인데 이를 위해 보혜사를 통해 사람들을 진리로 인도하여 영생을 얻게 하고자 하는 것이다.

4) 세상심판

세상을 심판한다는 뜻으로 세상 마지막 날에 예수께서 재림하여 세상 심판을 한다는 의미이다.

(1) **기독교** : 심판의 결과에 따라 의인은 천국으로 죄인은 환난으로 들어간다고 주장하며 하늘로 올라가는 것을 휴거라고 하는데 죽은 자도 부활하여 승천한다고 한다.

(2) **본서** : 구약에 나타난 심판사례를 근거하여 차별 없이 모든 사람을 멸망시키는 것으로 판단하며 이를 피하기 위한 방법은 모든 사람이 창조주로부터 자신에게 부여된 역할을 찾아 수행하는 것이라고 한다.

5) 세상책망

세상을 꾸짖고 나무란다는 의미이다.

(1) **기독교** : 별도 의미를 부여하거나 해석을 하지 않으며 단지 책망과 관련하여 세상임금이 심판을 받으리라는 문구에 대해 이는 세상임금이 악마 또는 사탄이라고 인식하며 악의 무리가 처벌을 받는 것으로 판단한다.

(2) **본서** : 예수님 말씀에 따라 보혜사가 세상을 책망하는데 성경에 기록된 예수의 말씀에 따라 이의 원인과 책망의 결과를 제시하며 이에 근거하여 예수재림 사실과 세상이 멸망 직전에 있음을 주장한다.

6) 진리인도

진리란 참다운 이치를 의미하는데 여기서는 사람들을 영생으로 인도하는 바른 이치를 의미한다.

(1) **기독교** : 예수가 곧 진리라고 말하며 하나님 말씀, 또는 예수님 말씀이 진리라고 주장하기도 하며 예수 믿으면 천국 간다는 주장이 진리라고 말하기도 한다.

(2) **본서** : 보혜사가 와서 알리리라고 예수께서 말씀하신 보혜사 문장을 해석하는 것과 진리란 모든 사물에 부여된 역할이 있듯이 사람에게도 창조주로부터 부여된 역할이 있는데 이를 찾아 실행하는 것이 진리를 실천하는 것으로 이의 결과로 영생을 얻을 수 있다는 것이다.

이는 존재원리라고 불리는 논리로써 정리되어 있는데 이 내용을 세부적으로 파악해 보면 예수께서 생전에 말씀하신 여러 가르침과 의미가 같음을 알 수가 있다.

인도라는 것은 안내한다는 말인데 안내자는 안내하는 곳이 어디인지 구체적으로 명확하게 알고 있어야한다.

본서에서는 이러한 진리에 대해 그 내용을 파악하기 위한 정리과정서부터 실행단계, 예수님 교훈과의 대비를 통하여 상세하게 이를 기술해 놓았다.

3. 관련문장의 해석

보혜사의 사역과 관계된 문장을 해석하고 그 의미를 보다 더 이해하

기 위하여 문장과 관련된 주요 용어를 비교해 보았는데 이제는 단어가
아닌 문장을 해석하여 대비하였다.

기독교에서 주장하는 성경 문장의 해석은 보통 주해서라는 책을 보면
문장을 해석하여 그 뜻과 의미를 설명하는데 일반인들은 보통 사전류
와 같은 종합주석서와 강해 또는 주해서로 된 서적을 쉽게 접할 수가
있다. 본 자료에서는 관련문장의 뜻을 보다 명확히 이해하기 위하여 이
들 수권의 종합주석서와 강해 또는 주해서에 나와 있는 관련문장의 해
석을 참조 요약하여 주해 난에 표기하였으며 참조한 도서는 본서 마지
막 참고문헌에 표기하였고 본서 난에는 본 책자에서 기술된 내용을 요
약하여 정리하였다.

1) 요한복음 14장16절 : 보혜사 약속

내가 아버지께 구하겠으니 그가 또 다른 보혜사를 너희에게 주사 영
원토록 너희와 함께 있게 하시리니 저는 진리의 영이라 세상은 능히 저
를 받지 못하나니 이는 저를 보지도 못하고 알지도 못함이라 그러나 너
희는 저를 아나니 저는 너희와 함께 거하심이요 또 너희 속에 계시겠
음이라.

예수께서 또 다른 보혜사를 보낸다는 내용이다.

(1) **주해** : 보혜사(保惠師) 라는 말은 '보호하고 은혜주시며 가르치
시는 분' 이란 뜻이다. 그러나 이 단어는 보호자, 변호자, 조력
자, 위로자 상담자 등 다양하게 해석될 수 있다. 또 다른 보혜사
란 표현에서 예수자신이 보혜사임을 인정한다. 진리의 영에 대하
여 이는 '진리란 성격을 지닌 영' 으로 성령의 속성을 나타내는

데 성령이란 진리를 전달하고 또는 진리를 증거하고 밝히는 영이다. 보혜사를 보혜사 성령으로 명명하며 이 보혜사 성령은 마가의 다락방에서 강림하신 이래 계속 성도들의 마음을 성전삼아 신자들을 돕고 있다고 한다.

(2) **본서** : 보혜사는 약사, 변호사와 같은 역할 또는 기능을 보유한 사람을 의미하는데 진리의 영이란 보혜사가 진리의 영을 소유한 사람임을 의미한다. 따라서 보혜사의 주요 특징은 진리를 알고 있는 것이다. 이에 따라 그는 사람들을 진리로 인도하고 예수를 증거하고 예수께서 약속했던 장래 일을 알리게 된다.

2) 요한복음 14장26절 : 가르침

보혜사 곧 아버지께서 내 이름으로 보내실 성령 그가 너희에게 모든 것을 가르치시고 내가 너희에게 말한 모든 것을 생각나게 하시리라

(1) **주해** : 성령께서는 제자들에게 부과된 증인의 사역을 완수하기 위해 필요한 모든 것을 가르칠 것이다. 따라서 지금 제자들이 이해하지 못하는 말씀들을 그때 즉 보혜사 성령이 오는 때에는 모두 알게된다. 오순절 성령 강림은 성부와 성자로 말미암아 이루어졌는데 성령 사역도 성부와 성자에게서 기원한다.

보혜사 성령은 성도들에게 진리를 가르치고 깨우쳐주는데 이렇게 함으로 성도들은 인간의 이성이나 지식으로는 도저히 이해할 수 없는 영적인 지식을 깨닫게 된다. 신도들이 늘 기쁨으로 충만한 삶을 살기 위해서는 성령 충만해야 한다. 또한 성령께서는 신도들의 앞길을 인도해주는데 멀씀, 소원, 꿈, 직감, 환상 등을 통해서이다.

성령의 사역을 말하는 것으로 그는 오로지 예수의 교훈을 가르치며 깨닫게 하신다. 따라서 성령이 임할 때 우리의 영안이 열려 하나님의 말씀을 밝히 깨닫게 되는 것이다.

(2) 본서 : 문장의 전후관계를 고려하여 이를 연계해서 의미를 파악했는데 이는 유다가 질문한 내용에 대해 예수께서는 바로 답변을 안하고 보혜사가 와서 알려준다는 의미로 파악하였다. 그리고 이에 대한 답변 내용을 기술한다.

유다의 질문과 예수의 답변은 이렇다. 예수께서 처형을 받기 전에 제자들에게 재림에 대하여 설명을 하며 사랑하는 자에게 나를 나타내리라 하고 말을 하자 유다가 따지듯이 질문을 한다.

"왜? 우리에게는 모습을 나타내시고 세상에는 나타내지 아니하십니까?"

이에 대해 예수께서는 별도 답변을 안하고 보혜사가 와서 내가 지금 말한 모든 것을 가르치고 생각나게 할 것이다라고 말씀을 하시는데 바로 이 대목이다. 이에 대한 해답은 보혜사가 와서 세상에 예수를 나타낸다는 것이다.

3) 요한복음 15장26-27절 : 예수 증거

내가 아버지께로서 너희에게 보낼 보혜사 곧 아버지께로서 나오시는 진리의 성령이 오실 때에 그가 나를 증거하실 것이요 너희도 처음부터 나와 함께 있었으므로 증거하느니라.

보혜사가 오면 그가 예수를 증거한다는 의미인데 다음 문구에서 제자들이 예수를 증거하리라는 말에서 제자들이 그랬듯이 보혜사도 예수의 언행을 증거한다는 의미이다.

(1) **주해** : 성령은 진리의 영으로서 우리 가운데서 예수를 증거한
　　　다. 그러므로 마음에 성령을 모시고 있는 성도들은 성령의 도움
　　　을 받아 주의 말씀을 깊이 깨닫고 그 뜻대로 살 수 있다.
　예수를 증거하는 것은 성령사역인 동시에 예수제자들의 사명이기도
하다. 그런데 예수를 증거하는 사명은 이들 제자들뿐만 아니라 오늘날
예수를 믿는 교인들에게도 있다. 실제로 예수께서 행한 기적과 이사를
직접 목격하지 못하고 주님과 함께 있으며 말씀을 듣지 못하였어도 '그
리스도의 영' 인 성령께서 신자 안에 계시고 깨우침을 주기 때문에 교
인은 예수를 증거 할 수 있다.
　그러므로, 예수의 제자인 기독교인들은 성령과 연합하여 전도에 힘써
복음 증거자의 사명을 감당해야 한다.
　문장에서 성령의 사역은 미래형으로 제자들의 증거는 현재형으로 기
술되어 있다. 이에 대해 성령의 증거는 미래적인 반면 제자들의 증거는
이미 시작되었다고 보는 사람이 있는데 이는 잘못된 것으로 오순절날
성령이 강림하고 나서야 비로소 제자들이 본격적으로 예수를 증거하게
되었다.

(2) **본서** : 전후 문맥을 연결하여 의미를 파악했는데 바로 뒤에 나
　　　오는 '너희도 처음부터 나와 함께 있었으므로 증거하느니라' 라
　　　는 말씀에 근거하여 예수의 제자들이 그랬듯이 보혜사도 예수의
　　　업적과 언행을 증거한다는 의미이다. 또한 예수의 제자들이 증거
　　　하기 위한 수단으로 예수에 대해 보고들은 것을 글로 쓰거나 말
　　　을 했듯이 보혜사도 그가 보고들은 바를 글로 나타내거나 말을

함으로써 사람들에게 예수를 증거 할 것이다.

이 말씀의 내용을 음미해보면 제자들이 예수를 보고 말씀을 듣고 하였듯이 보혜사도 예수를 보고 말씀을 듣고 한다는 사실이 전제가 되어 있다.

보혜사와 제자들의 사역 시점에 대해서 보혜사는 미래, 제자들은 현재인데 이는 증거 할 것이(will testify), 증거해야 한다(must testify) 는 표현에서 알 수가 있다.

4) 요한복음 16장7-14절 : 책망과 인도

그러하나 내가 너희에게 실상을 말하노니 내가 떠나가는 것이 너희에게 유익이라 내가 떠나가지 아니하면 보혜사가 너희에게로 오시지 아니할 것이요 가면 내가 그를 너희에게로 보내리니 그가 와서 죄에 대하여, 의에 대하여, 심판에 대하여 세상을 책망하시리라 죄에 대하여라 함은 저희가 나를 믿지 아니함이요 의에 대하여라 함은 내가 아버지께로 가니 너희가 다시 나를 보지 못함이요 심판에 대하여라 함은 이 세상 임금이 심판을 받았음이니라

내가 아직도 너희에게 이를 것이 많으나 지금은 너희가 감당치 못하리라 그러하나 진리의 성령이 오시면 그가 너희를 모든 진리 가운데로 인도하시리니 그가 자의로 말하지 않고 오직 듣는 것을 말하시며 장래 일을 너희에게 알리시리라 그가 내 영광을 나타내리니 내 것을 가지고 너희에게 알리겠음이니라

보혜사 사역에 대한 내용으로 장래 보혜사가 할 일을 설명하고 있다. 이에는 세상책망, 진리인도, 장래 일 알림 등이 있다. 그러나 이들 문장은 내용이 많고 문맥이 길어 이를 이해하기 쉽게 전체 문장을 다음과

같이 세분하여 그 의미를 비교해 본다.

4-1) 요한복음 16장7-8절 : 세상책망

그러하나 내가 너희에게 실상을 말하노니 내가 떠나가는 것이 너희에게 유익이라 내가 떠나가지 아니하면 보혜사가 너희에게로 오시지 아니할 것이요 가면 내가 그를 너희에게로 보내리니 그가 와서 죄에 대하여, 의에 대하여, 심판에 대하여 세상을 책망하시리라

(1) **주해** : 인간의 몸으로 이 세상에 왔던 예수는 그의 사역을 함에 있어 시간과 공간의 제한을 받았지만 영으로 이 세상에 온 성령께서는 시간과 공간을 초월하여 어떤 제한도 받지 않으며 세계 각지의 기독교 신자 마음을 성전 삼아 늘 함께 계시며 도와주고 있다.

성도들은 성령께서 이끌어주지만 세상에 대해서는 책망을 한다. 책망하시리라는 말은 폭로하다, 유죄를 선언하다, 개선하다란 뜻으로 성령의 사역이 죄를 책망하는 동시에 죄로부터 돌아서도록 한다는 의미이다. 성령은 세상의 죄를 깨닫게 하고 꾸짖는다. 또한 성령께서는 의에 대하여 세상을 책망하고 심판에 대하여 세상을 책망하는데 하나님은 예수를 믿음으로써 심판을 면할 수 있게 해주었다. 그러나 세상은 하나님을 대적하고 예수 그리스도를 거부함으로써 여전히 심판 가운데 있다.

책망하시리라는 말은 폭로하다, 유죄를 선언하다, 개선하다란 뜻으로 성령의 사역이 죄를 책망하는 동시에 죄로부터 돌아서도록 한다는 의미이다.

(2) **본서** : 예수께서 보혜사를 보낸다는 의미는 예수께서 보혜사에

게 세상사람에게 전할 말씀을 준다는 의미이다. 왜냐하면 예수도 하나님으로부터 보냄 받았음을 누차 강조하였고 하나님으로부터 받은 말씀을 사람들에게 전하였으며 구약에도 많은 선지자들이 하나님으로부터 보냄을 받아왔는데 이들 모두 사람들에게 전하는 말씀을 갖고 와 전달했기 때문이다.

세상을 책망한다는 말은 세상사람을 대상으로 하여 책망의 말씀을 전한다는 의미로 책망이나 인도하는 말은 모두 하나님께서 그 선지자를 통해 사람들에게 전달하였다. 이에는 이스라엘 또는 유다를 책망한 경우가 있으며 특정인 또는 일정 지역을 대상으로 책망한 경우도 있었다. 예수께서는 예루살렘을 책망한 적이 있으며 바리새인과 서기관들을 책망하기도 하였다.

죄와 의와 심판에 대하여라 함은 보혜사가 세상을 책망하는데 이 책망의 원인과 결과, 책망의 내용을 의미한다.

성경에서 말하는 책망이란 단순하게 잘못을 지적하는 것이 아니라 이것은 일종의 경고요 최후 통보다. 즉 누가 어떤 잘못을 했는데 잘못을 지적하고 이렇게 하라며 올바른 방법과 방향을 제시해주는데 이때 새로운 방법을 따르지 않는다면 벌을 주던가 체형을 가하겠다고 한다. 그런데 책망이란 이처럼 잘못을 지적하고 방향을 제시하고 이를 어기면 어떻게 된다는 경고가 포함되는데 말씀으로 이를 나타낸 것이 책망이다. 결국 죄란 책망의 원인, 과오, 잘못을 말하고 심판이란 잘못에 따른 벌을 의미한다.

그런데 본문에서는 보혜사가 세상을 대상으로 그 잘못을 지적하고 이에 따른 형벌을 말한다는 의미이다. 이 말의 의미가 얼마나 크고 웅장한지 느껴질 것이다.

4-2) 요한복음 16장9절 : 책망원인

죄에 대하여라 함은 저희가 나를 믿지 아니함이요

(1) **주해** : 성령께서 새상에 대하여 책망하실 첫 번째 대상은 '죄'
인데 이 '죄' 란 인간이 하나님의 뜻에 합당하지 못한 생활하는
것을 의미한다.

성령의 책망을 받을 세상의 죄는 예수를 믿지 않는 불신앙이다. 복음을 들었음에도 불구하고 예수를 믿지 않고 거부하는 것은 큰 죄이며 성령의 책망을 받게된다고 주장한다.

'믿지 아니함' 이란 오랫동안 믿지 않으며 현재까지 계속되어 온 불신을 뜻한다.

성령의 세 가지 책망 중 첫 번째로 여기서 말하는 죄는 하나님의 뜻을 거역하고 그의 곁을 떠나 사는 것인데 이러한 죄에 대한 자각은 사람의 판단으로는 불가능하고 오직 성령에 의해서만 가능하다.

(2) **본서** : 죄란 잘못을 말한다. 보통 죄를 지었다고 표현하는데 이
는 잘못을 했다던가 해서는 안되는 일을 했다던가 하는 식으로
사람이 잘못을 했을 때 이를 가리키는 말이다.. 보통 잘못에 따
라 책망을 받고 벌을 받기도 하는데 책망은 말씀으로 하게되고
벌은 물리적으로 체형을 가한다던가 한다. 여기서는 보혜사가 세
상을 책망하는데 바로 이 책망의 원인을 말하고 있다. 잘못과 책
망, 죄와 벌 같은 관계는 동전의 양면과 같이 항상 같이 따라다
닌다.

즉 책망을 한다는 뜻은 당연히 어떤 잘못이 있기 마련인데 본문에서는 책망의 원인인 잘못을 지적하고 있으며 그 내용은 예수를 올바로 믿

지 않는다는 것이다. 그러면서 당연히 책망을 하는 사람이 잘못을 지적하고 원인만 규명하는 것이 아니라 이에 대한 바른 방법을 제시하는데 바로 이것이 진리인도이고, 이 인도의 주요 내용은 창조주로부터 사람 각 개인에게 주어진 역할을 찾아 수행하는 것이라는 것이다. 또한 이를 찾고 실행할 수 있는 방법을 제시한 것이 바로 존재원리이다.

4-3) 요한복음 16장10절 : 책망결과

의에 대하여라 함은 내가 아버지께로 가니 너희가 다시 나를 보지 못함이요

(1) **주해** : 에수께서 세상에 대하여 책망하실 두 번째 대상은 '의'이다. '의' 란 하나님 앞에 부끄러움 없이 살 수 있는 자격이며 죄를 한번도 범하지 않은 상태를 말한다. 의인은 죄의 삯인 사망을 받지 않고 영생을 얻는다. 기독교인은 에수님의 의를 덧입어 값없이 의인으로 인정을 받으며 예수로 말미암지 않고는 결코 참된 의를 얻을 수 없다고 말한다.

하나님께서는 자신에게 순종하여 십자가 처형을 당한 예수를 부활시켜 신적인 의를 나타냈는데 예수께서 아버지께 가심으로 세상이 그를 다시 못 보는 것은 세상의 거짓된 의를 책망하고 참된 의를 드러내는 것이다. 이런 세속적이고 허위적인 의에 대한 책망과 규명이 성령의 사역이다.

(2) **본서** : 보혜사의 책망에 따른 당연한 결과로 세상 사람들이 다시는 예수를 볼 수 없다는 의미인데 이는 예수재림의 실현을 알려주는 중요한 대목이다.

예수께서는 장래 그가 하리라고 약속하신 여러 일들이 있는데 이의 중요 내용이 재림과 보혜사 파송이다. 재림이란 그가 다시 이 땅에 오신다는 의미이고 보혜사 파송이란 그가 보혜사를 사람들에게 보내 그의 사역을 하게 한다는 것이었는데 이에는 세상책망, 진리인도, 모든 것을 가르침, 예수증거 등이 있다. 그런데 예수께서는 보혜사가 세상을 책망할 때 이미 나를 보았거나 볼 수 있지만 이후로는 다시 나를 볼 수 없다는 뜻으로 사람들에게 그 모습을 보이지 않겠다고 한다.

그러면서 그는 당연한 결과 또는 이렇게 하는 것이 바르다라는 의미로 의에 대해서라고 표현하고 있다.

즉 예수께서는 본인이 약속하신 일들을 모두 성취하였기에 이제 당연히 모습을 드러내지 않겠다는 의미이다.

보혜사가 세상을 책망한다는 의미는 보혜사가 예수로부터 책망의 말씀을 받아 책망하는 것으로 이때 당연히 보혜사는 예수를 보았고 그의 말씀을 받았으므로 예수께서는 보혜사를 통해 그의 모습을 세상에 드러내신 것으로 이것이 바로 재림이라는 것이다.

보혜사를 보내는 것은 보혜사에게 세상에 전할 말씀을 준다는 의미로 나머지 일은 보혜사를 통해 성취되므로 이제 자신은 다시 이 세상에 오거나 모습을 드러내지 않겠다는 의미이다.

'더 이상' 이란 말에서 세상책망 시점을 기준하여 지금은 볼 수 있지만 장래에는 볼 수 없다는 의미이다. 그렇다면 보혜사가 세상을 책망할 때 예수를 볼 수 있고 예수재림이 실현된다는 그런 뜻인데 이것이 어떻게 가능할까? 이것은 예수께서 재림하여 보혜사를 만나 그의 말씀을 보혜사에게 전하고 보혜사는 그의 모습을 보며 말씀을 받게 되는데 보혜사가 본 예수의 모습이 바로 재림인 것이다. 보혜사는 자신이 보고 들은 예수의 모습과 말씀을 문서로 만들어 세상에 전하게 되는데, 이때 예수께서 하신 말씀이 바로 세상을 책망하는 내용으로 이 말씀이 전해질 때 그의 모습도 같이 전해지며 이 일 이후로 다시는 모습을 나타내지 않겠다는 말씀이다.

예수의 행적을 알릴 때 그의 제자들은 복음서를 기록하였고 이에는 그의 말씀, 언행, 업적 등이 기록되어 있다. 이를 보고 읽은 많은 사람들이 예수를 믿고 따르게 되었는데, 재림 때도 마찬가지로 보혜사가 예수의 모습과 말씀, 언행 등을 기록하여 책자로써 세상에 알린다는 것이다.

이 책은 2001년 처음 출간되었으며 이 내용에 보면 예수의 모습, 영광, 목소리, 얼굴 등과 세상에 전하는 그의 말씀이 자세히 기록되어 있다.[106)

4-4) 요한복음 16장11절 : 책망내용

심판에 대하여라 함은 이 세상 임금이 심판을 받았음이니라

(1) **주해** : 성령께서 세상에 대하여 책망하실 세 번째 대상은 '심판' 이다. 예수께서는 그 심판의 주체를 '이 세상 임금' 이라고 말했는데 이는 세상 권세를 쥐고 있는 사탄을 가리킨다. 사탄은 이 세상 임금노릇을 하며 사람들로 하여금 하나님을 반역하게 하는데 예수께서 십자가에 죽음으로 죄를 다 청산하였고 사망의 권세를 잡은 사탄을 심판하였다.

예수를 믿는 신자는 더 이상 사탄의 지배를 받으며 죄의 종노릇하지 않고 왕 같은 제사장으로 살 수 있다.

---

106) 낙원의 그림자, 김진석, 신세림, 2001

(2) **본서** : 이 세상 임금이란 이 세상 대표자를 의미한다. 한 나라
    또는 국가의 대표자는 왕 또는 대통령인데 보통 이스라엘의 왕
    또는 미국 대통령 이런 식으로 표현을 한다. 이스라엘 왕이란 고
    대 이스라엘 국가의 대표자를 말하는데 이 세상 임금이란 이 세
    상을 대표하는 대표자이다. 가상인물로서 심판을 받을 때 대표자
    가 법정에 서서 언도를 받는 모습으로 표현을 하였다.

이는 세상사람이 심판을 받는다는 의미로 책망의 말씀 내용에 따르면
이 세상심판은 세상을 멸망시키는 것이다. 보혜사는 심판에 따른 재앙
을 피하고자 사람들에게 진리가 구체적으로 무엇인지 가르치고 이를 실
천할 것을 제시하는데 이는 모든 사물에 부여된 역할이 있듯 사람에게
도 창조주로부터 부여된 역할이 있으니 이를 찾아 수행하는 것이 바른
삶의 방법이고 누구든지 영생을 얻을 수 있는 길임을 강조한다.

4-5) 내가 아직도 너희에게 이를 것이 많으나 지금은 너희가 감당치 못하리라

지금 말한 이것 이외에도 해야 될 말이 많이 있는데 지금은 말을 해
도 이를 이해하고 납득하기 어렵다는 의미로 지금 말한 것도 이해하기
어려울 것이라는 의미가 내포되어 있다. 그러나 이렇게 이해하기 어려
운 내용을 보혜사가 오면 모두 이해시킬 것이라는 말씀이다.

(1) **주해** : 예수께서 제자들에게 말할 것이 많음에도 이를 하지 않
    은 이유는 이들이 말씀의 의미를 이해하지 못하기 때문이었다.
    예수께서 하신 진리의 말씀은 성령의 도움 없이는 깨달을 수 없
    다. 천국의 진리는 추리해서 깨달을 수 있는 논리적이고 과학적
    이고 철학적인 것이 아니라 계시적인 지식이므로 성령께서 가르

쳐주심에 따라 조금씩 깨달아지는 것이다. 그러므로 아직 성령세례를 받지 않은 제자들은 진리를 깨달을 수 없었던 것이다.

본문에서 예수께서 더 많은 영적 진리를 제자들에게 가르쳐주지 않은 이유를 밝히고 있는데 이것은 그 제자들이 이 말씀들을 이해하고 받아드릴 만큼 충분히 성숙하지 못했기 때문이다.

(2) **본서** : 내가 지금 한 말을 이해하기 어려울 것이다라는 의미이다.

아직도 라는 말은 '지금 말한 것 말고도' 또는 '지금 말한 것 이외에도' 라는 의미인데 이를 말씀하지 않는 것은 사람들이 아무리 이 말을 이해하고 받아들이기가 지금은 어렵다는 의미이다. 지금은 이라는 말에서 지금 당장은 감당이 안되지만 언젠가는 되리라는 의미인데 이 언젠가는 다음 문구에서 보혜사가 오면 이 모든 것을 알게되리라고 말씀하시고 있다.

지금 예수께서는 장래 일어 날 어려운 내용에 대해 말씀하고 계시다. 보혜사를 보내고 그가 와서 죄에, 의에, 심판에 대해 세상을 책망하리라 하고 더 이상 나를 못볼 것이라고 하고 또 세상이 심판을 받을 것이라고 하는데 이런 내용들을 이해하고 소화하기 어려울 것이라는 것이다. 그러나 보혜사가 오면 이를 이해할 수 있다는 의미로 예수께서 지금 말씀하신 내용에 대해 보혜사가 이를 규명할 것이라는 의미이다.

즉 보혜사가 와서 두 가지 내용에 대해 규명을 하는데

첫째는 지금 예수께서 말씀하신 내용으로 이는 보혜사를 보냄과 그가 와서 세상을 책망하고 세상이 심판을 받고 하는 것 등이다.

둘째는 지금 예수께서 말씀하시려다가 안한 내용으로 이는 장래 일을 말한다. 이는 다음 문맥에서 밝히고 있다.

4-6) 요한복음 16장13절 : 진리인도

그러하나 진리의 성령이 오시면 그가 너희를 모든 진리 가운데로 인도하시리니 그가 자의로 말하지 않고 오직 듣는 것을 말하시며 장래 일을 너희에게 알리시리라

(1) **주해** : 성령은 진리의 영이다. 그래서 성령께서 함께 하지 않으면 진리를 깨달을 수 없다. 성령 충만할 때에만 하나님의 계시를 받고 진리를 깨닫게 된다. 그런데 성령께서는 자기 마음대로 말하지 않고 오직 하나님과 예수로부터 들은 말만 전달해주고 장래 일을 알려주는데 여기서 '장래 일'이란 예수의 죽음과 부활, 승천과 장차 재림하여 세상심판 할 것을 말한다.

장래 일을 알리심이란 성령께서 이미 계시된 말씀에서 벗어나지 않고 이를 더 상세하고 알기 쉽게 전달하는 역할을 수행한다.

영적으로 무지하여 진리를 깨닫지 못하던 예수의 제자들은 오순절날 마가의 다락방에서 영적 체험을 한 후 성령의 역사하심으로 에수 그리스도의 진리를 깨닫고 진정한 믿음을 갖게되었다. 이때로부터 역사한 성령은 오늘에도 신자들에게 믿음을 주고 모든 진리 가운데로 인도하고 있다.

(2) **본서** : 진리를 알고 있는 보혜사가 오면 그가 사람들을 모든 진리로 인도하는데 이는 우선 예수께서 앞에서 말씀하신 내용들을 명백히 밝히고 또 진리로 인도한다는 의미이다. 이를 요약하면 이렇다.

첫째 : 예수께서 지금 말씀하신 내용들을 이해시키고 이를 알게 한

다는 의미이다.

즉 예수께서는 지금 장래 일을 말씀하고 계신데 이 내용을 너희들이 감당할 수 없지만 보혜사가 오면 이를 해명하고 알게 한다는 의미이다. 여기서 예수께서 말씀하신 내용은 보혜사의 사역을 나타낸 말씀으로 요 16:7-11까지의 말씀이다.

이의 내용은 예수께서 보혜사를 보내고 보혜사가 와서 죄와 의와 심판에 대하여 세상을 책망하는데 죄에, 의에, 심판에 대해서란 무엇이다 하며 말씀하신 부분이다.

이에 대해 예수께서는 사람들이 이의 의미를 알 수 없고 오직 보혜사가 오면 이를 알 수 있으리라고 하며 보혜사가 이를 설명하고 해명시킨다는 뜻이다.

둘째 : 진리란 영생을 얻는 이치요 방법이다. 진리가 구체적으로 무엇인지 제시하고 어떻게 하면 이를 실천할 수 있는지 가르쳐 안내한다는 의미이다.

이에 대해 본서에서 제시하는 것이 존재원리라는 생존법칙인데 이의 주된 내용은 모든 사물에 주어진 역할이 있듯이 사람에게도 창조주로부터 부여된 역할이 있고 이를 찾아 실행하면 영생을 얻을 수 있다는 것이다.

진리란 쉽고 편하고 가까운 데 있는 것이다. 독수리에게는 부리와 날개가 있고 호랑이에게는 날랜 다리와 튼튼한 이빨이 있듯이 진리란 바로 이 날개와 다리 같은 것이다. 자신에게 도움이 되고 자기에게 꼭 맞는 것이다.

진리란 등불 같은 것이다. 누구나 알기 쉽고 누구라도 인도할 수 있어야 한다. 남녀노소를 불문하고 종교를 초월하고, 죄인이든 의인이든

학식이 있건 없건 인도할 수 있어야 한다. 누구는 인도하고 누구는 구원받고 누구는 낙오시킨다면 이는 진리가 아니다.

진리란 이미 우리에게 주어진 보배 같은 것이다. 우리는 단지 이를 찾아 활용하면 되는 것이다.

자의로 말하지 않고 오직 듣는 것을 말하시며 장래 일을 너희에게 알리시리라는 말은 보혜사는 예수로부터 받아온 말씀을 사람들에게 전하는데 이때 오직 예수로부터 들은 것만 말씀하시리라 하였고, 이를 통하여 예수께서 장래 실현되리라고 약속하셨던 내용 중 아직 실현되지 않은 일들 즉, 예수재림, 보혜사 파송 및 이에 따른 세상책망, 진리인도 등의 약속실현에 대해 사람들에게 알린다는 의미로 장래 일을 알리리라고 하였다.

듣는 것이란 보혜사가 예수로부터 직접 들은 말씀 이외에도 성경에 기록된 이분의 말씀을 포함한다. 그리고, 여기서 알린다는 의미는 단순하게 말한다, 통보한다가 아니고 실현을 알린다는 의미로 곧, 예수재림의 실현, 보혜사 파송의 실현, 세상책망의 실현, 진리인도의 실현을 말한다.

즉 예수께서 장래 일어나리라고 약속했던 모든 내용의 실현을 보혜사가 알린다는 의미이다.

4-7) 요한복음 16장14절 : 영광

그가 내 영광을 나타내리니 내 것을 가지고 너희에게 알리겠음이니라

(1) **주해** : 성령은 이 세상에 와서 세상을 책망하고 제자들을 모든
진리 가운데로 인도하실 뿐 아니라 예수 그리스도의 영광을 나

타낸다. 성령은 신자들로 하여금 예수의 가르침과 인격을 갖고
예수 중심으로 살게 함으로써 예수의 영광을 나타내려는 것이다.

(2) **본서** : 예수께서는 하나님의 이름으로 사람들을 가르치고 하나
님의 말씀을 전하였는데 이렇게 함으로 하나님을 영화롭게 하였
듯이[107] 보혜사도 예수님의 뜻에 따라 그분으로부터 받아 온 말
씀을 세상에 전하며 그의 이름으로 사람들에게 장래 일을 알리
는 등 맡은 바 그의 사역을 함으로써 예수님을 영광되게 하리라
는 의미이다.

---

107) 아버지께서 내게 하라고 주신 일을 내가 이루어 아버지를 이 세상에서 영
화롭게 하였사오니.(요17:4)

Ⅸ. 결론

IX.

결론

지금까지 본서에서 주장하는 내용들을 알기 쉽게 요약 정리해 보면 이렇다.

본인은 어려서 예수의 방문을 받고 이분으로부터 말씀을 들었는데 이의 내용은 '세상은 너무도 험악하여 구할 수 없으니 쓰러지기 전에 알라.' 이다. 그러나 나는 이 말이 무슨 의미인지 왜 나에게 이런 말을 했는지 전혀 모르고 있다가 수년이 지나 사람이 왜 살아가는가 하는 문제로 고심을 하다 주변 사물이 그렇듯이 사람에게도 부여된 역할이 있음을 알고 나에게 주어진 역할을 찾던 중 이 말씀의 뜻을 알고자 노력하게 되었다.

말씀의 내용 중 세상이란 말의 뜻을 해석하는데 수십 년이 걸리고 특히 '쓰러지기' 라는 말은 근래에 이를 알게되었다. 이는 모두 성경을 통해서 알게 되었는데 성경에는 유사 문장이나 단어가 있어 이를 활용하여 알게 된 것이다. 또한 이 말의 용도도 알게 되었는데 이는 성경에 기록 된 예수께서 약속한 예언의 실천 중 일부였다.

이러한 나의 경험과 성경에 기록된 예수의 말씀에 근거하여 나는 본서를 통하여 다음과 같은 사실을 주장하였다.

첫째, 예수재림이 실현되었다.

예수께서는 재림 이외에도 여러 가지 장래 실현될 일을 약속하였는데 이에는 보혜사를 보낸다는 약속이 있다. 이 보혜사는 장래 일을 알리리라고 되어 있는데 이 장래 일이란 예수재림을 포함하여 장래 이루어질 기록된 예언의 실현을 의미한다. 또한 이 보혜사는 장래 일을 알리는 것 외에도 세상책망, 세상심판, 진리인도 등의 일도 하리라고 되어 있다. 본서에서는 예수재림 뿐만이 아니라 보혜사가 하리라고 기록된 모든 예언의 내용이 실현되었음을 알리고 있다.

둘째, 세상심판에 따른 세계재앙을 예고하였다.

재림 예수의 말씀과 성경 예언에 따라 세상이 심판을 받았고 이에 따라 세상 멸망이 예정되어 있음을 주장하였다. 특히 멸망이란 성경에 기록된 노아의 홍수 사례에서와 같이 어떠한 차별이나 구분 없이 세상이 진멸됨을 의미한다.

셋째, 심판에 따른 대재앙을 피할 수 있는 방법을 제시하였다.

이는 모든 사물에 부여된 기능이 있듯 사람도 창조주로부터 부여된 역할이 있는데 이를 찾아 수행하는 것이라고 주장하고 있다. 이러한 주장은 성경에 나타난 심판사례를 통하여 알 수 있는데 니느웨 성읍민의 사례와 예수의 가르침에 따라서 이다.

이러한 사실을 확인하고 증거하기 위하여 예수재림 사실을 알게되기까지의 과정과 성경에 나타난 말씀근거 등을 제시하고 이를 해석하였으며 심판사례와 선지자에 대한 기록을 정리하여 참조토록 하였다.

또한 본서의 주장에 대해 이견이 있을 수 있고 납득이 어려울 수도 있는데 이를 위하여 기존 종교계와 본서에서 주장하는 내용을 비교하여 일반인이 그 차이를 쉽게 숙지하고 이해할 수 있도록 하였다.

끝으로 본서에서 전하고자 하는 가장 중요한 내용은 세상심판에 따른 대재앙을 피하고자 하는 것이다. 세상이 멸망한다면 예수재림이고 보혜사의 약속 실현이 무슨 의미가 있겠는가?

본인은 모든 사람이 본서에서 주장하는 내용에 따라 실행하리라고는 생각하지 않는다. 다만 성경에 기록된 소돔과 고모라 성읍의 사례에서와 같이 의인 열 명만 있어도 성읍민들을 화로부터 피할 게 할 수 있었는데 하는 판단과 니느웨 성읍민의 경우와 같이 신앙과 죄악의 유무를 떠나 하나님의 말씀에 따라 회개하는 자세를 취하였을 때 심판을 면할 수 있었던 성경 기록에 따라 나름대로 주위에 위험사실과 이를 피할 수 있는 방법을 알려 어떡하든 화를 면하고자 하는 간절한 마음으로 본 내용을 정리하고 주장하는 것이다.

X. 편집후기

X.

편집후기

예수재림 실현이란 인간에게 중요한 사건이다. 이는 인간이 죽지 않고 영생할 수 있는 가능성이 실제 사실임을 알려주는 일인데 이를 어떻게 받아들여야 할까? 그리고 이를 어떻게 믿을 수 있을까?

본인은 나름대로 다시 한번 이 사실과 관련된 제반 문제를 검토해보고 혹시라도 이를 판단하고 숙지하는데 있어 잘못된 점이 없는가? 혹시 작은 실수라도 있지 않은가? 에 대비하기 위하여 스스로 자문을 하며 이를 확인해 본다.

1) 예수재림이 실제로 실현되었다고 주장하는데 이에 대한 근거는 무엇인가?

첫째 : 예수재림 모습을 직접 목격하였으며 이분으로부터 세상에 전하는 말씀을 받아 왔다.

재림하신 이분의 모습과 영광을 보았으며 맑고 깨끗한 음성을 직접 들었다. 이분의 얼굴을 보고 나의 눈이 멀어 눈을 뜰 수 없었으나 다시 회복되기도 하였다. 세상에 전하는 말은 '세상은 너무도 험악하여 구할 수 없으니 쓰러지기 전에 알라' 이다.

둘째 : 성경에는 예수께서 보내는 사람만이 해석할 수 있는 예수님의 예언이 기록되어 있는데 이를 해석하였고 그 결과에 따라 그의 재림사실을 알게되었다.

생전에 예수께서는 제자들을 통해 사람들에게 경고하신 말씀이 있다. 그것은 지금 한 말은 함부로 알려고 하지 말라 이것은 오직 내가 보내는 보혜사라는 사람이 와서 이를 해석하고 너희에게 알리리라는 의미의 내용인데 이는 예수재림, 세상책망, 세상심판, 진리인도 등을 말한다.
본인은 성경에 기록된 이 문장을 해석함으로서 예수재림 사실을 알게되었는데 이 문장은 모두 네 개로 본서에서 상세히 소개하고 있다.

셋째 : 예수께서 보낸다고 약속하신 보혜사라는 사람이 와서 하리라고 예언된 여러가지 일이 있는데 이를 모두 실현하였다.

이에는 예수재림, 세상책망, 예수증거, 진리인도, 세상심판 등이 있다. 예를 들어 이는 다음과 같다.

(1) 예수재림 획인 및 통보
본서 및 '낙원의 그림자' 소설을 통하여 이의 사실을 주장함

(2) 세상책망

예수님으로부터 들은 말씀으로 이는 본서 및 '낙원의 그림자' 소설을 통해 알렸다. 이 말씀은 '세상은 너무도 험악하여 구할 수 없으니 쓰러지기 전에 알라' 이다.

(3) 예수증거

본인이 직접 예수를 만났고 예수의 모습과 목소리, 얼굴, 말씀 등을 기록하여 본서와 '낙원의 그림자' 소설에 자세히 이를 소개하였다.

(4) 진리인도

이는 모두 세 가지로 예수께서 말씀하신 보혜사의 사역에 대한 말씀을 해석하는 것과 진리가 무엇인지 제시하는 것 그리고 장래 일을 말하는데 이 장래 일이란 예수재림, 세상책망, 예수증거, 진리인도, 세상심판 등을 말한다.

낙원의 그림자와 본서를 통하여 이를 알렸는데 보혜사 사역에 대한 해석은 본서에만 있다.

(5) 세상심판

예수께서 전하는 세상책망의 말씀을 해석하면 이를 알 수 있다. 본인은 본서를 통해 이에 대한 해석을 하였다.

2) 본인이 예수를 직접 만났다고 하는데 실제 예수인지 이분의 신분을 어떻게 확인하였는가?

신분증을 보자던가 하는 식으로 신분을 확인하지는 못했다. 신분증은

커녕 말 한마디 건네 보지도 못했다. 그러나 본인에게 예수님이 나를 찾아왔으니 밖에 나가보라고 말을 해준 사람이 있었고 본인도 이를 알고 죽은 사람이 어떻게 나를 찾아 오나 하며 이상하게 생각하고 의심하기도 하였다.

결과적으로 이분이 예수임을 알 수 있는 것은 이분의 말씀밖에 없다. 예를 들어 성경 사례에서 확인해 봐도 되지만 하나님 또는 하나님의 사자가 와서 말씀을 하시는데 신분을 확인하자며 신분증을 요구할 수는 없는 것이다.

본인의 경우는 말 한마디 못하고 그냥 멍하니 감탄하고 놀라기에 정신이 없었다.

3) 예수께서 보낸다고 약속한 보혜사가 성령이고 이 성령은 예수께서 승천하신 후 오순절날 마가의 다락방에 강림하였다. 이 성령은 세계 모든 교회와 성도들을 이끌고 있으며 이는 곧 예수이며 하나님이라고 기독교에서 주장하고 있다. 이는 본서의 주장과 서로 위배되는 내용인데 이를 어떻게 설명할 수 있는가?

기독교는 이천 년이란 긴 역사를 지닌 세계최대의 종교이며 세계적으로 많은 신자가 있다. 신앙을 지키기 위해 애써 온 그들의 노력에 경의를 표한다.

그러나 위에서 주장하듯 보혜사가 성령이고 성령이 예수이고 하나님이라면 또한 이 성령이 이미 이천 년 전에 마가의 다락방에 강림했다면 벌써 그가 하리라고 기록된 모든 그의 사역을 실행했어야 한다. 그러나 이는 다음과 같은 점에서 모순됨을 지적한다.

(1) 예수재림의 중요 의미는 영생을 증거하는 것이다.

영생이란 수백 년 수천 년 또는 수억 년을 살아야 영생했다고 말을 할 수 있는 것이다. 성령이 강림했다면 성경 기록에 따라 당연히 이를 증거 해야 되는데 이를 검증하지 못하였고 많은 사람들은 아직도 예수재림을 기다리고 있다.

그리고 성령은 예수 승천 후 오십 일이 지나 강림했다고 하는데 오십 일이 지나 어떻게 예수의 영생을 증거할 수 있는가. 본인은 이천 년이 지나 예수께서 재림했고 영생했음을 증거하였다.

(2) 성령은 보혜사가 하리라고 약속된 일을 한 것이 아무 것도 없다.

보혜사란 의사 약사 변호사와 같이 어떤 일을 하는 사람이다. 이 사람이 해야될 일이 성경에 기록되어 있는데 이에는 위에 열거된 여러 사역이 있다. 그러나 기록된 보혜사의 사역 중 성령은 아무 것도 한 일이 없다.

특히 보혜사가 해야 될 일 중 하나는 보혜사의 사역 문장에 대하여 이를 해석하고 설명하는 것인데 성경 기록에 보면 이에 대한 설명이나 언급이 없다.

즉, 보혜사가 왔다면 그 증거로 성경에 기록된 그의 사역을 해석하고 설명해야 되는데 이에 대한 성경기록 실적이 없다는 의미이다.

(3) 본서에서는 구약에 기록된 사례를 들어 성령 또는 진리의 영이란 실체가 없는 일종의 표현법이라고 주장하며 이는 사람이나 하나님을 설명하기 위한 단어로 인식한다.

예를 들어 진리의 영이란 보혜사가 진리를 알고 있는 상태를 말

하고 성령이란 보혜사가 가르침을 줄 수 있는 사람임을 의미한다고 본
다.

이에 대한 근거로 제시하는 것이 구약에 나타난 사례인데 이에는 진
리의 영 말고도 지혜의 영, 총명의 영, 모략의 영, 재능의 영, 음란의
영, 현기증의 영 등이 있다. 지혜의 영이란 지혜롭다는 의미이고 재능
의 영이란 재능이 있다는 의미이다.

이와 마찬가지로 성령과 유사한 말로 악령이 있으며 거만령, 자원령,
상한 심령, 귀머거리와 벙어리 영도 있다. 악령이란 말은 사람을 못살
게 굴고 괴롭게 한다는 의미이고 거만령은 사람이 거만하다는 의미이
다.

결국 이런 사실을 종합해 볼 때 기독교에서 주장하는 성령이란 하나
님이라고 본인은 판단한다. 즉 교회를 조직하고 성도를 이끌어 온 것은
하나님이지 성령이 아니란 의미이다.

이에 대한 근거로 제시하는 것이 예수께서 세례를 받자 하늘에서 성
령이 비둘기 같이 내려왔다는 표현이 있는데 마태복음에서는 하나님의
성령으로 요한복음에서는 성령으로 기록된 사실이다. 하나님의 성령이
란 곧 하나님을 의미한다.

4) 재림 사실을 주장하는데 사실자체도 중요하지만 이를 증거하고 알
   리는 사람도 중요하다. 본인에 대해 간략한 소개를 해달라.

본인은 54년 서울 상도동 태생이고 서울공고 기계과를 졸업 후 취직
이 되어 직장생활을 해왔는데 특히 현대중공업에서만 22년을 근속하였
다. 이때 주로 하던 업무는 원가관리 일인데 이는 주로 회사의 공사예

산을 관리하는 일이다. 이를 쉽게 표현하자면 기업의 손익목표를 정하고 이를 달성하기 위한 제반 목표관리를 하는 것이다. 중공업에서 2001년 1월 과장으로 자퇴하고 나왔는데 이는 예수님의 말씀을 세상에 전하기 위해서였다.

이후 2001년 12월 낙원의 그림자라는 실화소설을 만들어 주위에 소개하였는데 이에는 예수께서 하신 말씀이 기록되어 있다. 그리고 이때만 해도 본인은 교회 신자도 아니고 하나님과 예수에 대해 잘 모르던 상태였다.

그러나 책을 만들어 이를 주위에 알리고 소개하던 중 주위 사람들의 추천으로 신학교를 입학하고 신학에 대한 공부를 하였는데 이런 과정 속에서 예수재림 사실을 알게되었고 또한 본인이 해야될 일을 구체적으로 보다 상세히 알게되었다.

2006년 6월 우연히 본인이 들은 예수님 말씀의 뜻을 해석하고 이의 의미를 알게 되었는데 결국 간단하고 짧은 예수님의 말씀을 해석하는데 33년이란 긴 세월이 소요된 것이다.

본인은 말씀의 뜻을 알기 위해 많은 노력을 하였다. 우선 본인 스스로 알려고 노력하다 결국은 포기하고 주위 사람들에게 물어보나 이를 아는 사람이 없었고 이들 중 어떤 사람은 나에게 절대로 남에게 물어보지 말라고 신신당부를 하였었다.

이후 본인이 직접 이를 파악하려고 애를 썼는데 사전류는 말할 것도 없고 영어를 배운다며 영어소설책을 읽었고 세상이란 말이 한자로 되어있으니 이를 알려면 한자를 알아야 한다며 구운몽이란 한자소설을 읽었고 또 중국어를 배웠다. 신학교를 들어가 신학을 배우고 할 수 있는 모든 노력을 다해보았지만 이를 알 수 없었는데 결국 오랜 세월이 지나 성경에 있는 기록을 통해 알게된 것이다.

이 말씀의 뜻을 알기 위해 노력하는 과정 속에 내가 해야 될 일을 알았는데 이를 위해 직장을 자퇴하고 책을 출간하였으며 막노동 일을 하며 신학교를 다녔다.

나이 스물에 말씀을 들었는데 오십이 넘어 이 말의 뜻을 알게 된 것이다.

모든 일이 마찬가지이지만 예수재림이란 사실은 어느 날 갑자기 알게 된 것이 아니고 예수께서 재림했어도 이를 아는 데만 수십 년이 걸린 일이다.

또한 본인이 이일을 하는 이유는 교인들이 말하는 천국을 갈망하거나 보상을 받기 위해서가 아니다. 본인은 원래 교인도 아니었고 종교하고는 전혀 상관이 없는 사람이다. 오직 이를 알고 실행하는 이유는 자신이 왜 살아가는가? 하는 문제를 안고 고민하다 어느 날 주위 사물을 돌아보며 중요한 사실을 알게되었는데 그것은 모든 사물에 주어진 역할이 있듯 사람에게도 인간창조의 세계로부터 부여된 역할이 있다는 사실이었다. 그리고 무엇인지는 모르지만 나에게도 이런 역할이 있음을 알았고 이를 찾던 중 알게된 것이 바로 이 일이다. 이에 대한 경위는 낙원의 그림자 책에 자세히 소개되어 있다.

5) 꿈을 꾸고 성경책을 읽다 책 속에 기록된 또 다른 보혜사의 사역이 자신이 해야될 일임을 알았다고 하는데 꿈을 꾸고 알게된 일을 본인 또는 일반인들이 신뢰할 수 있는가? 이는 잘못된 판단일 수도 있지 않은가?

잘못될 수 있음을 충분히 인정한다. 그래서 여러 방법으로 이를 다시 확인하고 검증하였다. 이의 경위와 과정을 다시 요약하면 이렇다.

본인은 말씀의 뜻을 알고자 많은 사람에게 이를 물어보았지만 아무도 이를 일러주는 사람이 없었는데 하루는 이상한 말을 들었다. 그것은 다른 사람에게 절대 물어보지 말라는 것이었는데 이는 하나님의 목소리를 들은 사람은 언젠가 반드시 하나님의 일을 한다는 것이었다. 그래서 남에게 말도 못하고 혼자 애를 쓰던 중 하루는 중요한 사실을 알게된다. 누구에게 말을 한다는 것은 상대방이 알아들으라고 하는 것이기 때문에 상대방의 형편이나 수준을 고려해서 한다는 것이었다. 그래서 나는 지금은 모르지만 언젠가는 반드시 이를 알 수 있다는 판단을 하였고 예수 이분을 생각하며 이 말의 뜻을 알게 해달고 마음속으로 기도를 하였다.

그리고 얼마 후 나는 이상한 꿈을 꾸었다. 나는 꿈속에서 커다란 종을 깨뜨려서 어떡해야 될 줄을 모르고 당황하고 있었는데 이때 웬 흰옷을 입은 노인이 커다란 책을 들고 나에게 와 당신은 후계자라며 이야기를 해 나는 이상하게 생각했다. 잘못된 것 아니냐며 반문을 하지만 이 사람은 틀림없다며 후계자는 이 종을 깨트리리라고 기록이 되어 있으니 확인해 보라며 나에게 커다란 책을 펴 주었다. 이를 확인한다며 나는 책을 받아 보았는데 왼쪽은 희랍어 오른쪽은 영어로 되어 있어서 영어 문장을 읽어보았지만 그런 문구는 없었다. 이상하다 생각하며 잠을 깨었고 이를 곰곰이 생각하다 성경책을 읽어보았는데 이는 희랍어, 영어, 책, 후계자라는 말을 생각하다 성경을 생각했고 혹시 성경에 예언된 사람이 있는가? 하는 궁금증에서였다. 이때 요한복음에서 관련 문구를 찾았고 보혜사의 사역 중 '세상을' 책망하리라는 말이 나오는데 이때 내가 갖고 있던 말은 '세상은' 이라며 시작되는 말이었다. 그래서 나는 어렴풋이 기록된 보혜사의 일과 내가 갖고 있는 말이 서로 상관이 있으며 이 사람이 한다고 기록된 일이 내가 해야 될 일이라고 생각하였다.

이후 수년간 판단이 잘못되지 않았는가 나름대로 확인을 하였다. 울산 화정동 화정교회 김진화 목사님으로부터 이의 확인을 받으나 나는 다시 확실한 검증을 해야 한다며 예수님을 생각하며 두 가지 의문을 제기한다. 하나는 내가 예수를 상면할 때는 자택 마당에서 보았는데 왜 다른 사람들은 이를 못 보았느냐 하는 것과 나는 교인도 아니고 종교와는 전혀 무관한 사람인데 어떻게 이런 성경에 기록된 일을 하느냐 하는 것이었다.

그러나 수년이 지나 이에 대한 해명을 받고 이를 확신하게 되었다.

그리고 실제로 내가 갖고 있던 말은 성경에 기록된 이 문구와 서로 연관되는 말이었다.

이를 종교적으로 표현하자면 꿈을 통한 계시를 받은 것이다.

이런 유사사례는 주위에서 많이 볼 수가 있다. 어떤 사람이 동자 꿈을 꾸고 산삼을 발견했다는 말을 들을 수가 있는데 어떤 사람은 무를 뽑는 꿈을 꾸고 나서 산삼을 발견하기도 하였다. 중간 과정인 꿈은 중요하지 않다 결론은 산삼인 것이다. 그러나 이는 하나의 계기를 제공했다는 점에서 의미가 있다. 계기라는 것은 꿈을 통해서 알기도 하고 책을 통해서도 만들어 질 수가 있다. 본인은 꿈이 계기가 되어 나의 할 일을 알아냈지만 실제로는 예수님 말씀과 성경에 기록된 이분의 말씀 그리고 제 삼자의 확인 그리고 또 검증과 확인과정을 거쳐가며 확정된 것이다.

6) 존재원리가 진리라고 주장하는데 이것이 예수교훈과 무슨 상관이 있는지 알기 쉽게 설명을 해 달라.

이를 쉽게 설명하자면 이렇다. 사람에게 있어 집이라는 것은 무척 유용하다. 이는 비바람을 막아주고 안식처를 제공하기 때문이다. 이 집은 벽돌이라던가 기타 재료로 만들어지는데 이때 벽돌이 많이 들어간다. 벽돌을 이용하여 성을 쌓기도 하는데 이것 또한 인간에게 유용하기 때문이다. 그러나 아무리 많은 벽돌도 낱개로 흩어져 있으면 제 역할을 못하는데 이를 연결하여 건물을 짓는다면 인간에게 아주 유용할 수 있다는 의미이다.

예수님의 말씀과 가르침은 낱개의 벽돌과 같고 존재원리는 이를 결합해 지은 집과 같다. 예수님의 가르침을 살펴보면 여러 가지가 있다. 산상수훈도 있으며 기적과 이사를 행하기도 하였으며 바리새인과 서기관들을 책망하시기도 하였다. 원수를 사랑하라고 말씀하셨으며 너희는 먼저 그의 나라와 의를 구하라고 말씀하시기도 하였다. 그러나 이러한 가르침은 개별적인 것이다. 존재원리는 이런 가르침을 모두 수용하며 올바른 방향을 제시하는데 이의 주요 내용은 사물에 주어진 역할이 있듯 사람에게도 무언지 모르지만 창조주로부터 부여된 역할이 있다는 것이다.

예를 들어 이를 산상수훈과 비교하면 이렇다.

산상 수훈에서는 공중의 새, 들에 핀 백합화에 비유를 하며 무엇을 먹을까 무엇을 입을까 염려하지 말고 너희는 먼저 하나님의 나라와 그의 의를 찾으라고 말씀하시는데 존재원리에서는 책상과 의자 작업복에 비유하며 모든 사물에 역할이 있듯 사람에게도 창조주로부터 부여된 역할이 있고 이를 찾아 수행하라고 주장하고 있다.

7) 본서를 통하여 전하고자 하는 가장 중요한 것은 무엇인가?

본서를 통하여 여러 사실을 알리게 되었는데 이에는 예수재림을 포함하여 세상책망, 세상심판, 진리인도, 예수증거 등이 있다. 그러나 본인에게 가장 중요한 것은 책망의 말씀에 따른 장래 닥칠 재앙을 피하는 것이다. 세상이 멸망된다면 예수재림이고 진리인도이고 간에 의미가 없다.

하나님이 이 세상을 멸망시킨다고 하는데 이를 예방하는 일보다 더 급한 일이 어디 있겠는가?

본인의 심경은 매우 급하고 조급하다. 마치 바람 앞의 등불 같은 심정이고 폭풍전야 같은 마음이다.

모세가 많은 기적과 이사를 일으켰는데 유대민족의 신분해방을 시켰고 홍해바다를 건너 광야생활을 하였다. 그러나 애굽 땅에 내린 재앙과 바다를 가르는 기적이 가나안 땅으로 인도하고자 하는 목적에서 이루어 졌듯이 본인은 예수재림의 기적과 예수증거의 가르침 등 모든 것을 통해서라도 바로 이 앞으로 닥칠 재앙을 피하고 싶은 것이다.

이의 사례로 제시하는 것이 요나 선지와 니느웨 성읍민의 예화를 들었는데 이들은 하나님을 모르는 이방인이었다. 그럼에도 회개함으로 재앙을 면하였고 모세가 민족해방을 시킨 유대인들은 하나님을 아는 사람들도 있었지만 미신을 숭배하는 사람도 있었고 여러 부류의 사람들이 있었다. 그러나 이들은 모두 노예신분을 벗어나 모세를 따라 홍해를 건널 수 있었다.

진리란 등불과 같아 모든 사람을 비출 수 있는 것이다. 누구든 사람에게 부여된 역할이 있음을 알고 이를 실천한다면 닥칠 재앙을 면할 수 있지 않을까 판단한다.

일반 사람들도 마찬가지이지만 보통 잘못에 따른 책망이 있고 책망에 따라 회개를 하고 인도에 따른다면 별일이 없지만 이 경고를 무시하거나 따르지 않는다면 벌을 내리는 법이다. 노아의 홍수나 소돔과 고모라의 심판사례를 기준하여 판단한다면 니느웨 성읍민에게 요나 선지가 전하는 하나님의 책망말씀은 고마운 것이다.

8) 과거 사례에서 보면 재림이다 휴거다 해서 사회에 물의를 일으킨 경우가 있었는데 혹시 본서도 이와 유사한 것 아닌가?

과거의 사례를 보면 종말론 교회 같은 곳에서 재림예정을 주장하고 사람들이 휴거될 것이라고 주장하며 사회에 파문을 던지고 물의를 일으킨 경우가 있었다. 이는 목회자가 교회를 통하여 목회 사역을 하는 과정에서 일어난 사건이다.

본인은 목사도 아니고 교회 개척을 하고 있는 목회자는 더욱 아니다. 신학교를 졸업하고 전도사 고시에 합격되어 자격은 있지만 목회 일은 안하고 있다. 사역이라는 것은 목회를 통해서만 할 수 있는 것은 아니라고 생각하는데 자신의 생활을 통하여도 이를 할 수 있다고 판단한다.

9) 보통 구약사례에서 보면 하나님께서 말씀을 하실 때 어떻게 하라는 지시와 함께 전할 말씀을 주었는데 본인의 경우 무슨 말인지도 모르고 또한 무엇을 하라는 것인지도 몰랐는데 어떻게 이를 갖고 하나님의 일을 하는가?

본인도 늘 이를 이상하게 생각했다. 그러나 이상하게 생각한 것은 이것만이 아니다. 늘 생각했던 것이 나는 교인도 아니고 종교에는 관심도 없는 사람인데 왜 나한테 이런 일이 주어졌는가 하는 의문이다. 그러나 이는 조금만 생각하면 쉽게 알 수가 있다.

본인이 해야 되는 일은 사람들을 진리로 인도하는 일이다. 그런데 인도를 하려면 인도자가 먼저 본을 보여야 된다. 본인은 존재원리를 발견하고 이를 갖고 나의 할 일을 찾게되는데 이의 사례를 통하여 각 개인도 존재원리를 적용하여 자신에게 주어진 역할을 찾게 하기 위해서 그런 것으로 판단된다.

만약 존재원리를 몰랐다면 나는 나에게 주어진 일이 있다는 것도 몰랐을 것이고 그렇다면 굳이 이를 찾거나 실천하려고 하는 노력을 안했을 것이다.

존재원리를 적용하여 이 문제를 풀어본다면 이렇다. 이에 따르면 주어진 일에 따라 능력이 주어지는데 모세에게는 사람들을 인도하기 위해 커다란 지팡이가 주어졌고 예수에게는 기도로써 기적과 이사를 일으키는 능력을 주었다. 그러나 본인에게는 직접 무엇을 어떻게 하라고 지시는 없었지만 존재원리를 알게되었고 원리를 이용해 성경에 기록된 예수의 말씀을 통해 이를 알았다.

본인의 경우는 사람들에게 좋은 모범 사례가 된다고 본다. 아무리 예수님의 방문을 받고 말씀을 받았더라도 존재원리를 몰랐다면 또한 성경을 읽지 않았다면 자신의 할 일을 알기 어려웠을 것이라고 판단한다.

이를 더 쉽게 요약해서 표현하자면 이렇다.

모세는 가나안으로 민족을 인도하기 위해 시범적으로 홍해바다를 가르고 앞장서 이를 건넜다. 즉 바다를 건넘으로써 홍해 횡단을 증명한 것이다. 그러자 사람들이 그를 따라 바다를 건넜다.

예수의 경우 사람들을 영생으로 인도하기 위해 먼저 시범을 보이는데 죽임을 당하자 부활을 하고 이천 년이 지나 재림함으로써 사람이 영생할 수 있음을 증명한 것이다.

본인의 경우는 사람들을 진리로 인도하기 위해 아무 것도 모르는 상태에서 존재원리를 통해 나의 역할을 찾아냈는데 이는 아무 것도 모르는 상태에서 자신의 역할을 충분히 찾을 수 있다는 증명을 한 것이다.

이제 중요한 것은 각 개인이다. 모세와 예수 그리고 본인은 시범을 보인 것이고 사람들은 이 시범사례를 참고하여 자신의 진리를 찾고 죽음의 바다를 건너 영생의 언덕으로 걸어가야 하는 것이다.

일반인들이 자신에게 주어진 창조주의 뜻을 찾아 이를 수행하는 데는 좋은 사례가 된다고 판단한다.

본인은 예수의 방문을 받고 말씀을 받았지만 무슨 뜻인지조차 몰랐고 수일 애를 쓰다 포기를 해 버리고 수년간 이를 까맣게 잊어버린다. 그러다 존재원리를 알고 나의 역할을 찾던 중 겨우 주어진 말씀을 통해 나의 할 일을 알아내게 되는데 일반인들도 마찬가지라고 본다.

사람들 각 개인에게는 창조주로부터 부여된 엄청난 능력과 역할이 있다. 이를 알고 이를 최대한 활용하는 것이 하나님을 영화롭게 하는 것이다.

그런데 창조주가 나타나 너의 역할은 이것이고 이렇게 해야된다라고 일일이 말씀으로 가르쳐 주지 않는다는 것이다. 또한 본인 같이 예수님이 직접 와서 말씀을 해도 이의 중요성을 모르고 잊어먹기까지 하는 것이다. 본인처럼 무언가 부여된 역할이 있지만 이를 모르는 것이다.

만약 교인들이 예수의 방문을 받고 말씀을 받았다면 본인보다 더 쉽게 그의 사역을 했는지도 모른다.

본인의 사례를 통해 알 수 있는 것이 무언가 각 개인에게 주어졌지만 이를 모르는 경우가 있는데 이때 존재원리를 알고 이를 적용한다면 크게 도움이 되리라 판단한다.

또한 존재원리에 따르면 역할이라는 것은 일방적으로 부여되고 주어지는 것이고 사람은 이에 따르는 것이지 본인의 사정이나 형편을 고려하여 부여되는 것은 아닌 것이다.

예를 들어 모세의 경우도 '주여 보낼만한 사람을 보내소서' 하며 부여된 사역을 기피하려고 하고 하나님이 이에 대해 화를 내시는 경우가 있었는데 본인의 경우도 마찬가지이다. 비록 교회 신자도 아니고 종교를 전혀 몰라도 주어진 일이라면 그냥 하는 것이다.

10) 예수께서 재림했다고 하는데 이분은 지금 어디에 있는가?

이는 본서에서 주장하는 재림 근거를 읽어보면 충분히 알 수가 있다. 예수께서 나를 더 이상 볼 수 없으리라고 하였고 그 이유를 밝힌 문장이 있는데 여기에 보면 그가 어디로 갔고 어디서 무엇을 하고 있는지 알 수가 있다. 즉 이분은 부활 후 승천하였듯이 재림 후에도 그의 약속된 일을 하고 하나님께로 간 것이다. 초림 때는 제자들이 그의 행적을 기록하여 그를 세상에 알렸는데 재림 때도 쪽 같다. 예수께서 보낸 사람이 그의 재림 행적을 기록하여 세상에 알리는 것이다.

11) 성경에서 사용된 인도라는 말은 민족이나 인류를 움직이고 이끄는 엄청난 일을 의미하는데 사람들을 모든 진리로 인도함에 있어 앞으로 이를 어떻게 추진할 것인지 본인의 장래 계획을 말해달라.

예수재림과 관련하여 사정이 허락한다면 장래 본인이 꼭 하고 싶은 일이 있다. 그것은 영상매체를 이용해 예수님의 모습과 이분의 목소리를 재생해 보고 싶은 것이다. 왜냐하면 이분의 모습도 그렇지만 그 목소리가 너무도 신비했기 때문이다. 본인은 이분의 모습과 목소리를 기억하고 있는데 할 수만 있다면 이분의 말씀뿐만이 아니라 음성과 자태, 큰 영광 이런 것도 시각적으로 전하고 싶다.

12) 시중에는 많은 보혜사가 있다. 성령도 있고 진리의 영도 있으며 또 자칭 이를 주장하는 사람들이 많이 있다. 이의 진위를 구별할 수 있는 방법이 있는가?

사람들은 확정적으로 장래 일어날 일에 대비하여 여러 방법의 준비를 하는데 그중 한가지가 증표를 둘로 나누어 이를 나누어 갖고 있다가 세월이 흘러 다시 만날 때 이를 맞추어 서로를 확인하는 방법이 있다. 예수도 그의 말씀을 통하여 이런 방법으로 사람들이 보혜사를 식별할 수 있는 방법을 만들어 놓았는데 그것은 성경에 기록된 짧은 문장을 해석하고 그 의미를 파악하는 방법이다.

이 문장은 요한복음 16장 10절의 말씀이다. 이 말씀은 예수께서 생전에 제자들을 통해 말씀하길 함부로 이 문장을 해석하려고 하지 마라고 하신 의미의 내용으로 오직 보혜사가 오면 이를 밝히리라고 되어있다.

이 말씀의 내용은 의에 대하여라 함은 내가 아버지께로 가니 너희가 더 이상 나를 볼 수 없으리라는 말이다. 이 문장을 해석 못하는 이유는 분명 예수는 부활하여 제자들을 다시 만났고 또 장래 재림한다고 약속을 하셨는데 못 본다는 것은 아무래도 이해가 안되기 때문이다.

예수께서는 이 말을 해석하는 사람이 보혜사 임을 나타내고 있다. 즉 이 말은 일종의 인식표인 것이다. 이것은 이천 년간 숨겨 내려온 성경의 비밀이다. 그 비밀이 이제 본서를 통해 밝혀진 셈이다.

보혜사가 누구인가는 중요하지 않다. 중요한 것은 그의 사역이다. 그가 과연 예언된 일을 했느냐 하는 것이 진위 판단의 기준이 되어야 한다고 생각한다.

13) 모세는 민족을 인도하여 나라를 세웠고 예수는 재림하여 사람이 영생할 수 있음을 증거하였다. 그렇다면 보혜사가 한 일은 무엇인가?

모세나 예수는 말 할 것도 없고 모든 사람에게는 창조주로부터 부여된 역할이 있는데 모세나 예수는 하나님의 뜻에 따라 그들의 역할을 수행한 것이다. 본인도 마찬가지다. 본인에게 주어진 역할을 알고 이를 수행한 것 뿐이다. 만약 본인이 개 돼지로 태어났다면 개 돼지답게 살고자 노력하다가 개 돼지답게 죽었을 것이다. 그러나 본인은 사람으로 태어났기에 사람이 왜 살아가는가 하는 문제로 고민하였고 모든 주변사물에 주어진 기능이 있듯 사람에게도 부여된 역할이 있음을 알았다. 나의 역할을 찾고자 노력하던 중 보혜사의 일을 알게 된 것이고,. 기록된 말씀에 따라 이를 실행하였는데 이에 따라 예수재림 사실을 확인하고 이를 증거한 것이다.

또한 닥쳐올 재앙을 피하고자 이를 피할 수 있는 방법을 제시하였는데 이 방법이란 이미 본인의 경험을 통하여 검증한 것이다. 이 방법이란 존재원리를 아는 것인데 본인은 이를 증거하기 위해 어려운 생활을 하면서도 이 원리에 따라 이를 검증하고자 하였다.

중요한 것은 일반인들이다. 모세나 예수가 그랬듯이 자신에게 주어진 역할을 찾아 이를 수행해야되는데 이때 본인의 경험이나 존재원리 등은 크게 도움이 되리라고 판단한다.

예수재림 사실은 어느 날 갑자기 깨닫고 확인된 것이 아니다. 예수께 서 재림을 했어도 이 사실을 인지하는 데만 수십 년이 걸린 일이며 장 기간의 확인 끝에 알게된 내용이다. 본인이 경험한 확인 과정을 연도별 로 정리하여 요약해 본다.

1) 54. 8	서울 상도동 출생
2) 73. 10	서울 상도동 자택에서 예수의 방문을 받고 이분의 말씀을 받음. 이는 '세상은 너무도 험악하여 구할 수 없으니 쓰러지기 전에 알라' 임. 말씀의 뜻을 알려고 노력하다 끝내 알지 못하고 이를 포기함. 너무도 황당한 경험으로 누구에게 말도 못하고 있다 가 얼마후 성경책을 한 권 사서 소장을 함.

3) 79. 12	현대엔진에서 근무 중 인사고과 문제로 자신을 되돌아보고 자신이 왜 살아가야 하는가 하는 의문을 갖고 이를 알기 위해 노력함.
4) 80. 11	자신의 존재이유를 알기 위해 노력하던 중 존재원리를 발견하게됨. 이를 통하여 무언지 모르지만 인간창조의 세계로부터 자신에게 주어진 역할이 있음을 알게 되고 이를 알고자 함. 왜냐하면 이를 찾아 수행하는 것이 나의 존재이유이고 가장 이상적인 삶을 살 수 있는 방안이라고 판단했기 때문임.
5) 81. 7	벤허 영화를 보고 예수의 처형과 죽음의 이유를 궁금해하고 이를 회사 신우회원인 정광문 씨와 이야기를 하다 과거에 본인이 들은 예수님 말씀을 기억해 냈고 그에게 이 말의 뜻을 물어 봄. 화정교회 김진화 목사님으로로부터 말씀의 뜻을 알기 위해 성경말 씀을 듣지만 이를 이해하지 못함. 이후 주위 사람들에게 말씀의 뜻 을 물어 보나 아무도 이를 일러주는 사람이 없었음.
6) 82. 10	울산 언양 반구대 반구기도원에서 부서 사람 집안 행사가 있었고 이때 말씀의 뜻을 물어보던 중 이분의 둘째 누님으로부터 이상한 말을 듣게 됨. 예수님의 말씀을 들은 사람은 언젠가 반드시 하나님의 일을 하게 되므로 지금 이후로 예수님으로부터 들은 말을 누구 에

	게도 절대 발설하지 말 것과 영어성경을 읽으라는 권유를 받음. 이후 다른 사람에게 문의를 안하고 이를 혼자 알려고 노력 함.
7) 82. 11	이상한 꿈을 꾸고 일어나 성경을 읽다 이를 계기로 말씀의 용도와 자신의 할 일을 알게 되는데 이는 성경에 기록된 또 다른 보혜사의 역할임. 자신이 해야 될 일을 아나 너무도 현실과 다른 일 이기에 이를 무시하고 소홀히 함.
8) 86. 10	화정교회 김진화 목사님을 찾아가 자문을 받음. 본인은 이런 여러 경험을 통하여 성경에 기록된 보혜사의 역할이 본인이 할 일 이라고 판단하는데 과연 이것이 맞는가 판단해 달라는 것임. 이때 목사님으로부터 예수께서 제자들에게 전도사역을 위해 길을 떠날 때 하신 말씀을 다시 나에게 해 준다며 예수님의 말씀을 전할 때 담대할 것과 무엇을 어떻게 말할까 걱정하지 말라는 말씀을 받음. 이를 통해 제 삼자로부터 보혜사의 역할이 나의 할 일임을 확인받으나 다시 나의 역할을 재확인하기 위하여 예수님을 생각하며 두 가지 의문을 제시하고 일 추진을 보류함. 이는 내가 예수의 방문을 받고 말씀을 들을 때는 실제 현실이었는데 왜? 본인 혼자만 이분을 보았느냐하는 것과 나는 교회 신자도 아니고 종교와는 전혀 무관

	한 사람인데 내가 어떻게 이런 종교 관련 일을 하느냐 하는 의문이었다.
9) 94. 10	첫 번째 의문에 때한 해명을 받음. 울산 전하동 소재 말일성도교회에서 외국인 선교사로부터 영어회화 교육을 받던 중 하나님은 아무나 볼 수 있는 대상이 아니고 선지자라는 사람만 볼 수 있다 라는 사실과 이 선지자는 아무나 되는 것이 아니라 하나님만이 선택할 수 있다는 것을 알게됨.
10) 97. 7	두 번째 의문에 대한 해명을 받음. 이는 통신대 교재 '인류문화사' 라는 책을 통해서였는데 이에 따르면 하나님이 직접 능력을 주신다면 종교를 모르는 일반인도 얼마든지 종교 일을 할 수 있다는 것임.
11) 01. 1	자신에게 주어진 전도 일에 충실하겠다며 장기근속 직장을 자퇴
12) 01. 3	울산기능대 평생교육원 문예창작과 입학. 이는 자신의 경험을 글로 써 보겠다는 목적이었음.
13) 01. 12	자신의 경험을 토대로 한 장편소설 '낙원의 그림자' 발표.
14) 02. 2	문예창작과 수료

15)	03.	3	부산 총회신학연구원 입학
16)	04.	10	부산노회 전도사 고시합격
17)	05.	2	부산 총회신학연구원 신학과 졸업
18)	06.	5	낙원의 그림자 소설 재판
19)	06.	6	예수께서 하신 말씀의 뜻을 최종적으로 알게되었는데 이의 내용은 세상멸망임. 이에 이 사실을 적극적으로 알려 다가올 재앙을 예방해야한다고 판단.
20)	07.	2	본서 예수재림의 실현 발표

Ⅻ. 참 고 문 헌

　다음은 본서에서 주장되는 기독교의 견해 또는 성경 문장해석 및 비교시 사용된 참고 도서임.

1) 크로스 종합주석 16 요한복음, 김경환, (주)포도원, 1999

2) 옥스퍼드 원어성경대전 요한복음 제 13-21장,　한성천, 제자원, 2002

3) 프리처스 설교성경 요한복음, (주) 포도원, 1994

4) 요한복음강해(하), 조용기, 서울말씀사, 2003

5) 한영해설성경 NIV, 한영성경협회, 2002

6) 기독교 교리요약, 루이스 벌코프, 소망사, 2003

7) 기독교대백과사전 제14권, 기독교대백과사전편찬위원회, 기독교문사, 1991

8) 그랜드 종합주석 13, 김영진, 성서교재간행사, 1995

-끝-

┌─────────────┐
│ 판   권   │
│ 저자소유   │
└─────────────┘

저자연락처
전 화 : 052-264-7919
Email : jins7999@paran.com

예수재림의 실현

2007년 02월 05일 초판인쇄
2007년 02월 10일 초판발행
지은이:김 진 석
펴낸이:이 혜 숙
펴낸곳:도서출판 신세림
　　　100-015 서울특별시 중구 충무로5가 19-9 부성B/D 702호
등록일:1991. 12. 24
등록번호:제2-1298호
전화:02-2264-1972
팩스:02-2264-1973
E-mail:shinselim1972@yahoo.co.kr

정가 15,000원

ISBN 89-5800-054-6, 03810